GEAN PIMENTEL

CODINOME NEO

Brasil: dias atuais. Eles estão entre nós.

partners coerência

GEAN PIMENTEL

CODINOME NEO

1º Edição — Editora Coerência — Brasil

Produção Editorial

Diretora Editorial	Lilian Vaccaro
Revisão	Evelyn Santana
Capa	Décio Gomes
Diagramação	Bruno Lira

Dados Internacionais De Catalogação Da Publicação (cip)

Pimentel, Gean;
Codinome Neo

1. Ed. — São Paulo — Editora Coerência 2017

ISBN: 978-85-92572-78-5

1. Literatura Brasileira. 2. Fantasia I. Título

CDD. 869.3

Editora Coerência
Rua Pinhancó, 12A
Parque São Rafael — SP — Cep . 08320-350
Site: www.editoracoerencia.com.br
E-mail: lilian@editoracoerencia.com.br
Tel.: (11)2011-3113

Texto de acordo com as normas do Novo Acordo Ortográfico da Língua Portuguesa (1990), em vigor desde 1º de Janeiro de 2009.

editora coerência

Para meus pais.

Para meus professores. Todos eles.
Desde os do pré-escolar até os dos dias de hoje.

E também para meus afilhados,
Iran Pimentel e Emanuelly Vitória

Nota do Autor

Antes de você se infiltrar nesta história, antes de ler sequer a primeira página deste romance, quero deixar algumas coisas claras.

Primeiro, eu sou totalmente contra toda e qualquer forma de preconceito, seja ela racial, sexual, regional ou física.

O mundo, hoje em dia, precisa se amar mais. Não precisamos de pessoas que se escondam atrás de religiões para julgar os outros, de pessoas que se acham superiores pela cor da pele ou pela classe social. Não precisamos de belos discursos em redes sociais, textos de motivação, de sermões ou pessoas que se acham perfeitas. Todos deveriam fazer aquilo que dizem, em vez de só dizer o que é bonito. Se todo mundo fizesse o que gosta de receber, já estaríamos meio caminho andado.

Segundo, não falamos de determinado assunto somente por gostar dele. A gente o expõe por saber de sua real existência, do tabu formado ao seu redor e pelos males que causa a quem não o conhece, não o entende, o julgam precipitadamente e indiretamente o adota como forma de pensar.

Terceiro, eu não inventei este assunto. E também não sou eu quem acabará com ele. O que posso fazer é minha parte para diminuí-lo, e você, a sua. Durante o tempo que escrevi este romance, pensei em quem o leria. Pensei em você virando página por página, absorvendo cada palavra, sorrindo em determinadas partes, suspirando em algumas e indignado(a) em outras. Talvez você ria de momentos que pensei que choraria, e chore quando pensei que suspiraria. E é justamente isso que me anima em escrever: fazer minha obra chegar às mais diversas opiniões e lhe causar uma emoção, que seja.

Ao abordar um tema delicado e contemporâneo como o neonazismo, quero passar um pequeno grão do pouco que eu sei para sua praia. E que você o passe para um amigo, que passará para outro, para outro e para outro. E, assim, vamos construindo uma enorme ilha em meio a um oceano.

Uma última coisa: não quero que seu ponto de vista sobre neonazistas se baseie somente no que você ler aqui. Muito menos quero que pense que eu digo que todas as pessoas que seguem esta ideologia são assim como os personagens descritos neste livro. Estes são os meus. Eu dei emoções a eles, dei falas, os construí. Não quero criar um estereótipo de neonazistas. Com bases nas pesquisas que fiz, criei esta trama permeada de pessoas com as duas personalidades. Desconfie de quem lhe parecer totalmente bonzinho, da mesma forma que te aconselho a duvidar de quem seja mau o tempo todo. Os personagens aqui possuem os dois lados da moeda. Como todos nós possuímos.

Sem mais delongas, está na hora.

Vamos?

Agora, a delegada lhe espera para uma operação. A operação que ela nomeou de Codinome Neo.

Gean Pimentel

A vida passa e a gente espera.
A cada grão de areia que escorre da ampulheta,
morremos um pouco mais,
esperando ansiosamente pelo nascer de um novo dia,
sem nos tocarmos de que a morte se aproxima.

Paula Valentine

1
Prólogo

Durante os dias em que ela esteve com eles, Lara viu, ouviu e sentiu.

Ouviu coisas que gostaria de não ter ouvido e viu cenas que seus olhos desejavam não terem visto. Mas a única coisa que faz questão de manter viva é o que sentiu por ele.

Ela sabia que era um amor impossível, mas mesmo assim ela quis. Ela o amou. Ela o ama.

Até então, Lara pensava que era feliz, mas descobriu o verdadeiro significado da felicidade lá, em meio às coisas que não queria ter visto nem ouvido.

Mas os últimos acontecimentos podem colocar um ponto final e mudar completamente o que ela pensava que poderia viver.

Talvez ela estivesse enganada o tempo todo em acreditar que pessoas, tendo duas opções, optem pelo lado certo. No caso dele, ao seu lado.

Talvez ela não consiga mudá-lo e, a julgar pelos fatos, nem volte a vê-lo.

Provavelmente os dois nem sairão com vida daqui.

1

Uma ajuda

"... Seus cabelos pareciam cascatas de ouro caindo sobre seus ombros, mas se o mal tivesse olhos, certamente aqueles seriam os seus..."

Marcos odiava dirigir à noite, mas não teve outra opção. Dois dias antes teve de viajar para a cidade vizinha devido a uma reunião de trabalho de última hora. Tudo tinha ocorrido bem, conseguira fechar a tão aguardada cota de patrocínio para a empresa *Mellon,* na qual com sua capacidade e talento tinha conseguido ser promovido de *Office boy* a superintendente artístico, e de superintendente a gerente adjunto. Depois do sucesso dessa reunião, ele já contava com a promoção para gerente titular. Dedicou-se com afinco ao trabalho e, como esperava, não tardaria muito para colher os frutos de tais esforços.

Sua esposa ligara mais cedo dizendo que estava começando a ter contrações. Já estava quase entrando no nono mês de gravidez pelas contas do casal e do obstetra, e, depois do enorme transtorno que foi a gestação do primeiro filho, Marcos não queria ter nenhum problema com o segundo. Decidira sair no mesmo instante e pegar viagem rumo à sua cidade.

Ele não era médico e não poderia fazer nada por ela caso as coisas realmente se complicassem, mas sua presença, a presença de quem se ama, às vezes cura mais que qualquer medicamento. Remédios curam dores físicas e tocáveis. O amor, não. Havia os familiares tanto dele quanto dela, mas a presença do marido em momentos como esse é de extrema importância. E ele também queria acompanhar o nascimento do filho. A primeira gravidez dela foi de risco. Os médicos chegaram a dizer que a criança não passaria do terceiro mês de gestação e que sua esposa sofreria um aborto espontâneo. Mesmo assim, o casal decidiu levar adiante. Seguindo todos os procedimentos à risca, tomando todas as precauções, o nascimento demorou algumas horas, despertando preocupações e arrancando rezas e clamores para que tudo ocorresse bem de todos os conhecidos. Mas no final tudo deu certo. A criança nascera e agora era um rapazinho já de treze anos de idade, forte e saudável.

E pela segunda vez, mesmo contra as ordens médicas, o casal estava "grávido" novamente. *Se foi da vontade de Deus, é da nossa também. Ele sabe o que faz,* disse ele para a esposa, quando descobriram.

A noite estava fria, a estrada de chão batido, gélida e deserta. Somente o seu carro cortava o escuro com os faróis acesos dividindo espaço com a música sertaneja que tocava na playlist do pendrive. Após algumas horas dirigindo, finalmente conseguiu avistar, bem de longe, as luzes da pequena Colíder. A ânsia por chegar em casa o mais rápido possível e ter notícias de sua esposa já iria acabar. Pelo menos isso era o que ele esperava.

Marcos levou a mão e desligou o som de seu carro assim que avistou um outro automóvel a mais ou menos uns cinquenta metros à frente. Prestou mais atenção no que se passava, mas não conseguiu ver com clareza o que estava acontecendo. Somente dois faróis piscando incessantemente. Foi se aproximando, estreitou os olhos e conseguiu ver que, ao lado do carro estava alguém. Uma mulher. Alta. Estava usando uma calça de couro preta bem justa às pernas e uma blusa vermelha com um farto decote que era facilmente notável, apesar da distância. Mas algo naquela mulher chamou muito sua atenção: seus cabelos pareciam cascatas de ouro caindo sobre seus ombros, de tão louros que eram.

A tal mulher acenou com a mão para que ele parasse.

Não era seu costume parar em uma viagem para um estranho, ainda mais naquelas condições e àquele horário. Mas no caso não era um estranho. Era uma estranha. E ele tinha que ver o que ela queria. *Vai que a moça está perdida... A essa hora da noite, pode ser muito perigoso. E não custa nada uns minutos.*

Percorreu mais alguns metros, parou seu carro bem ao lado da mulher e abaixou o vidro.

Ela apoiou o antebraço na janela ao lado do passageiro e colocou a cabeça para dentro do carro.

— Boa noite, moço, será que você pode me ajudar? — Pegou uma farta mecha de cabelos entre os dedos e colocou atrás da orelha direita. — Meu pneu furou e não tenho nenhuma prática em trocar. — Deu um leve sorriso. Sua voz era doce e deliciosa de ser ouvida.

Ele se inebriou durante alguns segundos. Até que finalmente conseguiu expulsar as palavras da boca:

— Claro, posso sim.

A única coisa que Marcos não deveria ter dito era isso. A única coisa que Marcos não deveria ter feito era ter parado o carro.

A mulher se afastou enquanto ele descia do seu veículo.

— Por acaso você teria um macaco hidráulico por aí? Se não tiver, posso usar o meu — ele disse, solícito.

— Claro, tenho sim — ela concordou. — No porta-malas, pode ficar à vontade para abri-lo.

Marcos caminhou até a traseira do carro da moça, esperou que ela trouxesse a chave e destrancasse o compartimento. Ele puxou a porta e curvou-se para dentro, à procura da ferramenta. Havia alguns sacos plásticos ali dentro e várias outras ferramentas. A mulher dos cabelos dourados, aproveitando-se da distração do homem, sorrateiramente posicionou-se ao lado do carro, levou as mãos até o chão e pegou um bastão de ferro prateado que foi cuidadosa e estrategicamente escondido ali momentos antes, quando o carro dele estava por vir bem distante.

Tudo já havia sido planejado.

Friamente calculado.

Depois de um certo tampo, Marcos conseguiu achar o macaco hidráulico e o pegou. Deu a volta até a lateral, abaixou-se e apertou o pneu que lhe foi indicado. Não estava furado. Pelo contrário, estava quase estourando de ar preso.

— Acho que você se enganou, moça... — Ainda de cócoras, virou-se para ela, e, antes que concluísse a frase, em uma fração de segundo, sentiu um forte golpe lhe acertar o rosto.

Seu corpo foi retesado para trás, tamanha a força com que fora atingido.

Sentiu-se meio tonto, um líquido quente derramou por sua face.

Sangue, concluiu.

Apesar da tontura, ainda conseguiu encarar a estranha. A luz indireta causada pelos faróis na direção oposta lhe permitiu ver o rosto dela. As feições meigas e o ar inocente que exalava quando a viu pela primeira vez desapareceram. Ela o encarava de volta com um olhar mortal, uma ira ardia como chamas em seus olhos. Se o mal tivesse olhos, certamente aqueles seriam os seus.

Antes que conseguisse dizer mais alguma coisa, outro golpe lhe acertou em cheio. Dessa vez Marcos não conseguiu manter os sentidos. A escuridão o engoliu por completo.

A mulher se abaixou, checou sua pulsação e percebeu que ele ainda respirava. Ficou satisfeita porque era exatamente o que ela queria. Causar mortes rápidas não era do seu agrado. Não, isso não. Ela sentia um imenso prazer em ver o medo ardendo nos olhos de suas vítimas, gostava de ver a vida se esvaindo como uma fumaça que vai cessando quando o fogo vai se apagando.

— A humanidade se livrará de pelo menos um lixo hoje — falou a loira enquanto passava uma das mãos no rosto, limpando alguns respingos de sangue próximo à sua sobrancelha e bochechas.

Pegou o bastão e o macaco hidráulico e os guardou no porta-malas. Abriu a porta do carro e jogou para dentro com uma força inacreditável o corpo de Marcos desacordado. Sentou e deu partida na ignição. Com uma das mãos, ajeitou o espelho retrovisor de modo que pudesse ver o rosto desacordado e coberto de sangue no banco de trás.

— É agora que a brincadeira vai começar — disse, e deu um sorriso de canto de lábio que assustaria qualquer um que o visse.

Pisou fundo no acelerador e partiu rumo a Colíder, levando sua vítima para a conclusão do seu ato.

2

O sedutor Petrônio

"— Espera aí, você é um nazis... — Antes de concluir a frase, Petrônio agarrou sua garganta com uma das mãos e..."

A tão aguardada noite de inauguração do Lottus's Bar tinha chegado. Tudo tinha que correr bem. Mais que bem, na verdade. Essa era a última chance que a família Contine dava ao seu negócio.

A lanchonete já havia sido interditada pela vigilância sanitária há alguns meses, devido a uma infecção alimentar de alguns clientes. Tudo por causa dos malditos camarões. Ah, os camarões... Seu Humberto Contine tinha resistido a todo custo ao tal novo prato com camarões, mas sua esposa, Alessandra, quis inovar. E acabou inovando com uma má conservação do marisco, causando bastante mal-estar em alguns clientes. Responderam dois ou três processos e foram condenados a algumas indenizações, mas nada muito grande.

Depois de alguns meses, a pequena lanchonete ganhou uma reforma. Agora era um dos maiores e mais refinados bares que a pequena Colíder tinha. E, naquela noite, nada poderia dar errado, principalmente quando o assunto era faturamento. O ambiente fora ampliado, instalaram agora mais dois banheiros além dos que já existiam, uma enorme pista de dança e o espaço onde ficavam as mesas foi, pelo menos, triplicado de tamanho. Uma estrutura para comportar tranquilamente mais de quatrocentas pessoas.

Sonia estava muito ansiosa e eufórica com a festa. Filha dos donos, ela preferia não se envolver diretamente com os negócios da família. Concluiu sua faculdade de Letras há alguns anos e logo em seguida emendara uma pós-graduação. Agora era professora da única universidade pública da cidade. Tinha uma vida bastante confortável e morava sozinha em um apartamento num prédio de classe média alta.

O bar estava completamente lotado e algumas pessoas ainda

aguardavam na fila do lado de fora. Sonia amava e passava horas cuidando de seu cabelo black power. As madeixas estavam sempre impecáveis. Tinha orgulho da pele negra e expurgava qualquer tipo de preconceito. Ela usava um vestido preto todo coberto por lantejoulas, um sapato de salto altíssimo e estava acompanhada de duas amigas. Passou pela pista de dança e foi para o balcão. Sentou-se e pediu uma dose de tequila ao garçom.

Por mais que ela não quisesse aparentar, escondia uma grande decepção.

Sonia estava de casamento marcado e, há pouco mais de três meses, flagrou seu noivo na cama com uma de suas melhores amigas. O fato a havia deixado muito abalada emocionalmente, passou dias sem sair de casa, deprimida, não falava com ninguém, nem mesmo com seus pais. Os dias foram passando e ela afundando cada vez mais. Chegou a um ponto que foi o cúmulo: o ápice de sua tristeza fora o dia em que pensara seriamente no fato de tirar a própria vida. Então algo tocou dentro de si e foi como se tivessem lhe dado uma chacoalhada. Decidiu fazer tudo diferente para espantar para longe aquele início de depressão. Sonia tinha de deixar para trás as lembranças da infidelidade e curtir a vida. O infiel que um dia lhe jurara amor já estava se divertindo por aí, e ela? Amargurando-se por um filho da puta que não soube lhe dar valor? Jurou a si mesma que iria se jogar no mundo sem se apegar a outro homem. A nenhum outro homem! *A noite de inauguração do Lottu's Bar seria o renascimento da fênix*, pensava ela.

Tomou sua dose de tequila em um só gole e mandou que servissem outra. E assim o garçom o fez. Suas amigas disseram que iriam ao banheiro, chamaram-na para ir junto e, após a recusa, as duas saíram e a deixaram ali no balcão, só.

Quando estava distraída, percebeu que alguém se sentou ao seu lado. Não fez a mínima questão de olhar e saber quem era. Até que uma voz grave sussurrou em seu ouvido:

— O que uma moça tão bonita faz aqui sozinha?

Sonia se arrepiou. A voz se destacava completamente das batidas da música alta e levantou seus pelos da nuca até sua lombar. Ficou trêmula por alguns instantes até que, lentamente, ela foi inclinando a cabeça para o lado para encarar o dono daquela voz.

Era um homem alto, pele clara e barba por fazer. O rosto possuía traços fortes, maxilar cerrado e nariz esguio. Seus cabelos estavam cobertos por uma espécie de gel e perfeitamente penteados para trás. Usava uma camisa de manga longa bem abotoada de cor preta, que deixava marcados seus músculos sob o tecido. Os olhos eram um misto de verdes e cor mel, mais puxados para o verde-claro, hipnotizantes, ardentes e muito excitantes. Ele a olhava com um olhar penetrante, fixo e irresistivelmente delicioso. Um olhar de um homem bastante experiente, que sabe bem o que está fazendo. Um olhar de desejo. Sonia sentiu-se como uma presa prestes a ser devorada por completo. Ficou excitada com esses pensamentos.

Após um rápido transe que sentiu seu corpo ter, ela respondeu, mordendo o lábio inferior ao final da frase:

— Não estou sozinha. Não mais.

Depois do fim trágico de seu relacionamento, Sonia decidiu namorar sem medo. Sair e se divertir com os homens, sem pudor, sem sentimentalismo. Poria em prática a lei do desapego. Para que amar somente um, se ela podia ter todos que quisesse? Ela pegava aquele que tivesse um certo nível de beleza, e isso era só o que importava. Se fosse bonito, estava no papo. E aquele ali na sua frente era, de longe, o mais lindo que já tinha visto naquela cidade.

— Um uísque, por favor — ele pediu ao garçom. Virou novamente para ela. — Prazer, Petrônio.

— Sonia. — Deram uma troca de beijos em seus rostos. Ele demorou mais que o necessário, fazendo-a se arrepiar mais um pouco com o toque da barba cerrada. Ela aproveitou para respirar profundamente seu perfume amadeirado.

O uísque chegou e ele deu um gole na bebida.

— Então, Sonia, será que podemos ir para um lugar mais reservado? Para conversarmos mais à vontade?

Ela pensou por alguns segundos. Analisou o físico daquele homem na sua frente: os braços musculosos, o abdome rijo que ela fez questão de sentir na troca de beijos e os seus lábios, que deliciosamente a convidavam para horas e mais horas de beijos intensos. Não podia evitar se sentir anestesiada cada vez que ouvia sua voz incrivelmente sexy... Não hesitou ao seu convite.

— Claro, vem comigo! — respondeu.

Ela pegou em sua mão e o puxou. Ele entrelaçou seus braços em sua cintura e cortaram a pista de dança, colados. Sonia o levou até uma escada na lateral esquerda do balcão do bar. Subiram e adentraram um estreito corredor. Havia duas portas, pararam na frente da primeira. Sonia abriu-a e entraram. Ela foi andando e sentou-se em um sofá. Petrônio tratou de não encostar-se em nada. Tirou um lenço vermelho do bolso da sua camisa e o usou para segurar a maçaneta e, depois, girar a chave que estava na fechadura, trancando-os.

— Não queremos que ninguém nos incomode, não é? — sussurrou ele, dando um sorrisinho.

— Com certeza, não. — Ela foi abrindo lentamente suas pernas e puxou sua meia-calça até o chão. — Vem aqui, hoje eu sou toda sua.

Ele se aproximou, ficou de pé em sua frente. Sonia puxou sua camisa e a tirou de dentro da calça. Em seguida, ajoelhou-se. Levou suas mãos e começou a desafivelar o cinto, depois abriu o botão e desceu o zíper. Não conteve um sorriso de canto de lábio assim que sentiu o volume do homem, ainda na cueca preta. Ergueu o olhar ao encontro do dele. Delicadamente, ergueu sua camisa e começou a beijar e passar a língua em volta de seu umbigo, mordiscando o caminho de pelos recém-aparados que a convidavam para descer mais um pouco com sua boca quente. Levantou-se até chegar aos seus lábios.

— Me pega com vontade que hoje eu quero te sentir todo dentro de mim. — Abraçou-o, levou as mãos até a bunda dele e apertou. Tentou beijá-lo, mas ele rapidamente virou a cabeça, impedindo-a. — Mas você não... — ela começou a falar.

Em silêncio, ele deu alguns passos para trás, parou e começou a desabotoar sua camisa. Foi abrindo um a um, bem devagar, de cima para baixo. Sonia ficou imóvel, extasiada com o que estava vendo. Aquele homem era perfeito, esculpido à mão, cada detalhe de seu peito definido e de seu abdome trabalhado foi ficando à mostra. Quando ele terminou, desfez-se da peça de roupa.

Foi então que Sonia percebeu, na pouca luz do ambiente, que sobre seu corpo definido havia algumas tatuagens. No seu peitoral, tinha uma espécie de símbolo e algumas frases estampadas que ela não conseguiu ler. E em um de seus braços continha um... Um... Um soco inglês desenhado? A forma de um arame rodeando seu outro braço, e então ele virou-se de costas, e lá havia outro desenho cravado. Esse era bem mais imponente que os outros: as asas de uma águia aberta e novamente aquela espécie de símbolo abaixo das asas. A luz estava fraca e dificultava sua visão.

Petrônio pôs-se de frente para ela e chegou mais perto. Sonia percebeu que aquilo não era um símbolo qualquer. Aquela forma em seu peito era uma... Olhou novamente para ter certeza do que estava pensando. Sem dúvidas, aquela era uma cruz da suástica. O símbolo de Hitler e do poder nazista regido na Segunda Guerra Mundial.

Todos aqueles desenhos, de certa forma, fizeram-na pensar coisas medonhas. Já ouvira falar de pessoas que ostentavam essas figuras. Pessoas que defendem ideias nazistas e que, principalmente, executam essas ideias. E uma mulher negra não era o tipo de perfil que atraía homens assim. Pelo contrário. Era um dos tipos repudiados.

Professora, Sonia não conseguia entender como um ser humano podia compactuar com coisas tão idiotas. Idiota. Essa era exatamente sua definição para esses grupos. Nenhum ser que seguia essa ideologia passou pelo holocausto para saber, ou tentar entender, pelo menos metade do quão desumanas eram as atrocidades cometidas. E no Brasil, principalmente, onde a população descendia de índios, africanos e era composto por uma mistura de povos das mais diversas nacionalidades, era ridículo alguém defender esse raciocínio. Jovens que não têm conhecimento, não o buscam saber e simplesmente aceitam aquilo que é "descolado".

Ela se assustou. Encolheu-se para trás.

— Espera aí... — disse assustada. — Você é um nazis...

Antes de concluir a frase, Petrônio agarrou sua garganta com uma das mãos e a ergueu do sofá. Com uma facilidade incrível, jogou-a sobre uma pequena mesa de vidro que havia no centro da sala. Seu corpo atingiu com tudo a superfície, fazendo estilhaços voarem por todos os lados. Sonia, caída, olhou para suas mãos e braços e viu sangue emergindo deles por conta dos cortes. Podia sentir pequenos cacos perfurando a pele de seu rosto. Ergueu os olhos para o charmoso homem que tanto havia lhe chamado a atenção. Ele estava terminando de vestir sua camisa com uma calma assustadoramente irritante. Não tinha pressa. Era um bom caçador. Sabia bem manipular sua presa.

Por um instante, ela achou que o estranho a deixaria viva. Pensou que, após vestir sua roupa, ele sairia e deixaria que os acontecimentos daquela noite servissem como um alerta de suas práticas.

Sonia pensou que nenhum mal fosse lhe acontecer...

Mas esse breve instante passou quando ela o viu lentamente se abaixar e levar as mãos até seu coturno de cano médio. Ergueu a barra da calça e puxou de lá um punhal de mais ou menos uns 20 centímetros de tamanho. Segurou a arma branca firmemente e veio em sua direção.

— Vai para o inferno, seu lixo! — Petrônio disse, abaixando-se e levando o punhal até seu rosto. Cravou a lâmina na lateral esquerda de sua testa e traçou um corte transversal profundo. A dor foi tanta que Sonia ainda tentou dar um grito de socorro, o qual foi impedido pelo seu assassino, quando ele pesou o joelho em sua boca. O ar foi impedido de chegar aos seus pulmões.

Por um breve momento a dor cessou, assim como seus sentidos.

A vida havia deixado seu corpo e um mundo negro a engoliu.

Petrônio levantou-se, admirando seu feito. O estrago ainda não havia acabado. Ele era sádico, gostava de deixar sua marca perto das vítimas. Como se um corte transversal no rosto não fosse suficiente, retirou do bolso uma pequena placa de prata. Devia ter uns quatro centímetros quadrados. No centro do objeto, havia em alto relevo de cor preta, a mesma cruz de suas tatuagens. Pegou a pequena placa com a cruz da suástica, sacou um lenço vermelho de seu bolso, limpou a superfície para destruir qualquer vestígio de digitais e a colocou sobre o corpo de Sonia, ajeitando da melhor forma possível, como um troféu. Guardou o punhal ainda sujo de sangue em seu coturno novamente. Com o mesmo lenço, limpou suas mãos e o enfiou no bolso.

Antes, quando estavam subindo a escada, Petrônio tinha avistado uma única câmera de segurança no corredor que dava à porta do escritório no segundo piso. O equipamento estava direcionado para a porta, assim que ele e Sonia adentraram o corredor, fez questão de ficar de costas para o objeto. Agora, na saída, caminhou de cabeça baixa, cobrindo o rosto com os braços.

Assim que desceu os degraus, olhou em volta para ver se alguém o observava. Aparentemente, ninguém, a multidão estava distraída. Como sua calça era de um *jeans* bem escuro, o sangue em seu joelho não era perceptível. Não em uma boate lotada de pessoas completamente bêbadas dançando músicas eletrônicas. Se pegasse uma daquelas pessoas, a fizesse abrir a boca e jogasse um fósforo aceso, uma explosão seria inevitável. Por esse motivo não encontrou dificuldades em sair dali. Caminhou até a porta de saída e foi em direção à sua importada *Lamborghini* preta.

Sentou-se e deu partida no motor. O celular que havia deixado no banco do passageiro tocou.

Essa não era a primeira chamada no aparelho. A pessoa tinha ligado pelo menos oito vezes antes.

— Tudo certo — ele disse, com um sorriso de satisfação. — E você? Onde está? Já chegou?

— Estou indo pra casa — disse a mulher do outro lado da linha. — E levando um convidado para a nossa festinha.

Petrônio deu um sorriso de canto de lábio.

— Eu acho que *ele* será a nossa festa hoje — ele confirmou, ironicamente.

— Então se prepara, porque a noite é só uma criança.

— Me espera para começar a brincadeira. Não comece sem mim. — Ele usou uma das mãos para limpar o suor que escorria por sua testa.

Petrônio desligou o celular e saiu em disparada. A noite ainda seria longa, porém, para os seus conceitos de diversão, seria muito divertida.

3
Juntam-se

"... Um assassino sádico e, a julgar pelas características dos crimes, racista estava solto e à procura de novas vítimas."

Marcos abriu os olhos com um pouco de dificuldade. Sua cabeça latejava e ele sentia um líquido frio, já ressequido, lhe cobrindo o rosto. Percebeu que era sangue. De repente os instantes de pânico que passara há alguns minutos vieram à sua mente. Lembrou-se da mulher e da pancada que recebera.

Tentou levar as mãos até sua cabeça, porém não conseguiu, elas estavam amarradas em volta do seu corpo com grossas cordas. Notou que estava sentado, preso pelas mãos e pernas a uma cadeira de madeira. Olhou ao redor e não viu nada além de uma forte luz sobre sua cabeça. A luminária velha de ferro balançava lentamente, fazendo sombras ao redor.

— SOCORRO! — Marcos gritou o mais alto que conseguiu. — ALGUÉM ME AJUDA! SOCORRO!

Nada. Parecia que ninguém era capaz de ouvi-lo.

Suportando a forte dor de cabeça, continuou a gritar na esperança de que uma viva alma o escutasse e fizesse o gesto de caridade de soltá-lo antes que...

Ele parou os berros por alguns segundos assim que ouviu passos não muito distantes de si. *Há alguém aqui,* pensou.

— Quem está aí? — perguntou com um elevado tom de voz. Não obteve nenhuma resposta.

— Quem está aí? O que você quer de mim? — Somente o silêncio insistia em lhe responder. Ouviu passos novamente, virou a cabeça para os lados para ver se conseguia ver algo, mas não enxergava nada. A luz forte sobre sua cabeça o impedia de ver algo mais distante.

De repente, ouviu um sussurro vindo próximo à sua orelha e, antes que tivesse tempo para algum reflexo, escutou:

— Quietinho, que a nossa brincadeira ainda nem começou.

Então, a mesma mulher que lhe parou na estrada mais cedo deu a volta e ficou na sua frente. Calmamente, ela não parecia estar nervosa ou ter pressa naquilo que estava pensando em fazer.

Agora, seus cabelos estavam presos num alto rabo de cavalo. Ela usava um macacão preto que ia dos tornozelos até uma gola rolê em seu pescoço e calçava botas marrons sujas de lama. Seus braços também estavam cobertos pelas mangas justas do macacão.

Ele sentiu uma raiva imensa lhe subir ao vê-la. Ela sorria.

— Você me bateu, me pegou desprevenido, sua vadia desgraçada! — Marcos agora olhava fixamente nos olhos dela. — Me solta daqui pra eu acabar com você! Me solta, sua vadia!

A mulher continuava a sorrir, com ironia.

— Isso, isso mesmo. Vai, fala bastante, fala, seu monte de lixo! — Num rápido golpe, ela cerrou os punhos e deu um soco na face de Marcos. Com o impacto, a cadeira tombou, jogando-o com tudo no chão. — Fala enquanto essa língua ainda está na sua boca! — Nesse instante, no calor da emoção, ela começou a chutá-lo. E chutar com força. No rosto, no estômago, nas partes baixas. Onde quer que acertasse.

— Alexia, para! Alexia! — Uma voz grave a fez interromper os golpes. — Nem me esperou pra começarmos a brincar?

Seu namorado chegara. Namorado e comparsa em todas as suas ações.

Alexia se virou, encarando-o. Levou as mãos à cabeça e soltou seus longos cabelos louros.

— Por que demorou tanto assim? — ela perguntou.

Ele contraiu o maxilar.

— Eu estava fazendo um servicinho para a sociedade. A nossa causa fez mais um favor para ela hoje — o dono da voz grave respondeu, envolvendo sua cintura e a puxando para perto de si, ficando com seus corpos colados. Beijaram-se ardentemente. — E olha que nem somos agradecidos por isso.

— Nem me fale. Odeio os politicamente corretos. Hipocrisia me enoja — Alexia falou entre os beijos. — E ocorreu tudo bem, Petrônio?

— Na mais perfeita ordem. A negrinha não teve nem chances — Petrônio foi até cadeira caída. Colocou-a de pé com uma enorme facilidade, fazendo nem parecer que tinha um homem amarrado ali. — E esse daí, foi fácil pegar?

A loira sorriu e cruzou os braços.

— Esse crioulo aí não resiste a uma loira gostosa e indefesa na beira de uma estrada, pedindo ajuda para trocar um pneu. — Ela riu, aproximando-se dos dois. Marcos continuava com a cabeça abaixada. — Acho que ele esperava que eu desse algo como pagamento.

— Ah... Não julgue o negrinho por isso. Eu também não resistiria a você. — Ele voltou a encarar a vítima. — Vamos acabar logo com ele! — Petrônio exclamou. — Essa noite me deu uma canseira...

— Tá perdendo o jeito, é, meu amor? Cadê aquele cara por quem eu me apaixonei? Aquele forte, viril e que passaria horas quebrando osso por osso e amassando músculo por músculo da cara disso aí? Esmagando cada pedacinho desse monte de lixo...

Aquelas palavras soaram como uma agulha no ego de Petrônio. *Esse homem está aqui, loira,* pensou. Ele levou a mão ao bolso traseiro de sua calça e sacou um soco inglês. Encaixou-o nos dedos, segurou o queixo de Marcos e levantou sua cabeça. Começou a socar com força seu rosto.

O aço da arma nos dedos de seu agressor lhe cortava a pele a cada golpe. Já imaginara que seu rosto deveria estar desfigurado àquela altura. Mas ainda mantinha os sentidos. Não gritou ou esboçou qualquer reação. Não clamou por piedade nem se deu o trabalho de pedir para que parasse. Sentiu que seria inútil. Apanhou quieto. Clamar para que ele interrompesse a agressão não adiantaria. Suportou aquilo sabendo que não aguentaria por muito tempo.

Quis voltar no tempo e passar direto pela mulher na beira da estrada pedindo-lhe ajuda. *A vadia loira.* Quis chegar em casa e ver sua esposa. Ver seu filho nascer. Desejava voltar à empresa na manhã seguinte e saber que havia ganhado a promoção. Mas sabia que nada disso aconteceria. No momento, a única coisa de que tinha certeza era dos golpes que recebia e da voz dela, da *vadia loira* atiçando a ira do homem, do covarde maldito.

— Isso, vai! Acaba com ele! — Alexia incentivava-o.

Com uma fúria cada vez maior, Petrônio aumentava a frequência e a intensidade dos socos. Sangue respingava e lhe sujava o rosto em ira.

Até que o homem amarrado e sem chance de defesa, na sua frente perdeu a consciência.

Mesmo desacordado, os socos não pararam. A raiva era maior que tudo.

Notando que ele já não mais respirava, depois de certo tempo, os dois desfizeram os nós de suas mãos e pernas. Seu corpo estava caído, imóvel.

Sangue minava pelos fundos ferimentos em sua face e manchavam suas roupas. O casal juntou o corpo de Marcos, o envolveu em um enorme tapete e o levaram até o carro de Petrônio.

Percorreram as ruas da cidade com o corpo dentro do porta-malas. Após alguns minutos, chegaram ao depósito de lixo. O lixão da cidade, popularmente conhecido entre os habitantes. Desceram e depositaram ali o tapete enrolado com o conteúdo.

Alexia voltou ao automóvel e pegou no porta-luvas do carro um revólver calibre 38. Em seguida, juntou-se novamente a Petrônio. Após, disparou três vezes contra o corpo morto de Marcos.

— Só pra ter certeza de que o *lixo* vai ficar no *lixo*. — Ela agarrou seu companheiro e beijaram-se ardentemente.

— Você trouxe? — ele perguntou.

— Claro.

Alexia retirou de dentro do sutiã a mesma placa de aço com a cruz nazista gravada. O objeto estava envolto por um pequeno pedaço de pano, para evitar qualquer digital ou vestígio de DNA de seus donos. Livrou-se do tecido que a envolvia e jogou-a sobre o corpo de Marcos. Os dois tinham em mente que um bom serviço tinha que ser assinado. E a plaquinha nazista era uma assinatura criativa e exclusiva.

Retornaram ao carro e voltaram para casa em alta velocidade.

Fizeram sexo por quase todo o resto da madrugada, como se fosse uma espécie de comemoração pelos feitos desta noite. Como uma recompensa que se davam. Um troféu pelas ações bem-sucedidas do dia.

◆ ◆ ◆

A alguns quilômetros da residência de Alexia e Petrônio, uma movimentação tomava conta do *Lottu's Bar*. Mas diferente do que os donos tinham planejado, o alvoroço todo não era por causa do sucesso da reinauguração.

Viaturas de polícia cercavam o local. Policiais e peritos isolavam uma certa sala no piso superior do bar.

E mais uma tragédia entrou para o hall de coleções do estabelecimento. Dessa vez, a coisa toda foi bem pior do que infecções causadas por má conservação de alimentos. Provavelmente o bar nem voltaria a ser aberto novamente. Talvez ficasse marcado para sempre pela violência cometida naquela noite.

O brutal assassinato de uma jovem, uma professora universitária e também filha dos donos do recinto, passou a ser o tema das rodas de conversas nas próximas semanas. O noticiário tinha em suas principais pautas o terrível ato de crueldade cometido em uma noite que deveria ser só de comemorações.

Nos dias que se seguiram, o assunto não foi outro, senão a tal plaquinha com o símbolo nazista gravado.

A plaquinha nazista.

O objeto funcionou como uma injeção de medo nos moradores.

Para completar o pânico geral, acharam, alguns dias depois, outro corpo abandonado no lixão da cidade. Características da mesma violência se sobressaltaram. E quando foi divulgado pela polícia local o objeto que estava junto ao corpo, uma onda de terror se instalou.

Definitivamente, Colíder não era mais a mesma. Agora, andar pelas ruas que, até então, eram pacatas, durante a noite, era sinônimo de idiotice. Pouquíssimas pessoas se arriscavam a sair. Um assassino sádico e, a julgar pelas características dos crimes, racista, estava solto e à procura de novas vítimas.

4

Os dois

"... Se tudo ocorresse bem e se os três suprissem as necessidades da organização, uma nova célula estaria instituída em alguns dias."

O dia amanheceu cinzento, com pesadas nuvens carregadas de água. Pelo temporal que se formava, choveria pelo menos por todo o resto da manhã.

Alexia e Petrônio levantaram, se aprontaram e desceram para tomar café. A casa dos dois era bem confortável. Dois pisos, uma enorme piscina e uma ampla área de lazer que contava com uma churrasqueira e um refinado bar com caras bebidas que regavam suas festas e as reuniões. O loteamento da residência era amplo, gramado e bem arborizado.

A boa vida dos dois era mantida pela fortuna de Alexia. Ela era herdeira de muitas fazendas. Sete, para ser exato. O estado de Mato Grosso era o berço da agricultura no Brasil, e as terras que pertenciam aos seus pais eram as maiores fornecedoras de soja do país, motivo este que alimentou a renda da família todos esses anos, deixando-os numa situação financeira confortabilíssima. Seus pais morreram e deixaram todas as fazendas para ela, que era filha única. Falando em seus pais, eles morreram de forma misteriosa. Ninguém soube ao certo o que aconteceu. Segundo a polícia e a certidão de óbito, eles tinham tido um ataque cardíaco. Muito estranho os dois, no mesmo dia, serem acometidos por um ataque cardíaco, simultaneamente, não? Mas foi isso que aconteceu, segundo o que foi divulgado. Alexia fez questão de não fazer o velório do casal. Em uma cerimônia, da qual somente ela e seu companheiro participaram, os corpos foram cremados. Ninguém da família compareceu, o que deixava tudo ainda mais estranho.

Ah, Alexia... A estranha menina de cabelos dourados que aparentava ser um anjo... Mas, no decorrer dos anos, suas atitudes não condiziam mais com a de um ser angelical, muito pelo contrário.

Desde pequena Alexia foi uma criança diferente. Não era daquelas que brincavam de bonecas ou de casinha com as primas, de fazer comidinha ou pique-esconde. Na adolescência, em vez de sair para baladas como as garotas da sua idade faziam, ela sempre ficava em casa fechada em seu quarto. Não poucas vezes sua mãe a incentivava a sair, trazer amigas, arrumar algum namoradinho. Mas nunca aconteceu. Seu primeiro namorado foi Petrônio, ela tinha dezessete anos, e ele, vinte e dois. Seus pais nunca aprovaram o namoro. Petrônio era um cara fechado, de expressão sempre séria e nunca soltara uma gargalhada sequer na frente dos dois. Assuntos em comum com os futuros sogros nunca existiram. Suas roupas eram sempre escuras, camisas sempre abotoadas até o pescoço e de mangas longas, calças e coturno. Como um uniforme, essas eram sempre suas vestimentas.

Depois que Alexia começou a namorar, seus costumes mudaram. Às vezes mudanças significam uma coisa boa, às vezes as pessoas mudam para melhor. Mas no caso dela, mudaram de uma forma pior. Se antes vivia isolada em seu quarto, após o início do relacionamento, ela raramente ficava em casa, sempre saía durante as noites e voltava só nas manhãs seguintes. Sempre com Petrônio em seu encalço.

Um dia, sua mãe entrou em seu quarto abruptamente. A moça tinha chegado havia pouco de uma festa e acabava de sair do banho. Estava trocando de roupa quando fora surpreendida. Assim que entrou, os olhos da mãe avistaram o que a deixou boquiaberta. Aquela tatuagem nas costas da filha.

Havia um letreiro escrito na horizontal de forma bem nítida e imponente de ombro a ombro:

Nossa raça deve ser lavada com o sangue dos imundos!

A mulher ficou irada com o que seus olhos estavam vendo. Sua filha, aquela que até pouco tempo atrás era só uma garotinha tímida, reclusa e de poucas palavras, agora estava tatuando seu corpo? O choque não foi nem tanto pelo fato de ela ter feito uma tatuagem, talvez um desenho qualquer não tivesse tanto impacto, mas o que a deixou horrorizada foi o que a inscrição dizia.

Ela pediu explicações, gritou, esbravejou... Mas Alexia estava diferente. Expulsou a mãe do quarto gritando mais alto ainda, batendo a porta e a trancando. Minutos depois, saiu sem dizer nada, pegou a chave do carro e partiu. Voltou para casa três dias após, com uma expressão congelada que a partir daí assustava seus pais.

A relação da família desde que Alexia e Petrônio se conheceram nunca mais foi a mesma. Não mais se sentaram reunidos em uma mesa para uma refeição ou para assistirem a um filme, como faziam quando a filha era criança. Diálogos deram espaço para discussões. A família nunca mais foi o que uma vez chegou a ser até o dia da morte dos patriarcas. Após isso, a vida de Alexia parecia ter finalmente melhorado. Agora, ela era a única dona do dinheiro, podia fazer o que bem entendesse sem ouvir sermões e conselhos que considerava chatos. Finalmente, para ela, podia levar a vida que sempre quis ao lado de Petrônio, sem ter que dar satisfações a ninguém.

— Que horas que eles chegam? — Petrônio perguntou, enquanto dava o último gole em seu suco de melancia.

— Marcamos amanhã às sete da noite. Espero que não esteja chovendo. — Alexia levantou-se e foi para a sala de estar. Seu companheiro a acompanhou. — Eles devem ficar em um hotel durante o dia e virem para cá à noite.

— Você tem certeza de que eles são de confiança? Se alguma coisa disso vazar, estamos perdidos! Nada pode...

Antes de Petrônio completar a frase, Alexia o interrompeu.

— E você acha que eu sou idiota? Acha que iriam colocar nossa causa em risco? — Sentaram-se no sofá. — Eles já fizeram os primeiros testes na célula da capital. Agora é nossa responsabilidade torná-los aptos para defender nossos ideais.

As organizações neonazistas ainda estão em pleno funcionamento no nosso país. Agindo, é claro, de forma discreta, porém fazendo questão de deixar suas marcas. O intuito deles é expandir sua forma de pensamento entre os jovens. A juventude é o principal objetivo. *"Mentes em formação absorvem melhor o conhecimento, são fáceis de induzir por certas linhas de raciocínio. É como você pegar uma massa de modelar, você dá a forma que quiser a ela"*, Petrônio disse certa vez.

Embora essas organizações se denominassem neonazistas (novos nazistas), de novos não tinham nada. Após o declínio de Hitler e escassez das práticas nazistas, permaneceram pequenas partes dos seguidores do bárbaro espalhadas no mundo, principalmente na Alemanha e arredores. Hoje em dia, os neos procuram estabelecer suas ideologias em toda a sociedade. Constantemente em busca de seguidores, as organizações procuram se dissipar e se embrenhar por todo lugar. Sempre atentos, estão em alerta para um potencial membro.

Voltando ao Brasil, eles se organizam em grupos, denominados células, célula-mãe e sub-células. As células estão espalhadas por vários estados do país com o intuito de ganharem seguidores, adeptos que compartilham dos mesmos ideais. A célula-mãe situa-se em São Paulo. Essa célula-mãe coordena as sub-células que existem na capital de cada estado. As sub-células, por sua vez, organizam e espalham as células nas cidades do estado. Não existem células em todas as cidades do país (essa é uma das principais missões: estabelecerem pelo menos um grupo e disseminar a ideologia em cada cidade).

"Nossa raça deve ser lavada com o sangue dos imundos."

Imundos, segundo a organização, são aqueles que estão em minoria e os que têm tons de pele diferente dos seus: afrodescendentes, homossexuais, nordestinos, pessoas com alguma deficiência física ou mental. Segundo a ideologia que pregam, essas classes levam a sociedade ao retrocesso e têm que ser expurgadas a qualquer preço. Matar e morrer em nome da organização. Esse é um dos lemas e um dos juramentos a serem seguidos pelos neos.

Alexia e Petrônio receberam a missão de formar uma célula em Colíder. Depois de passarem pelo treinamento da sub-célula da capital mato-grossense e firmarem-se como dois veteranos da ideologia na cidadezinha, os dois foram instruídos a organizar um grupo na pequena cidade, não um grupo grande, inicialmente deveria ter cinco componentes. Também não havia ordens quanto ao sexo dos integrantes, a única ordem era que fossem pessoas preparadas, capacitadas. A sub-célula enviara três indivíduos que passaram nos testes iniciais para serem submetidos aos treinamentos em Colíder. Se tudo ocorresse bem e se os três suprissem as necessidades da organização, uma nova célula neonazista seria instituída em alguns dias.

— Virão três — Alexia afirmou. — Dois homens e uma mulher. Murilo, Ésio e Rayana. Eles ficarão hospedados aqui em casa. Pelo menos durante os dias de treinamento.

— E o que você achou deles, Alexia? Pelas fotos já dá para traçar o perfil de cada um, não é?

Ela sorriu e se aproximou dele.

— Sério que você está me falando isso? — Ela encaixou o queixo dele entre seus dedos e o beijou. — Olha a gente, por exemplo, ninguém desconfia absolutamente nada de um casal apaixonado. Um casal bem apaixonado acima de qualquer suspeita.

Petrônio levou as mãos atrás da cabeça de Alexia e agarrou um bocado de cabelos. Puxou para trás, fazendo-a inclinar o rosto para cima.

— Um casal bem apaixonado? — falou em tom baixo, quase

sussurrando.

— É, bem apaixonado — ela confirmou. E puxou, beijando-o ardentemente.

Ele deitou-se no sofá sem soltar seus cabelos. Puxou-a e a fez enganchar em sua cintura. Os beijos ficaram mais intensos, a excitação dos dois era incontrolável. A dele, porém, era perceptível entre os corpos colados. Seu membro rígido foi livre quando arrancaram as roupas um do outro violentamente. Em questão de segundos estavam nus, entregues um ao outro. Palavras eram abafadas por gemidos, suor escorria sobre a pele de ambos. Os dois estavam completamente encaixados, em perfeita sintonia. O momento durou um pouco mais de uma hora, até que o êxtase os atingiu, o clímax arrancou gemidos ainda mais fortes, as unhas de Alexia dançavam nas costas de Petrônio, deixando marcas por onde passavam.

No fim do ato, caíram exaustos sobre o felpudo tapete da sala. A mesinha de centro fora empurrada para longe alguns momentos antes enquanto estavam preenchidos um pelo outro.

— Você é deliciosa, loira.

— Claro que sou. E mulher deliciosa só se realiza com caras como você — disse ela, ofegante.

A pele úmida dele cintilava a fraca luz que entrava pelas janelas. Lá fora começara a chover. Ela apoiou uma das mãos sobre o peito dele, tapando parcialmente um dos desenhos tatuados que algumas semanas antes fora a última coisa que a jovem Sonia, do *Lotus's Bar*, viu.

A casa estava completamente vazia, ocupada somente pela presença dos dois. Alexia, um dia antes, dispensou Maida, sua empregada. Dera alguns dias de folga, não a queria por perto pelo menos durante os treinamentos mais fortes aos quais os novatos seriam submetidos.

O casal se levantou e foi tomar um banho no banheiro da suíte principal. Lá transaram mais uma vez, com a água quente escorrendo sobre seus corpos.

5
O trio

Ésio, Rayana e Murilo...

Ésio

O grupo estava em uma famosa e pacata praça em um bairro não muito grande em Cuiabá. Todos fumavam. Fumavam e bebiam. Bebidas com alto teor de álcool, mas isso não era problema para a turma. Naquele momento, espairecer e se divertir eram as únicas obrigações. Todos estavam comemorando o fato de terem passado, dois dias antes, no Exame da Ordem dos Advogados do Brasil. Todos os quatro passaram, depois de quase dois anos de cursos e horas de estudos por dia. Abdicaram de festas ou qualquer tipo de comemoração para se prepararem. E os resultados de tais esforços estavam valendo a pena agora. Luna, Caio, Janice e Ésio decidiram colocar em dia tudo aquilo que deixaram de lado por algum tempo. Jogaram-se nas baladas para tirar o atraso. O momento pedia e ninguém era de ferro. *Algumas baladinhas não fazem mal a ninguém,* pensavam. O único foco agora era a farra. Pelo menos por algum tempo seria assim, como uma despedida da vida de jovens inconsequentes para a de adultos responsáveis.

Mas para um deles os planos seriam outros. O que estava prestes a acontecer o colocaria em um novo caminho. É óbvio que sempre há a opção de seguir tal caminho ou não. E a escolha seria feita. Inevitavelmente teria de ser feita.

Os quatro pagaram a conta na pequena lanchonete, pediram mais algumas garrafas de vodca, energéticos, uísque e adentraram o carro de Caio. Saíram em alta velocidade, quem dirigia o automóvel era o próprio Caio. Ésio estava no banco do carona e as duas moças no banco de trás.

O som estava no volume máximo e todos estavam embriagados enquanto cantavam eufóricos alguma música. A animação fazia os quatro terem a sensação de que nada mais existia além dos limites daquele carro. Bebiam e revezavam as garrafas entre si. Tinham a impressão de que tudo se resumia à empolgação do momento.

De repente, um estrondo assustou-os. Caio, que estava na direção, freou bruscamente, fazendo os corpos, que, por sorte, estavam com cintos de segurança, se inclinarem para frente.

— O que foi isso? — Janice perguntou espantada enquanto passava as mãos para colocar os cabelos no lugar.

— Batemos em alguma coisa — disse Ésio, assustado. — No que foi que a gente bateu, Caio?

O jovem pensou por alguns instantes e debruçou sobre o volante para ver se via alguma coisa.

— Não sei, não vi. — Caio levou uma das mãos ao painel e desligou o som. Fizeram-se alguns segundos de silêncio.

Eles estavam em uma ruela pouco movimentada naquele momento. Já passava da meia-noite e a rua com algumas casas residenciais estava deserta. De longe se via uma ou outra luz acesa em algumas casas, mas pelo horário todos deviam estar deitados em suas camas, dormindo tranquilamente. Algumas pessoas tinham a sorte de ainda conseguir um sono tranquilo, já outras adormeciam temendo quantas horas de sono ainda teriam antes de o despertador tocar avisando que já era hora de voltarem às suas rotinas estressantes de trabalho, escola...

Mais tarde, Ésio descobriria que nem todos naquela rua dormiam. Havia alguém ali, em algum ponto, que veria o que estava por vir.

— Desce e vai ver o que é, Caio — Luna o ordenara. Ele olhou de relance para trás e depois olhou para Ésio. — Vamos lá — disse, enquanto desafivelava sem pressa o cinto de segurança.

Ésio fez o mesmo. Em seguida desceram.

Quando Caio abriu a porta, já avistou um pouco mais à frente o que causara o barulho no carro.

Caído e inconsciente havia um... uma... um travesti. A batida ocorreu bem na lateral da frente do automóvel. Devia ter atingido a parte das costelas e perna direita dele, ou dela... O impacto o jogou alguns metros à frente. Seu rosto deveria ter atingido alguma pedra, ou o próprio meio-fio da rua, pois estava todo ensanguentado com os cabelos engrenhados no líquido vermelho. A maquiagem forte era perceptível, apesar dos ferimentos.

Encontrava-se imóvel, com o rosto meio de lado. As pernas, raladas, assim como os braços. Sua bolsa tinha caído mais à frente.

Caio e Ésio ficaram de pé, ao lado da vítima. Entreolharam-se, sem dizer nada. Quietos, pensavam no que fazer. Chamar uma ambulância? Chamar a polícia? Socorrer o travesti, se é que ele ainda estava vivo?

Janice e Luna desceram do carro.

— E aí, o que aconteceu? — Luna interrompeu os passos assim que percebeu o que tinha ocorrido. Janice nem chegou a dizer nada. Nem precisava. As duas se aproximaram da cena.

— O que você fez? — Janice levou as mãos à boca, incrédula. — Você matou ela, Caio? — O tom agora era de medo. Caio permanecia calado.

— Temos que chamar uma ambulância! — Luna pegou seu celular no bolso traseiro da calça.

— Não, Luna! — Ésio tomou o aparelho das mãos dela. — Espera.

— Esperar o quê? Ela morrer? — Nesse momento, o travesti moveu uma das pernas e grunhiu algo. — Ela tá viva, olha!

— O que ela está querendo dizer? — Janice abaixou-se para ouvir.

Meio abafado e quase sem voz, conseguiu emitir:

— Socorro, me... me... ajuda. — Inclinou a cabeça e abriu com dificuldade os olhos. Um pouco de sangue derramou da boca junto com as palavras. Janice levantou-se abruptamente.

— Temos que chamar socorro, uma ambulância, polícia, alguma coisa! Não podemos deixá-la aqui.

— Não, Janice, a gente não vai chamar. Vocês duas, voltem pro carro agora! — Caio ordenou.

As duas trocaram olhares preocupados.

— Não, temos que ligar...

— Voltem para o carro agora, Luna! — As duas se assustaram com o tom de voz de Ésio. Ele estava suando nesse momento. Transmitiu um olhar sério, alarmado. Não havia brincadeira em suas feições.

— Mas...

— AGORA, JANICE! — gritou Caio.

Elas fizeram o que lhes mandaram. Entraram, fecharam a porta e espiaram pela janela com o vidro fechado.

— O que você acha que eles vão fazer?

— Não sei, Luna. Não sei. — Elas estavam apreensivas. Olhavam os rapazes na esperança de conseguirem ouvir o que falavam, mas nada. Eles cochichavam e lançavam rápidos olhares na direção delas.

— Caio, eu não vou ferrar minha vida por causa desse *boiola*! A gente tem que fazer alguma coisa.

— Vamos embora agora, Ésio, ninguém viu a gente. Vamos rápido, antes que passe alguém por aqui.

— Não! Ele viu nossa cara. Se deixarmos ele aqui, ele vai tentar nos encontrar. Ele irá à polícia, vai fazer retrato falado da gente! Vai aparecer em jornais. — Ésio passava as mãos euforicamente nos cabelos e pela testa, para limpar a transpiração. — Definitivamente, essa *bicha* não pode sair daqui!

— Como assim, Ésio, não pode sair daqui? O que você está querendo que façamos com ele?

Passaram alguns pensamentos pela cabeça de Caio naquele instante. Mas ele não se atreveu a sugerir nenhum. Olhava fixamente para o amigo, torcendo para que obtivesse uma resposta cabível.

— Ué, Caio...— Ele deu um sorriso de canto de boca forçado, tentando esconder o nervosismo e convencer o amigo. — A gente entra no carro e... — Pausou as palavras. Tomou um pouco de ar e continuou. — E termina o ocorrido.

— Como é que é? — Caio disse, incrédulo. — Você ficou louco, Ésio?! Não vou fazer isso! Eu não sou assassino! — Ele se aproximou de Ésio e o puxou pelo colarinho da camisa, ficando cara a cara. — A gente vai sair daqui agora!

— E o que você prefere? Ir parar nas manchetes policiais? Quanta credibilidade terá um advogado que já no início da carreira foi detido por dirigir embriagado e quase matar uma *bicha* imunda na rua...

— Ah, claro, e a sua solução é ir parar nas manchetes policiais por assassinato? Por atropelar e matar propositalmente a *bicha*?

— Ninguém vai saber quem foi, Caio! Saberão se deixarmos isso aí vivo! A primeira coisa que ele vai fazer quando for socorrido é ir até à polícia. — Os olhos dos dois se cruzaram fixamente por alguns segundos. — Eu não vou estragar minha vida por causa disso. Não vou mesmo!

Caio soltou a camisa do amigo. Pensou nas palavras que acabara de ouvir. Raciocinou por algum tempo.

— E você acha que as meninas vão querer fazer isso? — Olharam de relance para as duas dentro do carro. — Ésio, elas nunca aceitariam!

Ésio virou-se de costas. Caminhou de um lado para o outro em passos curtos. Estava aflito. Não sabia o que fazer, só sabia que a vítima caída, mexendo algumas partes do corpo, não poderia sair dali. Não viva. Isso não.

E os anos de estudos na faculdade? E as horas e mais horas de preparação em cursinhos? Tudo seria em vão se aquilo que acontecera vazasse. Ele sabia que preso, não iria. Com um bom advogado o máximo que aconteceria seria responder ao processo em liberdade e, na pior das hipóteses, ter que pagar uma fiança ou ainda cumprir um prazo de serviço em alguma instituição de caridade. Réu primário, bons antecedentes, endereço fixo... Mas somente o escândalo já seria suficiente para acabar com a carreira que ainda estaria por começar. Quem contrataria um advogado que estava alcoolizado num carro em alta velocidade? E o pior, atropelou uma pessoa? *Pessoa não,* ele pensou, *atropelou aquilo.*

— Caio, a gente faz o seguinte... — O jovem encarou o amigo novamente. — Você vai pegar o carro e sair daqui com as garotas, agora.

— Para onde? E você? O que vai fazer?

— Faz o que eu estou mandando. Vou resolver esse problema. — Olhou para o travesti, que se movimentava e murmurava algo. — Eu vou resolver isso por nós dois. — Ele olhou as moças no carro. — Ou melhor, por nós quatro.

— Ésio, olha lá o que você vai fazer. — Caio apertou a mão do amigo. Fizeram um sinal com a cabeça de positivo, como se estivessem selando um pacto. Um pacto de silêncio. Em seguida, foi em direção ao carro, entrou e girou a chave na ignição. Janice e Luna resmungaram o que teria acontecido, perguntaram o motivo de o amigo ter ficado lá. Caio nada disse. Apenas acelerou e saiu do local, como o combinado.

Pronto.

Agora era somente Ésio. Ésio e a vítima.

Ele não queria fazer isso. Mas algo nele dizia que tinha que fazer. Iniciar a carreira com a fama de dirigir alcoolizado e atropelar uma pessoa, isso não iria acontecer. Por mais que não fosse ele o condutor do carro, mas seu amigo era. E ele tinha que fazer isso não só por si, mas por Caio, Janice e por Luna.

Ah, Luna, os dois, tempos atrás, já foram namorados. Não exatamente namorados, era coisa de crianças que estavam no ensino fundamental. Os dois cresceram juntos. A relação era mais de "amizade colorida" do que namorados, perceberam isso quando atingiram certa idade. Depois, cada um seguiu seu rumo, mas nunca se afastaram. A paixão pela advocacia os uniu novamente em uma sala de aula. Foi lá que conheceram Caio e Janice. *Esses quatro, se um dia se tornarem sócios, serão uns dos mais bem-sucedidos advogados desse país,* disse certa vez um professor no quarto ano da faculdade. E essa agora era a intenção do grupo, abrir um escritório, defender e fazer reinar a justiça.

De promissores profissionais a advogados de porta de cadeia. Esse seria o futuro, depois do acontecimento daquela noite. Mas ele poderia mudar isso. Bastariam apenas alguns minutos de sangue frio, em nome da amizade. *Alguns minutos,* ele pensou. *Vai ser rápido e eficaz.*

Ésio andava de um lado para o outro, aflito. Transpirava muito. Gotas de suor escorriam pela testa. Passava sem parar as mãos nos cabelos negros. Sua pele clara e úmida reluzia o brilho da lua e uma fraca luz que vinha de um poste de energia ao longe. Passou os olhos pelo corpo ali deitado, mexendo-se com dificuldade e murmurando algo indecifrável. *Eu tenho que fazer,* pensou. *E tem que ser agora.*

Ele olhou de um lado para o outro, à procura de algo que facilitasse o serviço. Procurou, andou alguns metros, até que avistou, do outro lado da rua, perto de uma moita, algumas pedras. Pedras pequenas e grandes. Foi até lá, abaixou-se e rapidamente apanhou uma. Essa tinha o dobro do tamanho da sua mão, era pesada e um pouco pontiaguda.

Perfeito.

Atravessou a rua novamente e ficou de pé ao lado da vítima.

Agora, Ésio não aparentava ter bebido tanto algumas horas antes. Quem o visse, com certeza diria que estava sóbrio. E de fato estava. Já era acostumado com bebidas e dificilmente se enfraquecia sob os efeitos delas. Seus olhos estavam fixos para baixo, o semblante transformou-se, deixando o jovem e promissor advogado com o rosto petrificado. Seu olhar transmitia raiva. Raiva não, ódio.

Apertou a pedra entre seus dedos.

A respiração estava ofegante. Não ouvia mais nada além das batidas de seu coração.

Segurou a pedra com as duas mãos, ergueu os braços o mais alto que pôde e ficou durante alguns segundos assim, pensando no que estava prestes a fazer. O travesti já não murmurava nada, apenas o olhava como se suplicasse piedade. Mas ele não estava com cara de que seria piedoso.

Então ele colocou força nos braços e jogou a pedra para baixo. Ela acertaria bem na cabeça do travesti.

A pedra fez um estrondo ao cair no chão, bem ao lado da cabeça.

A coragem lhe faltou, e a pena falou mais alto. *Ah, meu Deus, o que eu ia fazer?,* Ésio perguntava-se em voz alta. *Eu não posso fazer isso, eu não sou um assassino!* Começou a chorar. Caiu de joelhos, esfregando as mãos no rosto. *Mas eu não posso estragar minha carreira, não, não mesmo...*

— Escuta aqui — ele falou com a voz mais firme. — Eu vou deixar você, mas se tentar me procurar ou tentar procurar meu amigo, eu juro que vou te matar! — Deu uma cutucada no ombro do travesti. — Você está me ouvindo? — Ele grunhiu algo. — Está me ouvindo? — Ésio gritou desta vez. O homem travestido caído apenas afirmou positivamente com a cabeça.

Ésio então se levantou. Deu de costas e andou alguns passos, lentamente. Parou e pensou no que tinha feito. No que estava fazendo. E continuou a caminhar, decidido a ir para casa, tomar um banho e descansar. E, se possível, deletar de vez aquela noite da sua vida.

De repente ele ouviu uma voz que vinha do seu lado direito. Uma voz de homem. Virou-se para onde o som estava vindo.

— Você sabe que tem que fazer — disse o homem.

Ésio olhou rapidamente e o avistou.

O sujeito aparentava ter mais ou menos uns 35 anos, 1,90 m de altura, tinha a cabeça completamente raspada e usava uma blusa regata preta, bem justa ao corpo. Exibia os músculos definidos dos braços. Braços esses que estavam tatuados, os dois. Usava calça *jeans* também preta e uma bota.

— Você sabe que tem que fazer isso — repetiu o estranho. Os músculos de seu rosto se enrijeceram.

Ésio se aproximou.

— Quem é você? O que está fazendo aqui? — gritou o advogado. — O que foi que você viu?

— Eu vi — o estranho começou — um carro com um grupo de jovens alcoolizados em alta velocidade atropelar um traveco. Jovens de uma boa classe social, eu diria. Não é qualquer um que dirige um carro daquele porte.

— O que você quer? — Ésio perguntou. — Você quer dinheiro? É dinheiro que você quer? Eu posso te dar! — As palavras quase saíram embaralhadas pelo nervosismo. — Quanto você quer? Hein? Quanto, seu maldito!? Quanto?

O homem apenas deu uma gargalhada.

— Eu não quero seu dinheiro, rapaz. Eu quero... eu quero... — Fez uma pausa, pensou e depois continuou: — Você é bastante corajoso, sabia? Quando eu te vi sugerindo ao seu amigo matar a *bichona* aí, e depois pegando a pedra, achei que de fato você o faria.

— Eu nunca faria isso! Não sei o que me passou pela cabeça...

— Tem certeza de que não faria? E por que não?

— Porque eu não sou assassino!

— Deixa eu te dizer uma coisa — o careca tatuado iniciou. — Ninguém "é" nada. Um valentão perde toda a sua coragem se for acuado por um grupo de jovens. Uma criança perde toda a alegria quando é isolada dos amiguinhos. Ninguém é, de fato, nada. Você pode nunca ter sido um assassino porque nunca foi colocado em uma situação que te exigisse isso. A primeira coisa que essa *bicha* vai fazer quando escapar com vida daqui é ir até a polícia. É isso que você quer? Tão jovem e já estampar as colunas policiais dos jornais?

Ésio não respondeu de imediato. Absorveu as palavras do homem, ponderando por algum tempo.

Passou as mãos no rosto para limpar o suor e depois nos cabelos, ajeitando-os. Após, respondeu:

— Mas ele jurou que não faria isso! Ele disse que não irá à polícia! — disse por fim, tentando convencer a si mesmo.

— Na situação em que isso aí está. — O tatuado olhou com certo nojo para o travesti. — Se você perguntar se ele vai se casar com uma linda mulher e vai foder com ela todas as noites, ele afirmará que sim.

Ésio pensou no que o estranho tinha dito. E sentiu seu estômago embrulhar ao perceber que ele tinha razão. Qualquer pessoa, em uma situação de perigo, concordaria sem titubear com o que lhe fosse ordenado.

— E o que você quer que eu faça? — esbravejou.

— Você sabe o que tem que fazer — o careca disse, aproximando-se. — E eu tenho algo que poderá facilitar as coisas para você.

Levou a mão esquerda até as costas e puxou da cintura um revólver. Ésio espantou-se com o que acabara de ver.

— Você é louco, cara? Anda armado? O que você é? — gritou essas palavras, dando um passo para trás.

— A gente tem que andar preparado para acabar com esses lixos — Olhou para o travesti. — Esse monte de lixo não merece respirar nem o mesmo ar que respiramos! Toma. — Estendeu a arma para Ésio. — Faça!

Um turbilhão de sensações passou pelo corpo do jovem advogado. Viu os últimos anos de sua vida passar como um filme em sua cabeça. Pensou nos seus pais, nos seus amigos, em Luna.

Então, ele respirou profundamente e apossou-se da arma.

Apoiou o dedo no gatilho, olhou para o homem tatuado à sua frente.

O careca fez um sinal positivo com a cabeça.

— Faça — repetiu o estranho, sussurrando.

Ésio deu alguns passos em direção ao travesti, alcançou sua testa com a mira do revólver...

E pesou o dedo no gatilho.

Naquele momento, Ésio deu um rumo completamente diferente à sua vida. Dizem que um homem nunca mais é o mesmo depois de tirar o direito da existência de uma pessoa. E era verdade. Pelo, menos para ele, foi verdade.

Mais tarde, o tal careca tatuado se apresentou como Ismael. Apresentou também uma nova forma de pensamento a Ésio. Ismael viu no jovem tudo aquilo que precisava: coragem, determinação, sangue frio e um homem fisicamente competente. Fisicamente apto para integrar a ideologia.

Depois da noite desse acontecimento, os dois passaram a se encontrar quase todos os dias, e Ésio ficava cada vez mais fascinado com as explicações de Ismael. A conversa dele fazia despertar uma vontade de defender aqueles ideais. E assim foi feito. Depois de três meses, Ésio já estava dentro. Estava quase dentro. Passou a assistir às reuniões na capital, conheceu mais pessoas que compartilhavam da ideologia. Restavam apenas os treinamentos finais. Ele se distanciou cada vez mais dos amigos, que não conseguiam entender o que havia acontecido. O amigo ficou monossilábico nas poucas vezes que se encontravam. Até que, um dia, ele sumiu. Sem dar explicações de aonde iria, com quem iria ou quando voltaria. Disse apenas aos pais que estava prestes a fazer uma viagem. Uma longa viagem.

E partiu.

Na sede da organização, foi avisado de que iria para uma cidade do interior do Estado para passar pelos treinamentos e, se passasse, integraria uma célula e seria um neo na cidadezinha.

Na mesma noite, foi conduzido a um carro, onde se encontrou com um homem e uma mulher. Conheceu Rayana e Murilo. Depois de uma rápida apresentação, os três foram, então, para o destino ordenado.

Rayana

Rock. E rock pesado. As paredes de alvenaria da casa chegavam a tremer com as ondas sonoras emitidas pelo aparelho de som ligado no último volume. Dentro do quarto, deitada na cama com as pernas erguidas e apoiadas na parede, estava Rayana, cantando junto, em alto e bom som.

Ela trabalhava como auxiliar de contabilidade numa das maiores empresas de eletrônicos da capital mato-grossense. Por ser sábado, ela estava de folga e ficou ali, jogada na cama durante toda a manhã. Quem a visse trabalhando, com seu conjunto social (saia na altura dos joelhos e blazer preto sobre a blusa branca) nem imaginaria os gostos, digamos, peculiares da jovem. Ela tinha vinte e dois anos e somente agora estava aproveitando as vantagens de ser jovem. As vantagens de ser uma adolescente, na verdade. Fora da empresa, ela usava roupas no estilo "rockeira" mesmo. Minissaia, meia-arrastão, botas e tudo mais que tinha direito. Até lentes de contato coloridas ela chegava a usar, de vez em quando. Seus pais repudiavam todas essas coisas, diziam que ela tinha de crescer, ser responsável. Mas eles mesmos nunca a ensinaram a fazer isso. Algumas pessoas sempre dizem que a função dos pais é ensinar os filhos a viverem sem eles. E isso é verdade, pois eles não estarão para sempre ali, protegendo suas crias. Mas Rayana foi quem decidiu fazer isso, do seu jeito.

Rayana tinha dois irmãos mais novos: João Miguel e Pietro. As crianças tinham cinco e oito anos, respectivamente. Morava com sua mãe e seu padrasto. Seu pai fora embora de casa quando ela tinha apenas sete anos. Desde então, sua mãe se tornou uma mulher distante, fria. Os motivos que o levaram a sair de casa ela nunca soube, mas lembrava-se de não poucas vezes ter visto os dois brigando. Uma vez, chegaram até a agressão física. Sua mãe não deve ter suportado isso, e pouco tempo depois que o marido desaparecera, se juntou com Leônidas.

Leônidas trabalhava como supervisor de uma indústria de calçados. Ela o odiava. Quando mais nova, por volta dos nove anos, ele tentou abusar dela. Esse dia nunca saíra de sua memória. E quase que de fato ele conseguiu, se ela não tivesse sido mais rápida e quebrado uma jarra em sua cabeça, deixando-o tonto e xingando aos quatro ventos. Ele era um homem forte. Forte não, para ser sincero, era gordo. Devia ter seus mais de cento e vinte quilos facilmente. E isso facilitou as coisas, de certa forma. Rayana contou o que havia acontecido para sua mãe. Ela, por sua vez, preferiu acreditar no marido, que disse que a menina tinha inventado tudo aquilo. Dona Lurdes ainda deu uma surra na menina para ela aprender a não contar mentiras. Depois desse dia, Leônidas nunca mais mexeu com ela. Mas os olhares que ele lançava diziam mais que seus atos. E até hoje Rayana o odeia, não troca uma palavra sequer com ele. Nunca teve notícias de seu pai, e também nem queria encontrá-lo. *Se ele não tivesse ido embora, minha mãe nunca teria arrumado aquele porco imundo*, ela vivia pensando.

Rayana tinha começado a namorar há pouco mais de dois anos. Conheceu Marlom em uma das festas que costumava frequentar com suas amigas. Os dois se davam bem. Muito bem. Talvez porque compartilhavam dos mesmos gostos. Ele também era... Excêntrico, digamos. Cabelos estilo moicano tingidos de verde, *piercings* no nariz, sobrancelhas e mamilos. As costas eram cobertas por tatuagens, que se estendiam para a barriga, pernas e até no pescoço. Ele a incentivou a tatuar o corpo também, só que as dela eram menores e poucas, uma no tornozelo, uma atrás da orelha e uma na virilha. Ele ficava maravilhado toda vez que ela se despia. Sua pele extremamente branca contrastava com o vermelho da pimenta desenhada na virilha. Seus longos cabelos negros caíam no rosto de Marlom durante o sexo, o que o levava às alturas.

Ela ficou o restante da manhã e tarde no quarto. À noite, recebeu uma ligação do namorado, dizendo que finalmente ela estava pronta. Que entraria.

Ah, deixe-me lhe contar uma última coisa sobre ela.

Há alguns meses, Marlom a apresentou para uma mulher. Essa mulher a ajudaria a entrar para uma organização. Mas, antes, ela tinha que ser observada, avaliada e, depois, só depois, saberia se tinha alguma chance de entrar para a tal organização. Maiores informações não foram passadas.

E essa noite seria o momento.

— Que organização é essa, Marlom? — ela perguntou.

Os dois estavam montados na moto dele. Percorriam as ruas de Cuiabá em alta velocidade. Era por volta das oito horas da noite. Apesar do horário, o clima estava quente e abafado.

— Anna, nós, que fazemos parte da organização, ajudamos a nossa sociedade — disse com a voz meio abafada pelo capacete. Ele encostou a motocicleta em uma calçada e desceram. — Nós limpamos tudo que suja nosso país.

— Como assim, Marlom?

— Aquela mulher que lhe apresentei algum tempo atrás está nos observando hoje. Agora.

Rayana olhou de um lado para o outro para ver se a avistava. Nada. Nenhum sinal dela.

— Não estou vendo nada. Por que ela está nos olhando? — perguntou curiosa, sem entender o que estava acontecendo.

— Olha, é muito importante que você faça tudo certo hoje. Essa é sua única chance. — Ele a pegou pelas mãos e juntos encostaram em um muro que havia atrás deles. — Eu tentei entrar um tempo atrás, mas não consegui. Disseram que eu não estava preparado. Mas se você fizer tudo certo, estará dentro hoje mesmo.

— Dentro de quê, Marlom? Não estou te entendendo. Você nunca me explicou direito o que é essa organização.

— Lembra quando a gente deu uma surra naquele bêbado nojento e imundo, perto da sua casa?

Rayana lembrava-se bem desse episódio. Espancaram sem nenhum motivo aparente um bêbado que estava deitado em uma calçada numa praça próximo à sua casa. Ela não gostava de bêbados, eles lembravam Leônidas, que sempre chegava em casa nos finais de semana fedendo a álcool e gritando com sua mãe. Ela bateu no homem deitado na praça como se estivesse batendo no seu padrasto. Descontou toda sua raiva nele. Não só pelos fins de semana alcoolizados, mas também pelo que ele fez quando ela era criança e pelos olhares imundos que ele lançava sobre ela. Tudo isso culminou numa fúria que nunca imaginara ter. Despertou um ódio profundo, que foi descarregado naquele bêbado ali, deitado, sem nenhuma chance de defesa.

— Lembro, mas o que isso tem a ver? — perguntou ao namorado. Ele mantinha os olhos fixos nos dela.

— Existe uma organização que nos ajuda, nos dá apoio para acabarmos com pessoas como aquela.

Uma organização para acabar com os bêbados imundos, pensou. *Isso é bom! Quantas filhas não queriam ser livres de vermes como aqueles, como eu mesma também queria? Muitas! E eu posso ajudá-las!,* concluiu.

— Você só precisa querer — ele completou. — Você quer?

Rayana pensou por alguns segundos na pergunta de Marlom. E, por fim, respondeu com os olhos brilhando e expressão fechada.

— Eu quero!

— Ótimo! — ele disse. Tirou a mochila que carregava nos seus ombros, apoiou-a no chão e a abriu. Retirou de lá uma garrafa cheia de álcool e um isqueiro. Estendeu as mãos e entregou a ela.

— Pra quê isso? — indagou, segurando firmemente os itens.

— Rayana, olha lá. — Ele apontou para o outro lado da rua, mais à frente, cerca de cem metros de distância de onde estavam. — Lá tem um *porco imundo* caído. Você sabe o que tem que fazer.

Ela olhou para os objetos em sua mão, para o bêbado caído mais à frente e por fim encarou seu namorado. Então, tudo ficou claro em sua cabeça. Ela tinha que ir lá e tacar fogo no porco imundo. *O porco imundo... O porco imundo...* Suas lembranças foram tomadas por seu padrasto. *O porco imundo... Imundo... Imundo...* Pensava sem parar. E o ódio foi consumindo-a novamente.

Será que esse porco imundo vai chegar na casa dele e querer trepar com a filhinha dele? Será que vai bater na mulher dele? Ou será que vai abandoná-las e nunca mais voltar? Então, ela começou a caminhar em direção ao homem deitado. Apertou o isqueiro em uma das mãos e a garrafa com álcool na outra. Não via mais nada ao seu redor, apenas o *porco imundo.*

Marlom a olhava com gosto, com satisfação. *Hoje ela vai estar dentro, e é questão de tempo até eu estar também*! Ele queria muito entrar para a organização, mas a tal mulher o informara de que ele ainda não estava pronto. Então, ele decidiu ir preparando aos poucos a namorada.

Rayana caminhou a passos lentos por alguns minutos, até que parou de frente para o homem caído. Seus olhos ardiam de ódio. Ardiam mais que as chamas que estavam prestes a serem lançadas. Ela colocou o isqueiro entre os dentes, rosqueou a tampa da garrafa com o líquido inflamável e guardou-a no bolso da calça. Começou a derramar o líquido sobre o maltrapilho que estava dormindo. Seus roncos somente aumentavam a ira dela. Derramou até a última gota, deixando os trapos que o homem usava encharcados. Jogou a garrafa sobre a barriga dele. Pegou o isqueiro entre os dedos e disparou o fogo. Ficou olhando para a chama durante algum tempo, controlando o fogo conforme seu dedo ia apertando o pequeno botão e liberando aos poucos o gás que alimentava o arder. Em seguida, deixou-o cair. Ao tocar o corpo, o fogo rapidamente se alastrou. O líquido inflamável, em questão de segundos, fez-se consumir por completo as chamas. O bêbado acordou meio inconsciente, gritando, tentando levantar e situar-se para saber o que estava acontecendo, mas não conseguia. Cambaleou e novamente despencou no chão. Tentou rolar para apagar o fogo que o consumia, mas foi em vão. Rayana atravessou a rua correndo e foi ao encontro do seu namorado. Os dois se abraçaram e beijaram-se. Ele, satisfeito, ela, com uma dúvida se realmente tinha feito aquilo. Olharam para trás e viram o fogo, isso desfez qualquer dúvida dela. Estava de fato feito.

A auxiliar de contabilidade, estranhamente, não se sentia mal pelo que tinha acontecido, pelo contrário, ela se sentia bem em saber que aquele *porco imundo* nunca mais voltaria a atrapalhar a vida de ninguém. Ela começava a gostar da ideia de limpar o país desse tipo de gente. *E ainda existe uma organização que nos ajuda nisso?*, pensou.

Se Rayana soubesse no que estava se metendo, ela desejaria não estar ali naquela noite. Ela desejaria nunca ter conhecido Marlom.

De repente, parou um carro na rua, de frente para os dois. Era um carro luxuoso, preto e com certeza um modelo importado. Eles se assustaram, mas logo se acalmaram depois que Marlom viu uma mulher descendo. A tal mulher. Ela usava um vestido curto preto bem justo ao corpo. Tinha os cabelos castanhos presos em um rabo de cavalo. Nenhum fio mais rebelde se atrevia a sair do lugar.

— Muito bem — a mulher começou. — Vejo que você conseguiu, Marlom. Mocinha, entre no carro.

Rayana olhou para seu namorado, ele, com um sorriso de canto de boca, fez um sinal com a cabeça para ela obedecer a mulher. E assim ela fez, entrou e sentou-se no banco traseiro. A mulher disse à mocinha para que explicasse ao motorista onde era sua casa, que passasse por lá e pegasse suas roupas. A orientação era não dizer para onde iria (isso nem se ela quisesse fazer poderia, pois não sabia mesmo para onde iria depois de sua casa). Fechou a porta do carro e ordenou que o motorista fosse. Rayana ainda deu um último olhar para Marlom antes de partir, sem saber que aquele era, de fato, o último olhar entre os dois.

— Muito bem, você cumpriu sua parte, rapaz — disse a mulher, virando-se para o jovem.

— Eu sempre cumpro, senhora.

— Bom, eu já vou indo, há um carro me esperando na outra esquina.

— Espera, senhora — Marlom disse quando ela já ia dando as costas. Ela parou e o encarou.

— O que você quer?

— Minha recompensa. Eu fiz tudo o que vocês pediram, fui fiel à sua organização e acho que já estou pronto para entrar.

— Ah, já ia me esquecendo da sua recompensa. Então você quer entrar, não é? — a mulher falou. — Espera só um momento que vou ligar para o meu superior para saber se ele aprova sua estadia nas nossas instalações.

Marlom não conseguia acreditar no que estava ouvindo. *Finalmente chegou minha hora! Tanto tempo esperando, e agora vou entrar. Eu e a Rayana seremos os melhores! Imbatíveis*, pensou. Estava muito nervoso. Nervoso e aflito. Mas tentou disfarçar esses sentimentos para que ela não percebesse. Mas era quase impossível fazê-lo.

Ela pegou a bolsa que carregava e enfiou uma das mãos lá dentro.

O jovem pensou que ela ia pegar um celular para realizar a ligação, mas não foi exatamente isso que aconteceu. A mulher sacou de lá uma arma, apontou para a cabeça do jovem e, antes que ele pudesse dizer algo, deu um só disparo. Certeiro. No centro da testa.

E pronto. Em questão de segundos seu nervosismo e sua aflição se dissiparam, levando junto sua vontade de entrar na organização. Levando consigo as poucas coisas que ele sabia sobre ela. Pouca coisa, mas que, se viessem à tona, seria o suficiente para colocar em risco anos de trabalho e discrição.

Ele caiu para trás, já inconsciente. Ela chegou perto para conferir o que havia feito.

— Aprenda uma coisa, rapazinho — sussurrou.—, ninguém pede para entrar. Ou entra... — Ela se levantou e deu as costas. — Ou não entra. — E caminhou em direção ao carro que a esperava.

◆ ◆ ◆

A alguns quilômetros dali, Rayana estava em seu quarto enchendo suas malas de roupas. Seus irmãos já estavam dormindo, sua mãe aflita ao seu lado perguntando para aonde ela iria com tanta pressa, e o *porco imundo* com certeza estava em um bar enchendo a cara. Quando acabaram as roupas do armário, ela ainda pegou dois vidros de perfume, algumas maquiagens, alguns CDs de Rock em sua penteadeira, seus fones de ouvido, um pacote de absorventes, deu um beijo no rosto de sua mãe e saiu. Adentrou novamente o carro que estava estacionado na frente da casa.

Seguiu caminho pensando em tudo que havia acontecido naquela noite. Apoiou a cabeça no vidro da janela e olhava as casas e os postes que passavam como um borrão. O motorista lhe disse que ela iria para outra cidade. Explicou rapidamente que ela integraria uma célula da organização, que ela fora escolhida e agora seria preparada. Andaram por mais de meia hora, até que pararam. Ela desceu. Havia outro automóvel estacionado em uma rua deserta e silenciosa. Entendeu que deveria entrar nele, pegou suas duas malas e assim o fez. Rayana foi a primeira a chegar. Sentou-se e aguardou, conforme foi lhe ordenado. Minutos depois chegou um homem. Entrou e se sentou ao seu lado.

— Prazer, Murilo — disse estendendo-lhe a mão.

— Rayana. — Apertou a mão dele.

Foram informados que faltava alguém. Esperaram. Momentos depois, Ésio apresentou-se. O carro acelerou fundo e partiu.

Murilo

— Hoje nós falamos diretamente da Praça Aluízio Peixoto, onde mais um crime bárbaro foi cometido. Um morador de rua foi encontrado totalmente carbonizado na calçada de uma das praças mais conhecidas da cidade. Câmeras de segurança dos estabelecimentos próximos não flagraram a ação do marginal, foram ouvidos donos dos comércios da região pela polícia Civil, mas nada. Ninguém viu nada. Ninguém sabe de nada. Em menos de dois meses essa já foi a segunda vítima de brutais assassinatos no mesmo bairro da capital. O que anda acontecendo com a nossa cidade, meu amigo?! O que vem acontecendo com as autoridades locais que não estão conseguindo executar seu trabalho? Será que faltam policiais? Ou será que faltam profissionais querendo, de fato, trabalhar? Isso eu não sei, meus amigos, que me assistem. A única coisa que todos nós sabemos é que, do jeito que está, não dá para continuar. Não temos mais liberdade de ir às festas sem nos preocuparmos se algum maníaco nos atacará ao voltarmos. Sair durante a noite é quase uma tentativa de suicídio. Ainda me lembro dos tempos em que íamos às lanchonetes do centro sem nos atentarmos em voltar cedo para casa. Volto com mais notícias a qualquer momento, e espero que sejam boas. Com cinegrafia de Bruno Amâncio, diretor de filmagens externas Gustavo Faria, eu sou Murilo Prado Cavalcante, do Notícias da Redação edição noite.

— CORTAAA — gritou o diretor de externas.

Murilo baixou o microfone e deu um suspiro, como se soltasse algum tipo de tensão. O cinegrafista tirou a câmera que estava apoiada no ombro direito e pegou o microfone do repórter. Guardou os objetos na van da emissora.

— Nossa, cara, estou exausto.

— Vai pra casa, Murilo, tomar sua cervejinha e assistir à novela. A novela, hein? Não vai dar audiência para o programa da concorrente — Ricardo Faria disse, dando uma gargalhada.

— Vou pra casa mesmo, mas é tomar um bom banho e descansar — respondeu o repórter.

Murilo estava sobrecarregado de trabalho nas últimas semanas. Os crimes que ocorreram dobraram seu tempo de reportagens. Ele chegava a gravar até doze externas por dia, sem falar nos sábados que cobria a folga do âncora do telejornal da emissora local.

Os colegas se despediram e saíram. Eram quase sete de noite. Murilo foi para seu apartamento em um prédio na região central da cidade. Cumprimentou o porteiro e pegou o elevador para o quarto andar. Desfez-se das roupas que usava e foi tomar o tão desejado banho. Água quente, vidro do box embaçado pelo vapor e pensamentos fumegando em sua cabeça.

A aparência de jornalista sério e competente era só uma fachada. Um reboco. Os anos na faculdade de jornalismo eram a única veracidade em relação a isso. Ninguém desconfiaria de um repórter, e sem falar que, ter alguém na mídia, de dentro da mídia, favorecia, de certa forma, a organização. Ele fora escolhido há alguns anos, quando tinha somente dezenove anos de idade. Cursar jornalismo era uma das etapas de seleção para entrar. E essa etapa já estava cumprida.

Terminou o banho, vestiu uma camiseta polo, uma bermuda bege e calçou um tênis preto, desses de fazer ginástica.

Foi até a sala de estar, deitou-se no sofá, pegou seu iPphone e discou alguns números. Levou o aparelho ao ouvido.

— Alô? — disse uma voz feminina do outro lado da linha.

— Carine, eu quero ver o Diego. Vou passar aí para irmos tomar um sorvete — disse ele, incisivo.

— A essa hora, Murilo? Não, agora não. Deixa para amanhã...

— Amanhã não dá, irei viajar cedo e não sei quanto tempo ficarei fora.

A mulher ficou em silêncio durante alguns segundos. Estava pensando se deixaria ou não o filho sair naquele horário. Decidiu permitir, pois se tratava de uma viagem. Ela não queria que o filho crescesse sem contato com o pai biológico.

— Tudo bem — disse ela por fim. — Ele estará pronto em meia hora.

— Ótimo, estou indo.

Guardou o celular no bolso e saiu.

Trancou a porta de casa e, como de costume, deu duas voltas com chave. Isso já era costume desde pequeno, quando via seus pais fazerem o mesmo. Como se adiantasse alguma coisa. Como se um bandido, ao tentar entrar no imóvel, ao ver que estava com duas voltas na fechadura, daria meia-volta e desistiria. Mas ele se sentia seguro em fazer aquilo. E fez.

Murilo foi casado com Carine por três anos, logo depois que entrou na faculdade a conheceu. Ela também fazia jornalismo. Aquela garota loira, de olhos azuis e corpo escultural o encantou desde o primeiro dia de aula. E, de certa forma, o rapaz alto, claro, de olhos esverdeados e cabelos negros fez o gosto dela. Depois de mais ou menos um semestre, eles começaram a sair. Não demorou muito para que estivessem namorando, e demorou menos ainda para que estivessem casados.

Talvez o pouco tempo de namoro fosse o grande responsável pelas desavenças que se desencadearam após o matrimônio. Seis meses depois veio Diego. Carina se casara com alguns meses de gestação, embora sua barriga fosse imperceptível sob o tecido do vestido azul-claro. A cerimônia simples foi realizada na casa dos pais dela. Alguns amigos, poucos parentes e outros colegas de turma foram convidados. Os dois estavam felizes. Muito felizes. Acreditavam que aquilo seria para sempre. Mas o para sempre durou apenas dois anos e onze meses, para ser exato. Discutiam, gritavam, se ofendiam, até que, uma vez, ele a agrediu. Dera um soco em seu olho esquerdo. Ela caiu para trás e, aquele dia, foi a gota d'água que transbordou o copo. Ela disse que não o denunciaria se ele fosse embora da casa imediatamente e a deixasse com a guarda do filho. E assim foi feito. Na mesma noite ele saiu e foi para um hotel. Alugou um flat no centro no dia seguinte e se instalou.

Murilo se envolveu com muitas mulheres depois disso, mas nunca era algo sério. Eram só "peguetes", como ele dizia. Após muitas tentativas e muita insistência, Carine permitiu que o ex-marido visitasse o filho, porém, tinha que avisar com antecedência. Quase todos os fins de semana Diego passava com o pai. Esse ano, a criança já completaria três anos de idade e era a verdadeira paixão de Murilo. Mimava-o o quanto podia e fazia tudo o que o filho pedisse, afinal, se teria que ter alguém que ficasse com a parte chata (a parte de pôr regras, negar e educar) essa parte ficaria com a mãe.

Parou o carro na frente da casa da ex-mulher. Não desceu. Apertou a buzina duas vezes e aguardou. Carine apareceu no portão segurando o filho pelas mãos. Apesar dos três anos incompletos, ele já sabia caminhar e falar muitas palavras. O menino puxou as feições da mãe. Tinha cabelo liso castanho-claro e pele bem clara. Os olhos ele herdara do pai, grandes e verdes. Carine abriu o portão e a criança foi correndo em direção ao pai, que já abrira a porta do automóvel e o aguardava. Murilo abaixou-se e o abraçou, levantando-o.

— E aí, campeão, bora dar uns "rolês" por aí? — Ele sacudiu a cabeça afirmativamente. Murilo o beijou no rosto. Foi até a porta de trás e o sentou bem no meio do banco.

— Não demoro com ele — disse a Carine. Ela não respondeu. Virou-se e adentrou a casa novamente.

Ele sentou e deu partida na ignição.

— Quer tomar sorvete, campeão? — O menino disse euforicamente que sim. — Então vamos lá.

Acelerou o carro e saiu. Foi até uma sorveteria no mesmo bairro. Murilo foi ao balcão fazer o pedido. Lá estava uma jovem moça.

— Posso ajudá-lo, senhor? — perguntou simpaticamente a atendente.

Murilo não respondeu. Fechou o semblante e encarou a funcionária com cara de poucos amigos. Algo lhe incomodava. Diego estava de pé ao seu lado, media um pouco abaixo da altura de sua cintura.

Depois de alguns segundos em silêncio, enfim respondeu ríspido:

— Não pode.

Olhou para o lado e viu outro rapaz atendendo uma senhora. Dirigiu-se até ele e fez o pedido:

— Duas taças grandes, por favor. — Levou os braços até Diego e o pegou no colo. — De que você vai querer, filho? — O menino apontava para os sorvetes dentro do *freezer* através do tampo de vidro. — Quer do azul? — perguntou. A criança fez que sim com a cabeça. — Faz duas para mim com esse sabor — pediu ao atendente.

— Vivian, serve o rapaz, por favor — o atendente pediu à moça pela qual Murilo recusara ser atendido.

— Não! — o jornalista disse, firme. A senhora ao seu lado olhou discretamente. — Você me atende, por favor. Eu aguardo você terminar de atendê-la.

Vivian olhava sem entender o que estava acontecendo. O homem não dirigiu sequer o olhar para ela novamente. *Talvez ele deva conhecer o Bruno,* pensou. Mas seu colega, Bruno, parecia não conhecê-lo.

Bruno terminou o pedido da senhora e foi fazer o de Murilo. Ao finalizar, entregou as taças a ele. Sentou-se com o menino em uma mesa de plástico e começaram a tomar o sorvete. Diego fazia a maior bagunça, se lambuzava, deixava cair na roupa. Murilo divertia-se com a diversão do filho. Os dois riam sem parar, faziam aviãozinho com a colher um para o outro. Ficaram ali pouco mais de meia hora.

Murilo levantou e foi até o balcão novamente. Pegou a carteira no bolso direito da calça. Perguntou o valor da conta a Bruno e pagou o preço informado. Pegou o filho no colo e, antes de sair, disse em alto e bom som, permitindo que quem estivesse nas mesas próximas ouvisse:

— Deveriam escolher melhor os funcionários deste local. — Olhou para Vivian como se ela tivesse alguma doença contagiosa, como se sua pele estivesse coberta por feridas abertas. — Os funcionários não, digo, as funcionárias. — Murilo aproximou seu rosto e disse mais baixo desta vez, para somente ela ouvir. — Da próxima vez, vê se toma um banho de alvejante antes de sair de casa, crioulinha encardida.

A moça, em estado de choque, começou a tremer de nervosismo, sem entender nada. Demorou um pouco para compreender o que tinha acontecido. Então Vivian se deu conta do porquê da reação do cliente. *Como que um repórter pode ter atitudes assim? Alguém público, que ganha a vida com sua imagem na TV?*, ela pensou. *Preconceituoso nojento!* Sentiu lágrimas brotarem em seus olhos. Respirou fundo para contê-las e foi até o pequeno banheiro no corredor dos fundos. Olhou no espelho, viu sua pele morena, seus cabelos cacheados presos para trás sob um boné com o logotipo da sorveteria. Só podia ser isso. *Ele estava se referindo à minha pele. Que homem nojento!* Ligou a torneira e ouviu o som da água corrente. Levou as mãos em formato de concha e lavou o rosto. Juntou um punhado de toalhas descartáveis que estavam ao lado e o secou. Secou também as lágrimas, a vontade de chorar e tentou também secar as palavras e os olhares do homem. Voltou para o balcão para concluir seu dia de trabalho. Por ser sábado, dia de bastante movimento, sairia mais tarde.

Murilo estacionou o carro. Desceu e pegou o filho, que estava no banco traseiro, nos braços. Olhou para aquele pequeno, seus olhos brilharam e ele abriu um sorriso involuntariamente para a criança. Aquele ali era a razão da vida dele, nunca imaginou amar alguém da forma como o amava. Sempre daria o melhor de si para o bem-estar e uma boa vida para filho. E era por ele que Murilo fortaleceu sua vontade de defender a ideologia que seguia. De maneira nenhuma aceitaria dois homens ou duas mulheres juntos na frente de seu filho. Repudiava, discriminava e odiava. *Meu filho vai viver num mundo melhor. Num mundo sem boiolas, negrinhos, sapatão sem vergonha. Meu filho é melhor que tudo isso,* pensava, enquanto a criança brincava com seus cabelos.

Ele despediu-se do filho, tocou a campainha ao lado do portão. Logo Carine veio atender. Deu a criança a ela e saiu, sem trocarem uma única palavra.

Murilo foi ao seu apartamento e pegou suas malas. Iria viajar em poucos instantes. Tudo já estava combinado. Depois de quase sete anos, meses antes de entrar na faculdade até hoje, finalmente ele entraria. Foi uma longa preparação. Algo necessário, disseram para ele. E hoje tudo mudaria.

Foi comunicado sobre aonde deveria ir e, em menos de meia hora, já estava na rua deserta que lhe foi indicada. Entrou no carro que o aguardava. Encontrou Rayana. Apresentou-se e um tempo depois Ésio chegou. Com o trio reunido, o automóvel partiu rumo à Colider.

6
A DELEGADA LARA

"— ODEIO TER QUE USAR FRASE FEITA, MAS NÃO EXISTE CRIME PERFEITO, CONRADO!

— DO MESMO JEITO QUE NÃO EXISTE JUSTIÇA PERFEITA! DELEGADO, DELEGADA PERFEITA, LARA! — ELE SE LEVANTOU E SEGUROU O ROSTO DELA ENTRE AS MÃOS. — EU TENHO MEDO DE QUE ALGO DE RUIM LHE ACONTEÇA."

Apesar de algumas nuvens preencherem o céu, fazia um calor típico da região Centro-Oeste naquela tarde. A delegacia estava com pouco movimento naquele dia. Somente uma discussão acalorada na sala da delegada quebrava o clima ameno. As vozes mais exaltadas, em determinados pontos, davam para serem ouvidas da recepção, arrancando cochichos de alguns.

— Você não vai, Lara! Isso pode ser muito perigoso! — Conrado gritou essas palavras levantando-se da cadeira e apoiando as mãos na mesa.

Em vez de devolver uma resposta no mesmo tom, a delegada se acalmou e colocou serenidade na voz:

— Conrado, eu tenho que fazer isso. Eu tenho um dever com a sociedade! Eu e você! E você sabe melhor que ninguém que eu sei me cuidar sozinha — Lara se levantou também. — Confie em mim. — Deu a volta na mesa e ficou ao lado dele. — Eu sei o que estou fazendo. — Puxou sua cabeça e o beijou.

Conrado retribuiu o gesto. Ele não queria que ela fosse. Se uma vírgula do plano desse errado, tudo estaria perdido. Ele a amava. E sabia que esse sentimento era recíproco. Estavam juntos há quase três anos. Ele era investigador na mesma delegacia da qual a namorada era responsável.

Lara é delegada efetivada na delegacia de polícia civil de Sinop, cidade do interior de Mato Grosso. Prestou concurso para investigadora e, depois de dois anos trabalhando na área, resolveu se dedicar para ser aprovada no cargo de delegada. Agora, aos 31 anos de idade, estava com a carreira consolidada e com o status de melhor delegada que a cidade já possuiu. Filha de advogados, ela cresceu em um ambiente rodeado pelas leis. Sempre fora apaixonada pelo assunto e dedicava-se à profissão não porque era obrigada a ter um ganha-pão, mas porque amava delegar. Sentia-se instigada a investigar quando um caso surgia, botava a mão na massa e levava ao pé da letra seu dever para com a sociedade.

Seu afinco ao trabalho era verdadeira prova de que o amor pelo que se faz é o mais importante. Apesar de ser uma profissão que despertava certos receios em algumas pessoas, para ela era algo que fazia parte de sua essência. Não dava para explicar. Coisas assim não se explicam. Ela poderia advogar, prestar um concurso e se tornar Defensora, Promotora de Justiça ou até quem sabe Juíza. Mas não. Bons salários nem sempre significam realização profissional. Às vezes isso é mais uma realização social, de status ou demonstração de superioridade, do que pessoal. E não há nada melhor do que estar bem consigo mesmo para uma vida agradável.

Fazia alguns dias que Lara estava intrigada com um determinado assunto. Uma palavra não saía de sua cabeça e lhe roubou várias noites de sono: Neonazistas.

Esse seria o maior desafio de sua carreira, até então. Uma cidade próximo à sua estava sofrendo bárbaros assassinatos. Os corpos de um homem e uma mulher, ambos jovens, foram encontrados com marcas de extrema violência e um objeto junto aos corpos ligava aqueles crimes ao mesmo assassino. Uma pequena placa de aço com um símbolo nazista cravado foi deixada junto aos cadáveres. Crimes cometidos por preconceito, já que as vítimas eram de pele negra. E a cruz nazista estampada no metal não deixava dúvidas em relação a isso.

Havia algumas semanas, a polícia civil de Colíder entrou em contato com as autoridades de Sinop. Depois de firmarem parceria, a delegada decidiu mandar reforços para a pequena cidade. Mandou alguns policiais e dois investigadores à paisana para investigarem o município. Um desses investigadores era Conrado.

— Lara, esse tipo de gente é perigosa. Você...

— Exatamente por isso que eu vou! — ela o interrompeu. — Esse é o nosso trabalho, Conrado. Prender gente perigosa, não deixá-los circulando por aí livremente, cometendo essas atrocidades.

— E o que você sabe a respeito disso além do quase nada que já temos?

— Andei pesquisando na internet sobre crimes motivados por preconceito, e as notícias que encontrei são alarmantes. É muito comum hoje em dia ainda existirem adeptos do nazismo. Existem grupos de neonazistas espalhados pelo mundo todo, e no Brasil não é diferente — Lara dizia olhando fixamente para seu namorado. — Num país tão rico culturalmente como o nosso, com uma mistura de povos gigantesca... Num país que possui uma cultura tão diversificada é difícil acreditar que algo assim possa acontecer... mas acontece. E a quantidade de pessoas que seguem essa ideologia não é tão minúscula como se imagina.

— Pelo que fiquei sabendo, eles se multiplicam — Conrado completou o raciocínio dela. — Estão constantemente em busca de novos seguidores.

Lara sentou-se novamente na sua cadeira. Conrado também o fez.

— Neonazistas são pessoas inteligentes, calculistas. Não são burros — disse Lara, passando as mãos pelos longos cabelos castanho-escuros, ajeitando-os por trás das orelhas. — Eles sabem se organizar e se camuflar.

— E são, em sua grande maioria, jovens de classe média alta, classe alta. São jovens com boas condições de vida — Conrado coçou o nariz com as pontas dos dedos. Um TOC que tinha desde que era criança.

— Diga mais — Lara instigou-o. — O que mais você conseguiu descobrir nesses dias em que esteve lá?

Ele tomou um pouco de ar e começou:

— Bom, a cidade não é muito grande e não havia uma roda de conversas na qual o assunto não era o assassino da plaquinha nazista. Os crimes tumultuaram completamente a vida pacata dos moradores — Coçou novamente o nariz e continuou: — Não dá para saber muita coisa a respeito deles, eles são discretos. Ninguém sabe dizer quem realmente são os *neos* por lá. A única coisa que sabem é que existe um ou mais assassinos racistas na cidade.

— Eu vou, Conrado! — Lara arfou. — Depois de amanhã eu parto para Colíder para pegar esses nojentos.

— Lara, não é assim que acontece. — Conrado lançou um olhar de desaprovação à namorada. — Não temos uma prova sequer dos crimes deles! Nem mesmo sabemos quem eles podem ser, onde podem estar morando...

— Vamos ter que contar com um pouco de sorte. Sorte e colocar nosso treinamento em campo. Não é à toa que, modéstia à parte, sou delegada, não é, meu amor?

— Lara, essa gente é perigosa. E não é assim, esses bandidos são bons no que fazem. Será muito difícil deixarem qualquer vestígio...

— Odeio ter que usar frase feita, mas não existe crime perfeito, Conrado!

— Do mesmo jeito que não existe justiça perfeita! Delegado, delegada perfeita! — Ele se levantou e segurou o rosto dela entre as mãos. — Eu tenho medo de que algo te aconteça. Eu não iria suportar.

Lara ficou em silêncio por alguns instantes. Absorveu as palavras dele. Ela o entendia e sabia que, se fosse no seu caso, se fosse ele quem estivesse indo, teria a mesma sensação e o mesmo medo de perdê-lo. Mas também sabia que suportaria e o apoiaria a ir. Acima de tudo, acima de sua própria segurança, estava a segurança e o bem-estar das pessoas que ela jurara proteger quando fez o juramento para ingressar na profissão.

— Conrado, estive pensando muito nesses dias, e eu vou me disfarçar e ficar no meio deles.

— Como é que é? Como assim, ficar no meio deles?

— Estando dentro será muito mais fácil conseguir as provas! Com um pouco de...

Conrado se afastou dela. Ficou de costas e disse furiosamente, virando de frente novamente:

— Você ficou louca de vez? ISSO É LOUCURA! LOUCURA, LARA!

— Foi a melhor coisa em que pensei.

— Não, foi a pior coisa na qual você pensou!

— Tem uma sugestão melhor? Porque a mais eficaz é esta. E está decidido. Queira você ou não!

— Se desconfiarem de você... Se desconfiarem...

— Não vão, Conrado. Eu vou fazer tudo certo. Tudo vai ficar bem.

Ela tentou acalmá-lo. Inutilmente.

Conrado inspirou profundamente. Passou as mãos nos cabelos e coçou o nariz. Pensava no que ela estava lhe dizendo. Uma policial infiltrada no meio de Neonazistas era loucura. Era suicídio. Podia demorar um pouco para acontecer, mas cedo ou tarde a descobririam e ele se arrepiava só de pensar no que seriam capazes de fazer com ela. Piedade ou pena seriam as últimas coisas que teriam.

— Lara — ele falou olhando fixamente para ela. — Você sabe como funciona, eles só andam com quem tem a mesma ideologia e compartilham do mesmo pensamento. Não se pede para entrar. Você tem que ser escolhida.

— E é exatamente isso que vai acontecer. Vou conhecer a cidade, me familiarizar com o ambiente. Como você mesmo disse, essas pessoas têm dinheiro, boas condições financeiras. Não será difícil esbarrar com algum, começarei a frequentar ambientes mais refinados, lugares em que eles possam estar. E com um pouco de sorte e paciência, tenho certeza de que conseguirei me infiltrar. E uma vez dentro, meu amor... — Ela foi até uma bancada e serviu um pouco de café em duas xícaras. Entregou uma para Conrado. — A gente derruba esses bandidos. — E tomou um gole do café.

— Ok, vamos pensar do seu jeito. Você já tem uma autorização? Já pediu apoio junto ao Ministério Público? — ele soltou.

— Você sabe que eu não conseguiria isso. Não agora. Autorização para me infiltrar onde? Apoio para investigar quem? Como você mesmo falou, a gente não sabe quem são esses bandidos. Não ainda! Eu estou indo para conseguir informações a respeito deles, e depois que eu tiver bons argumentos em mãos, faço o requerimento junto ao Ministério Público para uma equipe de apoio.

— E como você vai? Como a delegada Lara, a superdelegada que quer ser a heroína e salvar o mundo de todos?

Ela pareceu meio desapontada com a ironia do namorado. Mas ao mesmo tempo, irritada.

— É, talvez você tenha razão, eu não posso salvar o mundo de todos. E longe da minha pessoa querer fazer uma coisa dessas. Isso aí eu deixo para os que precisam de ego para crescer e sobreviver. Eu posso fazer aquilo que está ao meu alcance, aquilo que está ao alcance de todos nós, que escolhemos defender, que escolhemos não vestir uma capa de "super-heróis" como você diz, mas honrar esse distintivo que carregamos no pescoço! — Lara retirou o distintivo e o jogou no tampo da mesa. — Sabe o que é isso aqui? Sabe o que é isso, Conrado?

Ele não respondeu. Ela o deixou completamente sem palavras.

— Isso daqui — ela disse — é mais que um simples pedaço de metal! É mais que uma autorização para a arma que carregamos na cintura! Isso que carregamos pendurado é uma prova de "aval" da sociedade. Uma prova de que existem milhares e milhares de pessoas de bem que confiam na gente! E o mínimo que podemos e devemos fazer é honrar essa confiança. Não é algo para nos vangloriarmos ou superestimarmos. É uma obrigação!

Conrado baixou a guarda. Respirou profundamente por alguns segundos. Não tirava a razão dela.

Fizeram-se alguns minutos de silêncio. Logo após, ele o quebrou.

— E como você pretende ir? Sem nenhuma identidade falsa? Espere pelo menos você conseguir uma autorização do Ministério, assim eles lhe fornecerão todo o apoio de que precise. Identidade falsa e até a "construção" de um passado e um presente para você eles fazem.

— Eu sei como funciona. Eles criam uma história de toda a vida para essa nova identidade, mas não dá para esperar mais. Quero ir adiantando as coisas, bem pior do que aguardar é começar tudo do zero.

— O Ministério Público auxilia em tudo, exatamente tudo é feito sob medida para o perfil da organização que se pretende infiltrar, incluindo o tipo de atividade que você pretende executar por lá — ele disse.

— Depois de eu ter adiantado as investigações, faço o requerimento necessário para o meu apoio. E acho que depois que eu estiver dentro, alguma pista encontrarei no meio deles.

Conrado percebeu que a única coisa que ele poderia fazer era apoiá-la. Somente isso. Lara tinha o gênio forte, não se intimidava com nada e sempre tinha respostas na ponta da língua para qualquer indagação que lhe fosse feita.

Mas, no fundo, bem lá no fundo, ele gostava disso. Foi o que o fez se apaixonar por ela: aquele jeito forte, decidido.

— Olha, Lara, pedir para você não ir não vai adiantar. Eu poderia dar trocentos motivos para te alarmar, mas mesmo assim seria inútil. Então... — Conrado foi até ela e a abraçou. — ... quero pedir que se cuide. Tome bastante cuidado e volte para mim. Estarei te esperando ansiosamente. — Em seguida beijaram-se.

— Eu te amo — ela disse.

— Eu também te amo muito.

Os dois ficaram abraçados por alguns segundos.

Nem dois minutos se passaram quando Regina, uma das investigadoras da delegacia, bateu à porta da sala onde eles estavam.

— Doutora Lara — Regina disse, tentando disfarçar ao perceber que estava interrompendo o casal. — Desculpa se estou interrompendo, mas recebemos uma ligação anônima, uma denúncia de tráfico de drogas próximo à escola Aluízio Peixoto.

— Vamos para lá agora! — a delegada falou enquanto pegava sua arma que estava sobre a mesa, colocando-a na cintura. Apanhando o distintivo e pendurando-o no pescoço, ela pegou um pequeno elástico, desses de amarrar dinheiro, e prendeu os cabelos em um alto rabo de cavalo. Regina e Lara chamaram mais dois policias para o apoio, saindo rapidamente da delegacia de polícia civil e adentraram a viatura. Foram cumprir seu dever.

Daqui a dois dias a vida da delegada tomaria um rumo diferente. Ela tinha planejado algo, mas nem sempre as coisas acontecem da maneira como planejamos. Quase nunca os planos solidificam-se. Quase.

◆ ◆ ◆

O salão de beleza estava parcialmente cheio naquele fim de tarde. Lara havia ligado algumas horas antes, e Núbia, a cabeleireira, que era sua amiga, conseguiu encaixá-la em um horário. 18h30 em ponto Lara chegou.

— Oi, Núbia, tudo bem? — ela disse animadamente. — Há quanto tempo não nos vemos... — disse enquanto se abraçavam.

— Olá, Lara, como vai, querida? Parece até que moramos a quilômetros de distância... porque quase não nos vemos!?!

— Tenho andado tão apurada que não anda sobrando...

— Para tudo! — Núbia disse num estalo. Caminhou e parou na frente de Lara. — Meu Deus, estou vendo daqui essas pontas duplas! Menina, que horror! — Passou as mãos no cabelo da delegada, soltando-os do elástico que os prendia. — Bruninho vai fazer milagres em você hoje. BRUNINHOO, BRUNINHOO! — Um rapaz com um topete platinado saiu pela pequena porta do depósito.

— Ai, menina, fique calma! Quer me deixar surdo!? Já te ouvi.

— Bruninho, o cabelo dela está gritando por socorro.

— Colega — Bruninho disse. — Que horror, você está implorando por uma boa hidratação, hein?

— Hidratação não é exatamente só o que eu quero — Lara disse enquanto Bruninho a conduzia até a cadeira giratória na frente de um enorme espelho. — Eu também quero cortá-los.

— Meu bem, não me faça assassinar esses cabelões. Isso é um crime contra a natureza!

Lara não conteve as risadas involuntárias. Mas era preciso fazer isso. Livrar-se dos cabelos longos.

— Mas de que tamanho vamos deixar esses fios? Um Chanel? — O cabeleireiro pegava um pouco dos fios e ia dobrando-os até a altura dos ombros, tentando mostrar como ficaria o corte.

— Não, Bruninho. Quero bem curtos mesmo. Estilo "Joãozinho".

— Que horror, menina. Eu aqui, querendo colocar um *megahair* divônico, para me sentir a diva e fazer carão, e você se desfazendo dessa belezura de cabelo? Isso chega a ser um pecado!

— Pois é. Meu trabalho exige. — Tentou conter as risadas.

— Vou pegar um pouco dos fios para mim, hein? — brincou Bruninho.

Ele conduziu Lara até o lavatório e enxaguou os cabelos. Enrolou-os em uma toalha e a fez se sentar novamente na cadeira. Retirou a toalha, penteou os fios. Pegou a tesoura o começou a cortá-los. Cortou um pouco e olhou para Lara pelo espelho. Ela fez um sinal positivo com a cabeça, e ele continuou a talhar os fios.

Lara fechou os olhos por alguns minutos. Tentou organizar seus pensamentos. Pensava no que estava prestes a fazer. *Depois de amanhã. Depois de amanhã...*

Ela não sabia o que iria encontrar em Colíder. Não sabia como iria enturmar-se com *eles*. Nem sabia se isso seria possível. A única coisa que sabia era que tinha que tentar. Lembrava-se dos momentos com Conrado, do dia do primeiro beijo, da primeira noite dos dois juntos. Lembrou-se de seus pais, da sua irmã mais nova, da afilhada de apenas três anos de idade. Veio à mente os momentos em que as duas brincavam no jardim de sua casa. Lara voltava a ser uma criança nesses momentos. A pequena Júlia despertava nela uma vontade de fazer esse mundo melhor. Ou pelo menos uma vontade de fazer a sua parte para torná-lo melhor. Por um instante, ela sentiu uma ponta de medo. Medo de não poder mais ter esses momentos. Medo de não voltar a ver seus pais. Medo de não voltar para Conrado. Pequenas lágrimas brotaram em seus olhos, que permaneciam fechados. Mas esses medos, ela jurava para si mesma, tinham que ir embora junto com os cabelos que caíam no chão. Cada fio levava junto todo e qualquer vestígio seu de insegurança.

Ela perdeu a noção do tempo, imersa nas lembranças. Lembranças do que acontecera e dúvidas. Dúvidas do que estaria por vir.

— Uau, e não é que ficou bom, menina? — Os pensamentos de Lara foram interrompidos pela voz do cabeleireiro, eufórico.

Ela abriu os olhos rapidamente, encarando o espelho. A mulher que ela encarava parecia ser outra pessoa. Com os cabelos bem curtos, ela ficou assustada... Assustadoramente feliz com a imagem que a encarava de volta. A longa cabeleira que a acompanhou por toda a vida não estava mais emoldurando seu rosto. Agora, era seu rosto que emoldurava seus cabelos.

Lara ficou de pé, passando as mãos e tirando os fios que restaram em sua blusa. Passou as mãos pela cabeça e sentiu-se um pouco estranha com sua mão sendo espetada levemente. Deixou um sorriso escapar no canto dos lábios.

Núbia veio até ela.

— Lara, ficou um espetáculo, mulher!

— Quem tem rosto bonito, qualquer coisa que tacar aí fica bom.

— Bruninho! — Núbia deu uma leve cotovelada no funcionário, repreendendo-o. Ele apenas deu uma risada.

— Vem aqui, Lara, vamos enxaguar — Bruninho disse, conduzindo-a até o lavatório. Depois disso, ela voltou a se sentar na cadeira e ele secou os cabelos com um secador.

— Muito obrigada, Bruninho. — Lara o abraçou e repetiu o gesto em Núbia. Pagou a conta e saiu. Quando chegou próximo ao carro, ouviu alguém gritando atrás:

— Lara, Lara! — Virou-se e viu que era Núbia. Viu-a segurando algo nas mãos. — Seu celular! Seu celular! — Então se deu conta de que havia esquecido o aparelho. Voltou ao salão para pegá-lo.

— Que cabeça a minha, já ia esquecendo. Obrigada, minha amiga.

— Por nada.

As duas ficaram quietas por alguns segundos. Núbia e Lara eram amigas há algum tempo. Devido à vida corrida de ambas, não era sempre que saíam juntas. Parando para pensar, Lara percebeu que já fazia mais de anos que não faziam mais isso. Elas eram muito unidas quando mais jovens, mas depois que Núbia se casou, a amizade deu uma esfriada. Mas uma vez amigas, esse sentimento nunca acaba.

De repente bateu uma vontade repentina de abraçar a amiga. E assim Lara fez. Abraçou-a longamente. Núbia não entendeu direito o que estava acontecendo, mas também a abraçou forte.

— Se cuida, hein, amiga? Vou fazer uma viagem longa. Não sei quando volto.

— Para onde você vai, Lara?

Ela ficou alguns segundos em silêncio. Após, foi rápida na resposta:

— Não posso falar. Estou indo a trabalho. Uma investigação.

— Então eu é quem deve mandar você se cuidar.

— Pode deixar. Bom, agora vou indo. Espero que em breve nos falemos novamente. Se der, eu te ligo.

— Ligue mesmo. Estarei esperando. E eu posso te ligar?

— Não, Núbia, não me ligue. Eu é que tenho que fazer. Nada pode dar errado no lugar em que estou indo. E também não quero expor ninguém da minha vida pessoal por lá... você entende, não é?

Núbia segurou a mão da amiga.

— Claro que entendo, Lara, mas assim você me assusta,

— Não é para se assustar. É só meu trabalho. Eu deveria me preocupar em você cheirando formol o dia todo? — As duas deram uma risada.

— Só você mesmo, *né,* dona delegada?

— Só eu mesmo, dona das tesouras mágicas. Bom, deixa eu ir, que tenho algumas coisas para organizar antes da viagem.

— Que dia você vai?

— Depois de amanhã.

— E o Conrado, vai junto?

Lara pensou na pergunta da amiga. Respondeu abruptamente:

— Não, só eu vou. Agora tenho mesmo que ir. — As duas deram mais um abraço, curto, dessa vez.

— Até, amiga — disse a delegada.

— Até.

Lara voltou para o carro lutando contra seus pensamentos, dizendo a si mesma que aquilo não foi uma despedida. Pensando bem, foi uma despedida. Mas uma despedida com o intuito de um *"até logo, daqui uns dias a gente volta a se ver e eu estarei aqui para retocar o corte de cabelo"*. E não uma despedida no sentido literal da palavra. Não uma despedida como um *"adeus"*.

No dia seguinte, Lara o tirou de folga na delegacia. Passou a manhã com seus pais, aproveitou a tarde com sua afilhada e ainda conseguiu visitar algumas amigas. Todos gostaram da mudança radical no visual da delegada. A noite ela aproveitou para passar com Conrado. Fez o possível para não entrarem no assunto da viagem, porém foi inevitável. Tiveram uma rápida discussão, mas depois se entregaram no restante da madrugada. No outro dia, no fim da tarde, ela partiu para Colíder. Sozinha, como tinha planejado.

7
A CHEGADA

"... A ÚNICA COISA QUE IMPORTA É A PROPAGAÇÃO DA NOSSA IDEOLOGIA. É A HONRA À NOSSA ORGANIZAÇÃO. VOCÊS NÃO ESTÃO AQUI POR ACASO, SE ESTÃO, É PORQUE POSSUEM CAPACIDADE PARA ISSO."

— Alô! Certo. Sim, sim. Já estou indo, pode mandá-los entrar. — Alexia atendeu o celular enquanto estava deitada no sofá da sala de estar, assistindo a um filme.

— Quem era? — Petrônio perguntou, vindo da cozinha e se sentando ao lado dela. — São eles?

— Sim. Vou abrir o portão. Vá vestir uma camisa e pôr uma calça. Atender visitas de cueca não é muito elegante. — Alexia deu um tapa na bunda dele. Ele a puxou pelo braço, beijando-a.

— Essa noite eu é que não vou ser nada elegante com você, loira.

— Para, já chega, Petrônio! Vá colocar uma roupa. — Ela teve dificuldade em se livrar dos chupões que levava no pescoço.

Alexia foi até a cozinha e parou em frente ao interfone. Visualizou no pequeno monitor — que exibia as imagens de uma das câmeras de segurança, instalada no muro da frente e angulada para o portão de entrada — dois homens e uma mulher, como o combinado. Apertou um botão e o portão se abriu. Acompanhou os três entrando e o portão se fechou. Ela foi até o *hall* de entrada, chegou à porta principal e abriu, recepcionando os "convidados".

— Boa noite! Já não era sem tempo vocês chegarem. Você é o...? — Alexia estendeu a mão, esperando que um dos homens se apresentasse.

— Murilo — ele respondeu. — Prazer.

Foi até o outro, cumprimentando-o.

— Você deve ser o Ésio, não? — Ela agora apertava a mão do advogado.

— Sim, sim. Prazer em conhecê-la.

— E você é, deixe-me ver, Rayana?

— Sim. Eu mesma — Trocaram um aperto de mãos.

— Bom, meu nome é Alexia. Fui encarregada de cuidar de vocês por alguns dias. De cuidar não, de testá-los, para ser mais exata. — Os três se entreolharam. — Vocês ficarão hospedados em minha casa durante esse tempo. Sejam muito bem-vindos e sintam-se como se estivessem em suas casas.

Ela os conduziu até a sala de estar.

— Sentem-se, por favor. — Todos o fizeram. — Espero que tenham gostado da cidade nesse dia que ficaram no hotel. Já foram avisados de que morarão aqui, não é?

— Fomos — Murilo respondeu. — É uma boa cidade. Agradável, eu diria.

— Para ser boa por completo, não deveriam existir certos tipos de pessoas, que envergonham e enojam qualquer cidadão de bem. — Alexia permanecia de pé, percorrendo o olhar atenta a cada um dos novatos. — Não acham?

Eles responderam afirmativamente com as cabeças.

Nesse exato instante, Petrônio descia as escadas. Agora, ele não estava mais usando apenas cueca, vestia uma calça jeans, como a namorada tinha dito que fizesse, e uma regata preta que deixava à mostra os musculosos braços tatuados. Ele parou ao lado de Alexia.

— Boa noite — cumprimentou, com tom de seriedade e analisando todos presentes. Os novatos prontamente o responderam.

— Esse é Petrônio, meu companheiro. Ele e eu fomos encarregados de todo o treinamento.

Rayana olhava cada detalhe da casa. Desde o tapete felpudo, dos quadros nas paredes aos finos lustres de cristais pendendo do teto. Não restavam dúvidas de que eram pessoas muito ricas. Ficou atenta mais ainda àquela mulher de cabelos longos e louros que estava falando. *Que elegante,* pensava. *Será que se eu soltar meus cabelos ficaria parecendo com ela? Não dourados, é claro, mas negros como um céu sem estrelas... Os dela eram como os raios de sol pela manhã.*

— Antes de tudo — Alexia interrompeu os pensamentos da novata —, quero fazer uma pergunta para vocês.

O trio a encarava fixamente.

— Vocês têm certeza de que querem entrar?

Por alguns segundos todos ficaram em silêncio, pensando numa resposta.

— Acho que... — Ésio começou a falar.

— Acha não — Petrônio o cortou bruscamente. — Isso não é uma escolha da qual poderão acordar amanhã, por exemplo, e não quererem mais. Você não vai acordar um belo dia e querer sair. Uma vez dentro, não se sai.

Murilo não havia dito uma palavra até então, só prestava imensa atenção enquanto os dois ali de pé falavam. Após ouvir o líder neonazista, manifestou-se:

— Claro que tenho certeza de que aqui é meu lugar — ele disse. — Caso contrário, não estaríamos aqui. Se não quiséssemos, não teríamos aceitado vir para esta cidade.

— Só corrigindo suas últimas palavras, Petrônio — Alexia falou encarando os três. — Vocês podem sair quando quiserem. — Dessa vez ninguém se arriscou a dizer nada. — Só não vão sair com vida.

Os três engoliram em seco com a afirmação. *Só não vão sair com vida.* Ficava cada vez mais nítida a seriedade e o perigo das pessoas com as quais se envolveram.

— Para defenderem nossa causa, vocês têm que abdicarem de tudo lá fora. A única coisa que importa é a propagação da nossa ideologia. É a honra à nossa organização. Vocês não estão aqui por acaso, se conseguiram passar pelos testes iniciais na capital, é porque, de alguma forma, possuem capacidade para isso. — Petrônio e Alexia se sentaram após as palavras dele.

— Murilo, pelo o que eu soube você é o que está há mais tempo a par dos nossos ideais, certo? — perguntou Alexia.

— Sim — o repórter respondeu. — Há pouco mais de seis anos fui apresentado à causa. Ingressei na faculdade de jornalismo como foi me indicado, consegui emprego em uma importante emissora da capital e, enfim, fui convidado para vir.

— Rayana — começou Petrônio. — Trabalhava com contabilidade, você é a "caçula" deles.

— Pois é, há alguns meses meu namorado vem me preparando. — As imagens de Marlom vieram à sua mente. Jamais passava pela sua cabeça que nunca mais voltaria a vê-lo.

— Ésio, recém-formado em Direito. O que levou você a conhecer e se interessar pela nossa ideologia?

— É uma história um pouco confusa. Mas digamos que eu estava no momento certo e na hora certa. — Fez uma pequena pausa. — Ah, e, claro, fiz a coisa certa.

— Muito bem, é muito bom ter um advogado à nossa disposição. Quer dizer, espero mesmo que você esteja conosco nos próximos meses.

— Você disse que passaríamos por treinamentos? Que tipos de treinamentos são esses? — perguntou Rayana.

— Não serão exatamente treinamentos — falou Petrônio rispidamente. — Vocês passarão por testes. Treinamentos são feitos para quem está dentro. Testes são feitos para colocá-los dentro. Ou para tirá-los, se for o caso.

— E o que acontece se um de nós não passar nesse teste? Quem não conseguir, será mandado de volta à capital? — Ésio fez a pergunta desviando os olhos do olhar fixo do casal.

— Vamos fazer uma coisa por vez. — Alexia levantou-se. — Por enquanto, preocupem-se em serem aprovados. Depois passemos para a próxima etapa de respostas. — Ela se levantou. — Bom, acho que por hoje já basta. Venham comigo, vou acompanhá-los até seus quartos.

Os três levantaram e seguiram a mulher. Ela os conduziu até o andar superior. Havia uma escada que fazia uma bifurcação ao alto que dava a caminhos opostos. Alexia virou à direita e prosseguiu por um amplo corredor. E mais três lustres, pequenos agora, iluminavam o caminho. Ela parou diante da primeira porta.

— Esse é seu dormitório, Rayana. — Abriu a porta dupla. — Espero que esteja do seu agrado. Boa noite. Até amanhã.

— Boa noite — a jovem respondeu e entrou no cômodo. Ouviu a porta se fechar atrás de si. — Uau! — ela exclamou. — E ela ainda duvidava de que estaria do meu agrado? Isso é lindo! — O recinto devia ter mais de quinze metros quadrados, tinha papéis de parede sóbrios, de cor amarelo com tonalidades fortes. Um enorme armário de madeira de lei. Uma cama de casal king size ladeada por duas pequenas mesas de cabeceira. No lugar de abajures, havia duas luminárias penduradas do forro de gesso trabalhado delicadamente nos acabamentos laterais. Tinha também uma escrivaninha e uma penteadeira com um grande espelho fixado na parede. Agora ela percebeu que suas malas com suas coisas estavam sobre o tapete que rodeava a cama. *Como minha mala veio parar aqui? Eu a tinha deixado no carro,* pensou. Mas deixou os pensamentos irem embora, foi até ela e retirou uma muda de roupa e uma toalha. Notou que havia um banheiro e foi até lá. Desfez-se das vestimentas e iniciou seu banho.

Alexia deu meia-volta e voltou ao topo da escada. Dessa vez, foi rumo ao corredor do outro lado.

— Vocês dois dividirão o mesmo quarto. Fiz questão de escolher um maior que o da Rayana, por motivos óbvios, vocês estão em dois, portanto ocupam mais espaço. — Empurrou a porta e eles entraram. — Tenham uma boa noite e até amanhã. Cedo. Bem cedo. Tempo é uma coisa que não queremos perder, não é mesmo? — Virou-se de costas e saiu sem esperar resposta. Desceu as escadas e foi para a sala, onde Petrônio ainda a aguardava.

Os rapazes também ficaram impressionados com o tamanho do cômodo. Passava facilmente dos vinte metros quadrados. Duas camas de casal, uma próximo à janela e outra ao lado da porta. Murilo ficou na que estava suas malas, próximo à porta. Ésio retirou seus pertences de cima e deitou-se na outra. Ambos se perguntaram como as malas vieram parar ali, pois também haviam deixado suas coisas no carro.

— Então você é repórter? — Ésio perguntou, tentando puxar assunto e quebrar o silêncio que tinha pairado no ambiente.

— Aham — Murilo respondeu, enquanto tirava suas roupas e as colocava no armário.

— Hum. Eu sou advogado. Sou recém-formado, tem uns quatro meses que passei na prova da OAB. Não cheguei a advogar ainda.

— Que bom.

— Você é de onde? Da capital mesmo?

— Sim.

— Eu também. Você saía muito por lá? Festas... Amigos...

— Não. Eu trabalhava. E trabalhava muito. Nunca tive papai que me sustentasse para ficar na boa vida, não — respondeu Murilo, seco. Com cara de quem não estava com muita vontade de fazer muitos amigos.

— Nem eu — Ésio disse. — Mas sair de vez em quando é bom, não faz mal a ninguém. E não é sinônimo de boa vida. É sinônimo de uma vida boa. É diferente.

— Tudo a mesma merda.

— Claro que não. Um "boa vida" é ter dinheiro, não trabalhar, não estudar e não querer nada com nada. Uma vida boa, é quando você trabalha, estuda, tem amigos e sabe aproveitar as coisas boas que a vida oferece.

— Qual é o seu problema, hein, cara? — Murilo parou de guardar as roupas e encarou o companheiro de quarto.

— Nenhum. Por quê?

— Você deve ter algum problema com "vida". Você já falou trocentas vezes "vida, vida, vida". Você tem algum tipo de retardo mental? Porque, se tiver, me avisa que assim eu não vou te zoar, vai que a doença é contagiosa.

Ésio notou que ele disse isso sério. *Estou aqui querendo puxar assunto com esse babaca e ele vem com quatro pedras nas mãos?,* pensou. Não respondeu à pergunta irônica dele.

— Tem ou não tem? — Murilo perguntou novamente.

Quando percebeu que tinha deixado o aspirante a advogado irritado, pegou uma camisa, enrolou-a e jogou no colega de quarto, dizendo:

— Estou brincando com você, advogado. — Foi até à cama dele e apertou sua mão. — Só queria fazer o "entrevistado mau humor". Você viu como eu me sinto quando tenho que entrevistar certas pessoas? É foda isso, cara.

— Ah, eu ia te perguntar que tipo de repórter é esse, tão monossilábico. Coisa feia fazer isso com os outros, hein? — Os dois soltaram uma gargalhada.

— Eu é que ia te perguntar que tipo de advogado se intimida tão facilmente assim por um mísero repórter.

Murilo voltou à sua cama e continuou a organizar as roupas no armário.

— Tem um banheiro ali. — Ésio apontou com a cabeça. — Vou tomar banho primeiro. Meu banho é rápido.

— Vai lá. — Murilo se sentou na cama. — E aí, a que tipo de testes você acha que vamos ser submetidos?

— Não faço a mínima ideia, mas deve ser de resistência.

— Acho que deve ser algo dentro da especialidade de cada um de nós. Algo relacionado à advocacia para você, algum teste de público ou de relações pessoais para mim e algo das finanças deles para a Rayana.

— Creio que não seja só isso. Deve ter também algo que nos desafie, que nos tire da zona de conforto. Se for algo da nossa área, não restam dúvidas de que passaríamos — Ésio falou sentando-se também na cama, abriu a mala e pegou toalha e roupas. Levantou-se em direção ao banheiro.

— Bom, seja o que for, espero que eu passe. — Murilo voltou a organizar o guarda-roupas. — Não quero saber o que acontece com quem é reprovado. A loira foi bem enfática em relação a isso.

— Nem eu quero saber. — E entrou no banheiro.

Murilo terminou de desfazer as malas e as guardou em cima do armário, colocou um porta-retratos com uma foto sua junto a seu filho na mesinha de cabeceira. Depois que Ésio terminou o banho, foi sua vez de ir. Quando saiu, o companheiro já estava roncando na cama do outro lado do quarto. Vestiu uma bermuda e apagou também. Estava exausto e o dia seguinte seria mais puxado ainda.

No outro quarto, Rayana estava deitada com os fones de ouvidos escutando alguma banda de rock americana. Pensava em tudo que havia feito. De uma hora para outra sua vida mudara completamente. Em meio aos pensamentos, pegou seu celular e procurou o número do namorado na agenda eletrônica do aparelho. Colocou para chamar. Nada. Só caía na caixa postal. Tentou umas quatro vezes, até que por fim desistiu. Mandou algumas mensagens perguntando se estava tudo bem, mas depois de não obter resposta alguma, ficou quieta com sua música até pegar no sono. Amanhã tentaria contato novamente.

8

TREINAMENTOS/TESTE

(PRIMEIRA PARTE)

"... E NÃO SE ESQUEÇAM, A TODO INSTANTE VOCÊS SÃO OBSERVADOS. NÃO SOMENTE NAS PROVAS, MAS DURANTE TODO O PROCESSO DE PREPARAÇÃO."

5H30 DA MANHÃ.

— ACORDANDO, ACORDANDO! TODO MUNDO! VAMOS, AGORA! — Petrônio entrou no quarto dos rapazes gritando. Primeiro dia do treinamento. Os dois acordaram assustados, esfregando as mãos no rosto tentando entender o que estava acontecendo. Perceberam do que se tratava e rapidamente se colocaram de pé, com os olhos ainda ardendo.

— Vistam essas roupas. RÁPIDO! — Ele jogou sobre as camas um conjunto de peças camufladas, dessas de estilo exército. Os dois vestiram e o acompanharam até o andar de baixo.

Lá, encontraram-se com Rayana e a mulher loira. As duas também usavam as mesmas roupas camufladas.

— Acordar cedo é a primeira coisa que vocês têm que aprender a fazer. Essa foi a primeira e a última vez que chamamos vocês. Todos os dias, 5h30, quero todos prontos e dispostos. Hoje não tem café. Quem quiser comer algo de manhã, que acorde mais cedo nos próximos dias — disse Alexia em tom ríspido, como o de um sargento.

— Todos para a área externa. Sigam-nos! — Os dois conduziram o trio até o pátio da casa.

A residência era localizada em uma região afastada do centro da cidade, não era exatamente um condomínio, mas tinha as mesmas vantagens de se morar em um. A pouco mais de 200 metros ao fundo da casa, passava um rio. Havia também uma mata que se formava a partir dos limites do loteamento. O jardim não tinha muitas plantas que florescessem, na verdade, o que predominava eram as árvores e coqueiros. Um tapete de grama percorria até onde os olhos encontravam o arvoredo que recepcionava para o riacho. Certamente, quem morasse ali, preferia não ser incomodado. E, consequentemente, não incomodar ninguém também.

Os primeiros raios de sol começavam a circundar as nuvens. Apesar do orvalho da madrugada, o céu sem nuvens e límpido já apontava que o dia seria quente e abafado.

Os cinco foram até a metade do terreno. Ésio, à primeira vista, avistara uma espécie de circuito mais à frente.

— Que tipo de teste a gente vai fazer? — perguntou ele, estreitando os olhos para apurar a visão.

— Esse é apenas o primeiro — Alexia respondeu. — Vocês serão submetidos a três etapas. Vamos analisar vocês e ver como cada um se sai, tanto física quanto estrategicamente. — O grupo continuava a andar em passos largos. — Os outros dois vocês saberão no momento certo.

— Ah, e não se esqueçam — Petrônio completou: — A todo instante vocês são observados. Não somente nas provas, mas durante todo, todo... — Foi mais enfático na nessa segunda vez. — ... o processo de preparação.

Pararam diante de uma longa trilha de pneus intercalados.

— Vou explicar o trajeto. Prestem atenção porque não temos o dia todo para explicações. — Alexia virou-se e encarou-os. — Primeiro passarão por esse caminho de pneus, pulando com cada pé dentro de um. Depois terão de rastejar por baixo daquela cama de arame farpado. — Ésio, Murilo e Rayana ouviam tudo com o máximo de atenção. — Após isso, terão de escalar a parede. Ela deve ter uns seis ou sete metros de altura. Quem tiver alguma dificuldade na escalada poderá empilhar três pneus que estão ao lado, para pegar impulso. Mas acredito e espero que não vão precisar desse auxilio.

Nesse momento Rayana quis abrir um buraco no chão, enfiar-se dentro e sair em outro país, se possível. No Japão, quem sabe. Se existia alguém que não nasceu para nenhum tipo de atividade física, esse alguém era ela. Não sabia nem como conseguia manter a boa forma que tinha. Nas aulas de educação física, nos tempos do colégio, ela era sempre a última a ser escolhida para alguma equipe. E nem era por preconceito, na verdade, todas as amigas sabiam que ela e esportes eram como o sol e a lua. Poderiam até existir, mas se um chegasse, o outro automaticamente deixaria de existir. No ensino médio isso ficou um pouco mais sério em relação aos anos do primário. As garotas riam e chegavam a chamá-la de nomes que não eram legais para chamar uma pessoa. Sempre que encontrava uma pequena brecha, fazia de tudo para escapar das aulas. Em vez de participar, ela entrou em um acordo com o professor em que ele ministraria trabalhos efetivos. E assim foi durante todo o ensino médio.

Mas, agora, será que ela podia pedir para que eles passassem um trabalho escrito para substituir isso?

— Depois disso — Alexia continuou —, vocês vão subir naquela árvore e descerão pendurados pelas mãos na corda que a liga ao coqueiro no outro lado do terreno. Depois atravessarão a piscina caminhando sobre o tronco.

Murilo olhou para a piscina ao longe. Devia ter uns vinte e cinco metros de comprimento e uns doze de largura. Um tronco não muito grosso e roliço ligava uma extremidade à outra sobre a água. Esse foi o único instante em que titubeou por alguns segundos.

Ele não gostava de piscinas. Quando era criança, certa vez, enquanto brincava próximo a uma, em um parque aquático, seu primo, um garoto mais velho, o ergueu nos braços e ameaçou jogá-lo. Ele gritou, chorou e berrou aos quatro ventos que não sabia nadar. Seu pai veio correndo para impedir a peripécia do primo, mas chegou um pouco atrasado. O primo pulou na piscina, o levando junto. Lá dentro, o menino mais velho o soltou e nadou para o meio da piscina. Tudo não passou de um minuto, desde que foi jogado até seu pai retirá-lo de lá. Mas foi tempo suficiente para uma pequena quantidade de água invadir suas narinas e permear seus pulmões. Desmaiou instantaneamente, acordando somente com as massagens cardíacas feitas pelo salva-vidas do parque. Desde então, ficou com certo pavor de piscinas. E ali havia uma enorme e cheia de água gélida, ainda pelo sereno da madrugada, só esperando para puxá-lo até o fundo. Apesar do nervosismo, não deixou isso transparecer. Ou pelo menos acreditou que não estava deixando transparecer.

— Por fim — Alexia concluiu —, vocês passarão pelo emaranhado de fios. Com um pouco de agilidade e precisão, dá para passar sem tocar nenhum.

— E o que acontece se por acaso alguém encostar em algum acidentalmente? Como vão saber que encostamos? — perguntou curioso Ésio.

— Esses fios são de cobre e estão ligados em uma rede elétrica de 220 volts. Se chegarem a encostar, acho que será possível percebermos que isso aconteceu — respondeu Petrônio, exibindo um sorrisinho sarcástico no rosto.

O advogado engoliu em seco.

— Bom, acho que já ficou bem claro. Alguém se habilita a começar? — Alexia olhou um a um nos olhos, esperando a resposta.

— Eu — Murilo se disponibilizou.

— Muito bem. Rayana, você será a primeira — ela disse, ignorando o repórter.

A jovem foi pega completamente de surpresa.

— *Han?* — exclamou baixinho.

— Você vai primeiro — repetiu a mulher loira. — Por quê? Algum problema? Quer desistir?

— Não! — a moça disse.

Rayana respirou fundo e foi. Parou diante dos pneus e aguardou a ordem para iniciar. Ela nem queria fazer aquilo, e tinha que ser a primeira? Isso é que é ter má sorte. Fechou os olhos e tentou abafar o nervosismo.

— AGORA! — Alexia ordenou.

◆ ◆ ◆

Rayana começou a correr colocando os pés nos pneus. No início seus pés pisaram em falso pelas beiradas, isso a levou ao chão três vezes. Depois de certo tempo começou a pegar o ritmo das passadas. Pisava firme e não se desequilibrou mais, isso arrancou um leve sorriso dela. Quando pisou fora do último pneu, sentiu um certo alívio lhe invadir.

Rayana tomou um pouco de ar, se jogou no chão e pôs-se a rastejar. Braço a braço. Por ora ela se erguia acidentalmente e sentia as farpas do arame lhe prender a roupa nas costas e arranhando-a, mas não parou, continuou firme. Depois de alguns minutos finalmente conseguiu terminar a *tortura com arames,* como pensou.

Caminhou ofegante e, alguns passos adiante estava na frente da parede. Avistou no canto direito os três pneus empilhados ditos anteriormente pela líder. Distanciou-se e correu. Tentou alcançar o topo da parede. Mesmo parecendo ser inútil, quis tentar. Não conseguiu. Distanciou-se novamente e pulou. Fracassou de novo. Então, decidiu usar os pneus. Empilhou os três, subiu e conseguiu tocar o topo. Segurou firme e jogou a perna direita. Conseguiu apoiar-se. Lançou a perna esquerda e ficou enganchada lá em cima. Sentou-se no alto da barreira de concreto e olhou para baixo. Tinha que pular. Fechou os olhos e o fez. Cambaleou ao tocar a grama, mas não se machucou. Ficou de pé e correu alguns metros adiante o mais rápido que pôde.

Estava agora diante da árvore. É só se agarrar e impulsionar, agarrar e impulsionar, dizia para si mesma. Ergueu os braços, pulou e alcançou um galho não muito grosso. Hesitou por algum momento, pensando que o galho não suportaria seu peso, até que o segurou firme e tomou impulso com os pés. Pisou no caule da árvore e apoiou-se no galho. Viu outro mais acima e segurou-se nele, passou as pernas no galho, agarrando-o. Tentou girar o corpo para sentar-se nele, mas perdeu o equilíbrio e quase caiu, ficando pendurada apenas pelas mãos. Conseguiu jogar as pernas novamente e se agarrar.

Ficou sentada e, assim que avistara a corda, foi dando lentos pulinhos até a ponta, segurou a corda que estava amarrada no galho com as duas mãos e se jogou. Ficou pendurada pelos braços. Cuidadosamente, colocou uma mão após a outra na corda, conseguindo se deslocar. Olhou para baixo e notou que estava em uma altura razoavelmente grande. Não era muito alto, mas daria uma boa queda, caso desequilibrasse e perdesse o controle.

E assim aconteceu.

Suas mãos ficaram fracas e seus dedos suavam. Não deu outra, despencou de lá rumo à grama. Tentou amortecer a queda com as pernas, mas tombou assim que atingiu o chão.

Gritou com a dor que sentiu.

Levantou-se rapidamente e avistou o grupo que olhava fixamente para ela. Pensou em desistir ali, mas lembrou-se da mulher falando que não era bom alguém não passar nos testes. Criou coragem e caminhou até a árvore. Subiu assim como tinha feito da primeira vez. Sentou-se no galho e segurou a corda com as duas mãos. Jogou-se e foi lançando uma mão de cada vez para frente. Seu corpo deslocava-se lentamente. Até que depois de certo tempo conseguiu pegar o jeito da coisa.

Pouco mais de quinze minutos depois ela estava terminando o percurso da corda. Chegou ao coqueiro e saltou. Dessa vez conseguiu cair de pé.

Estava agora diante da piscina.

Subiu agilmente no tronco, alguns segundos se passaram até que conseguisse manter o equilíbrio. Caminhou bem devagar com os braços abertos. Não teve nenhuma dificuldade em atravessar. Nem ela mesma acreditou que fez tão rápido. Menos de três minutos e já estava no outro lado.

Agora era a vez da última fase. A dos fios eletrocutados.

Todo cuidado seria pouco nesse momento. Sabia que, se esbarrasse em algum, perderia o foco e cairia sobre o restante de fios. E levar choques de todos os lados não era uma boa coisa de se pensar. Era uma espécie de túnel de fios, de cinco metros de extensão. Rayana passou uma perna, depois o braço, em seguida a outra perna e o outro braço. Repetiu os movimentos durante todo o trajeto. Nessa fase, também não encontrou muitas dificuldades em concluir. Pouco tempo depois estava do outro lado, correndo para se juntar ao grupo que a aguardava.

— E aí, como que eu fui? — perguntou ela, ofegante e feliz consigo mesma. Passou a mão na testa para limpar o suor que escorria.

— Você concluiu. E isso é o que importa — respondeu Alexia, dando a entender que a moça não tinha feito o melhor que esperavam.

Rayana disfarçou. Colocou-se ao entre Murilo e Ésio.

— Murilo, você é o próximo — ordenou Petrônio.

◆ ◆ ◆

Muito bem. Se é isso que eles querem, isso eles vão ter. Pensou Murilo enquanto posicionava-se na frente do trajeto de pneus. Começou a correr, pisando exatamente no centro de cada pneu. Facilmente concluiu essa fase.

Deitou-se e rapidamente começou a rastejar sob a cama de arame farpado. Não encostou em nenhuma farpa sequer. Até ali, tudo tinha sido executado perfeitamente. Andou mais alguns metros e pulou, apoiando as mãos no topo da parede de concreto. Impulsionou as pernas e em pouco tempo já estava do outro lado.

Correu e subiu na árvore em dois rápidos golpes, desceu pelas cordas. Sentiu as mãos arderem, mas não ligou para isso, em menos de dois minutos já pulava no chão do outro lado, rente ao coqueiro.

Correu o mais rápido que pôde e foi sentindo o sangue lhe arder na face. A piscina. *O buraco cheio d'água esperando para me engolir,* pensou. Parou a dois passos de lá. Apoiou as mãos nos joelhos e arqueou o corpo para frente. Suava em bicas. Ergueu a cabeça e passou as mãos nos cabelos, deitando-os para trás. *Tem que ser agora. Tem que ser.*

Começou a caminhar. Colocou o pé esquerdo sobre o tronco. Respirou fundo. Posicionou o direito e tentou equilibrar-se. Conseguiu. Dera lentos passos, um após o outro. Podia ouvir as batidas de seu coração. *Tum, você vai cair. Tum, vem aqui. Tum vem dar um mergulho. Tum, vem brincar na água...*

Nesse momento, lágrimas brotaram em seus olhos. Tentou não escutar as batidas e a voz que ouvia. Continuou a caminhar lentamente. Abriu os braços para manter o equilíbrio. Já estava na metade do percurso. *Só mais um pouco, Murilo. Só mais alguns metros e pronto.* De repente, pisou em falso, seu pé escorregou para o lado e ele foi com tudo para baixo. Instintivamente arqueou os braços e, por sorte, conseguiu se agarrar ao tronco. Abraçou-o forte e rolou para baixo. Seu corpo, do tórax para baixo, ficou submerso na água. Gélida. Por um momento pensou que não suportaria por muito tempo e se deixaria ser engolido para o fundo. Tentou balançar o corpo para frente, o que era muito difícil. Após algumas tentativas, finalmente acertou o movimento. Passou uma perna, depois a outra, e ficou ali, "trepado" no tronco. As águas ainda alcançavam suas costas. Fez força e girou o corpo no galho, conseguindo se sentar sobre ele. Cruzou os pés sob o tronco e, sentado, foi dando lentos pulinhos, como se estivesse cavalgando. Passou-se mais de quinze minutos até que estivesse do outro lado, em pé em terra firme. A roupa encharcada lhe fazia bater o queixo de tanto frio. Apesar de o sol já ter saído, ainda era fraco e ventava um pouco.

Apertou a mandíbula e continuou.

Estava agora diante do túnel. Foi ágil, esguio e o mais maleável que pôde. Não teve muitas dificuldades em atravessá-lo. E em menos de quatro minutos depois já o tinha feito tranquilamente.

Depois disso, correu para se juntar aos outros que o esperavam, batendo o maxilar de frio.

— Vou entrar e tomar um banho — Murilo disse assim que chegou, preparando-se para voltar para a casa.

— Não — Alexia disse, firme. — Ainda não acabou. Ésio, sua vez. Só depois poderão ir para dentro.

— Eu tenho que tomar um banho quente. Aquela água quase me congelou!

— Eu disse que era bom passar, não é? Você até que teve sorte. Aquela piscina tem cinco metros de profundidade, e se a água estava tão fria assim, dificilmente conseguiria nadar, não é mesmo? Só estarão liberados depois que todos concluírem.

Murilo não respondeu. Apenas virou-se para ver o companheiro, que estava pondo-se em posição para iniciar o percurso. *Dificilmente conseguiria nadar? Eu nem mesmo sei nadar! Mas, com certeza, se eu tivesse caído, um deles teria ido me ajudar,* pensou.

Será que teria ido mesmo?

◆ ◆ ◆

Após o comando de Alexia, Ésio começou a correr. Pisava no centro de cada um dos pneus com perfeição. Não levou mais de um minuto para que estivesse concluída a primeira etapa.

Deitou no chão e começou a engatinhar. O arame lhe prendeu a camisa nas costas, ele deitou mais e rastejou. O cheiro forte de grama amassada pelos colegas que o antecederam lhe invadiu as narinas, mas não deixou que isso o afetasse. Encerrou a fase em pouquíssimo tempo.

Avistou a parede a mais ou menos dez metros de distância. Pegou coragem e começou a correr o mais rápido que pôde. Bateu as mãos no alto, bateu com os pés e jogou o corpo no outro lado, caindo abaixado. Nem precisou do auxílio dos pneus que Rayana tinha usado antes.

Disparou em direção à árvore. Subiu com muita agilidade e segurou a corda. Atravessou o percurso pendurado rapidamente e caiu de pé ao lado do coqueiro que sustentava a outra ponta da corda. Parou por alguns segundos para tomar fôlego e alcançou a piscina. Pisou no tronco e começou a caminhar sobre ele. Tão rápido quanto Rayana, não obteve dificuldade nenhuma em concluí-lo.

Restava agora a última prova do trajeto. O túnel com o emaranhado de fios em alta tensão. Estalou os dedos das mãos e passou-as sobre a face para limpar o suor que escorria. Ficou diante do emaranhado e deu início à travessia. Passou uma das pernas, o braço, curvou-se e passou a outra perna juntamente com o outro braço. Paralisou por alguns instantes enquanto seus olhos encontravam um fio que estava a menos de dois centímetros do seu rosto. *Eu não vou dar conta,* pensou. Ficou imóvel. Lentamente foi movendo a cabeça para baixo e impulsionando o resto do corpo para frente. Deslocou-se rumo ao final. Foi desviando cuidadosamente, até que percebeu que já havia passado mais da metade do túnel.

De repente, seu braço esquerdo tocou um fio, recebendo uma descarga elétrica. Não era algo que mataria alguém, mas, no momento do susto, tentando livrar o braço daquele fio, pulou para frente e, involuntariamente, encostou em mais um fio.

E em mais um fio...

Em mais um...

E outro...

Perdeu o controle e tentou correr para fora. Inutilmente. Caiu no chão, levando junto a cama de choque, que agora o circundava. Eram muitos cabos, choque de todos os lados, grudados em seu rosto, no seu corpo, em tudo que havia dele ali. Não conseguia nem mesmo rolar e sair daquele lugar. Balançava os braços, mas os movimentos eram inúteis. Quanto mais se mexia, mais fios o encontravam e mais choque recebia. Pensou que seu coração fosse parar. Não suportaria por muito tempo. Quis gritar e pedir ajuda, mas a voz lhe falhou.

A alguns metros dali, o grupo olhava para ele. Murilo e Rayana em completo desespero, Alexia e Petrônio pareciam se divertir com aquela cena.

— Vocês têm que ajudá-lo! — gritou Rayana.

— Não. Ele vai conseguir sair de lá — disse Petrônio. — Ele tem que conseguir.

Enquanto isso, Ésio agonizava, recebendo as descargas elétricas.

— Ele não vai conseguir! — Murilo disse, nervoso. — Vocês têm que ajudá-lo! Onde desliga aquilo?

O casal não respondeu. Apenas se entreolharam.

— Eu vou tirá-lo de lá — falou Murilo. — Ele vai ter um ataque e morrer! Se é que já não está morrendo...

— Você não vai ajudá-lo — falou Alexia. — Petrônio, desliga. Já chega por hoje.

— Mas já? — ele disse com cara de desânimo.

— Agora, Petrônio!

Petrônio dirigiu-se até uma parede lateral da casa. Depois de alguns segundos, a agonia de Ésio passou. O circuito foi desativado e tudo ficou quieto. Agora, ele estava caído, imóvel, coberto pelos fios. Ainda sentindo a descarga elétrica, seu corpo tremia.

— Será que ele morreu? — perguntou, aflita, Rayana.

— Não sei. Eu vou lá — disse Murilo olhando para Alexia. Ela apenas fez um sinal de positivo com a cabeça. O repórter então começou a correr em direção ao colega caído. Rayana também o fez e conseguiu alcançá-lo. Os dois puxaram os fios e os desenrolaram do corpo de Ésio.

Murilo chegou o rosto próximo ao nariz dele e notou que não respirava. Rapidamente abriu a camisa camuflada que ele usava e o deixou de peito nu. Apoiou as mãos cruzadas sobre o peitoral e começou a fazer massagens cardíacas. Intensas e frenéticas. Nada de ele acordar. Encostou o rosto no nariz novamente e percebeu que passou a respirar com muita dificuldade. Voltou a fazer massagens com mais força. Rayana estava ajoelhada do outro lado, desesperada.

Então, como se por um milagre, Ésio puxou o ar, deixando-o invadir com força seus pulmões. Arregalou os olhos e respirava com voracidade. Olhou ao redor e viu os dois ali, sorrindo com alívio ao perceberem que ele estava vivo. Levou alguns segundos para darem-se conta do que havia acontecido. Suava frio.

— Você consegue levantar? — Murilo perguntou após alguns segundos.

— Acho que... Que... Consigo — disse com a voz falhando. Murilo se levantou e estendeu a mão. Ésio segurou firme e se sentou. Tentou se colocar de pé, mas, ao fazê-lo, uma forte tontura o atingiu e Murilo o segurou para não cair.

— É, acho que não consegue, não — falou Rayana, com um leve sorriso.

Murilo abaixou-se e abraçou a cintura de Ésio. Levantou, deixando-o deitado sobre seu ombro, sua cabeça ficou para trás, nas costas de Murilo, e as pernas na frente da barriga. Murilo segurou as pernas e caminhou, levando o jovem advogado até Alexia.

— Ele precisa subir e descansar — disse.

— Pode levá-lo — ela falou. Petrônio foi ao encontro dos quatro. O grupo seguiu Murilo até o interior da casa.

— Por hoje é só — Alexia disse depois que adentraram a sala. — Se quiserem descansar, estão liberados.

Murilo subiu as escadas carregando Ésio. Rayana os acompanhou. Entraram no quarto e deitaram-no na cama.

— Será que ele vai ficar bem? — quis saber Rayana.

— Vai. Claro que vai — respondeu Murilo. — Daqui a pouco estará pronto para outra. — Deu um tapinha na perna dele. Ésio virou-se para o lado e apagou. Dormiu até mais da metade da tarde.

Rayana foi para seu quarto. Tentou ligar novamente para o namorado, mas, como na noite anterior, as chamadas só caíam na caixa postal.

O repórter finalmente tomou o tão desejado banho quente.

9

Familiarizando

"... A organização é como um oceano profundo a ser explorado, sem um excelente equipamento de mergulho e bons mergulhadores, isso não é possível."

Era fim de tarde. O sol começa a se pôr e um alaranjado se misturava com leves tons de lilás no céu. O clima estava abafado.

— Por um instante achei que iriam deixá-lo morrer — disse Rayana, ao chegar à varanda dos fundos e encontrar Murilo sentado, fumando um cigarro. Já eram quase seis horas da tarde. Ésio dormia, Alexia e Petrônio haviam saído.

— Ah, oi — respondeu ele, virando a cabeça, rápido. — Nem reparei em você chegando.

— Desculpa, não queria te assustar.

— Não assustou. Senta aí.

Ela puxou uma cadeira e se sentou, cruzando os braços e apoiando os pés na pequena mureta em sua frente.

— E o Ésio? Como está?

— Quando saí do quarto estava roncando. Acho que hoje emenda com a noite — Murilo deu uma risada, soltando fumaça pelas narinas.

— Sinceramente, pensei que naquele momento ele iria morrer.

— Eu imagino o que ele deve ter passado. Você viu quando eu quase caí dentro da piscina? — Ela balançou a cabeça positivamente. — Achei que eu ficaria ali mesmo. O único momento em que tive um pouco de medo foi naquela hora.

— Por quê? Era só nadar.

— Cinco metros de profundidade, lembra?

— Mesmo assim, era só nadar!

Murilo não queria contar que não sabia nadar. Não era uma coisa muito boa ficar expondo seus pontos fracos para qualquer um. Principalmente ali, na organização. Ela não era sua amiga. Ninguém era amigo de ninguém por ali. Amizade verdadeira mesmo era somente para com a causa.

— Você tem razão — ele concordou. Após alguns segundos, tentou mudar de assunto. — E você, fazia o que antes de vir para cá? Ouvi que trabalhava com contabilidade, não é? — Os dois olhavam para frente, olhares vagos para terreno arborizado, ainda conseguindo ver partes do percurso que passaram.

— Sim. Trabalhava como auxiliar de contabilidade em uma grande loja de eletrônicos. — Passou as mãos na cabeça, ajeitando algumas mechas de cabelos atrás das orelhas. — Era tão chato. Chato e entediante.

— Imagino. Mexer com números o dia todo deve ser foda mesmo. — Deu uma tragada no cigarro. Ela olhou para ele enquanto soltava a fumaça. — O que foi? Quer um? — ele perguntou.

— E por que eu iria querer antecipar minha morte?

Murilo a encarou.

— E por que eu iria querer prolongar minha vida?

Rayana ficou quieta. Desviou os olhos e voltou a olhar para frente.

— Não se deve responder uma pergunta com outra pergunta. Isso é deselegante — ela o provocou.

— E não se deve se meter na vida de uma pessoa, querer prolongá-la. Isso é deselegante! — respondeu rispidamente

Que cara grosso, ela pensou. *Grosso e estúpido!*

Percebendo que ela tinha ficado sem jeito, ele quis quebrar o clima.

— Estou brincando com você, Rayana. — Tirou o cigarro que já estava pela metade e jogou-o na grama do outro lado da mureta. — Aprendi isso na faculdade, sabia?

— Aprendeu o quê? Como ser rude com as pessoas?

— Também. — Virou-se para ela e deu um sorriso. — Mas não era a isso que me referia. Aprendi a confrontar as pessoas. Vida de repórter não é fácil não, viu? Às vezes temos que entrevistar cada figura.

Ela o olhava agora.

— Então — ele continuou —, reformule a pergunta dela, tente dar algumas voltas e a deixe responder. Geralmente nos saímos muito bem.

Rayana soltou uma tímida gargalhada.

— Você é bom nisso, seu Murilo. Muito bom! — Deu um soquinho no braço dele.

— E então, me fale mais sobre você — prosseguiu ele. — Além da parte de conversar com números o dia todo, é claro.

— Bom, eu sou a mais velha de três irmãos. Irmãos por parte de mãe. Meu pai foi embora quando eu era bem nova. Aí minha mãe arrumou um... — *Um porco imundo e nojento!*, ela pensou. Mas não disse isso. — Um outro homem.

— Você sabe o que aconteceu com seu pai?

— Não.

O silêncio se fez por alguns segundos.

— E não tem vontade de vê-lo?

— Acho que não — disse.

— Acha, ou não tem vontade?

— Eu nem me lembro exatamente do rosto dele. Lembro vagamente, bem vagamente mesmo dos dois brigando. Deve ser por isso. Minha mãe nunca teve uma conversa sobre ele comigo. Todas as vezes que eu perguntava, ela sempre dava um jeito de mudar de assunto ou arrumava alguma coisa mais importante para fazer. Qualquer coisa era mais importante do que a filha querendo respostas do próprio pai.

Murilo fez uma pausa e deu outra tragada.

— Olha, sua história daria uma boa matéria para um programa de domingo à tarde — disse ele. Os dois riram.

— Daquelas bem sensacionalistas? — ela perguntou.

— Da mais sensacionalista possível! — ele confirmou gargalhando. — E se brincar, inspiraria até um dramalhão mexicano.

Os dois caíram na risada.

— Você é solteira?

— Não.

— Casada?

— Nããão! Tenho um namorado.

— Seu namorado é louco? — Murilo perguntou sério.

— Não — ela respondeu. — Não que eu saiba.

— Ele tem algum tipo de problema mental?

— Também não, que eu tenha percebido, não.

— Então ele só é burro mesmo?

— Você é estranho, cara. Você me assusta, sabia? — ela disse séria, percebendo e entrando na brincadeira dele.

— Só pode ser burro para deixar uma mulher como você viajar sozinha! E ainda por cima passar tantos dias longe!

— Uma mulher como eu...?

— Você é linda! É o tipo de mulher com quem eu iria querer procriar.

Rayana sentiu o rosto corar.

— Procriar? Não sou uma cadela e nem uma vaca procriadora!

— Eu sei.

— E? — Ela o olhava ainda com a expressão séria.

— E mesmo assim eu continuaria querendo procriar contigo.

— E se eu dissesse que você não é o tipo de touro reprodutor que eu quero?

— Eu não acreditaria. E procriaria.

— Você é uma figura, Murilo! — Os dois riram. — Ah, e obrigada pela parte que me toca. Não pela vaca reprodutora, mas pela parte do "linda". Mas me fala sobre você agora. Pode pular a parte do entrevistador de gente chata, é claro.

— Bom... deixa eu ver... eu sou filho único — iniciou. — Meus pais moram em outra cidade. Fui para a capital quando tinha dezesseis anos.

— Dezesseis anos? Nossa, que precoce — ela falou com tom de ironia.

— Pois é. Conheci a mãe do meu filho quando estávamos na faculdade.

— Ai, que fofo, você tem um filho? E quantos anos ele tem?

— Faz três esse ano. O nome dele é Diego. — Murilo pegou seu celular e mostrou uma foto da criança para ela.

— Olha, ele tem seus olhos.

— Um garanhão igual ao pai. — Balançou a cabeça e fez uma cara de galã. Rayana riu e lhe entregou o aparelho.

— E a sua esposa deixou você viajar sozinho?

— Sou divorciado.

Ela o encarou.

— Sem ser inconveniente, posso perguntar o motivo da separação?

— Pode — ele disse. — E sem eu ser inconveniente, posso não responder?

— Você e suas "perguntas-respostas". E como que você entrou? — ela quis saber.

— Entrou...? — Óbvio que ele sabia do que se tratava, mas se fez de desentendido só para fazer um charme.

— Ah, você sabe, como que conheceu a ideologia?

Murilo pareceu pensar na pergunta dela. Ou melhor, pensar em uma boa e rápida resposta para sua pergunta.

— Um amigo que conheci assim que me mudei para Cuiabá. Uma das minhas etapas era me formar em jornalismo e encontrar um emprego nessa área.

— E por quê?

— Não sei.

— Por que teria de ser exatamente jornalismo? — ela indagou.

Murilo pensou. Não sabia exatamente o porquê do interesse de alguém com conhecimentos naquela área. Havia coisas que ele não sabia. Muitas, na verdade. Então, tentou descrever exatamente seus pensamentos para ela.

— Tem algo muito mais além nessa organização — começou. — Algo que pensa não só no presente, mas no que está por vir. O que nós, membros, sabemos, é somente a ponta do iceberg. Eu acho que a causa e nós somos tipo um oceano: somos as águas que protegem e escondem a areia no ponto mais fundo. Para chegar nessa areia, é preciso passar pela água. E sem um excelente equipamento de mergulho e bons mergulhadores, isso não é possível.

Ela assentiu, tentando assimilar o que ouvira.

— E você não tem curiosidade em saber mais?

— Não. Estar fazendo minha parte já é o suficiente. Por quê? Você tem? — Ele a encarou.

Rayana titubeou por alguns instantes, após respondeu abruptamente:

— Não. Cada um cuida daquilo que lhe foi ordenado, isso já basta.

Passaram alguns minutos sem dizer nada. Apenas olhavam aquela paisagem de início de noite abafada.

— Esses dois são tão estranhos, não achou? — ela quebrou o silêncio.

— Eu gostei dela — ele respondeu.

— Deixe-me adivinhar, você procriaria com ela?

— Também. Você viu as tatuagens nos braços dele?

— Elas são tão estranhas quanto ele próprio.

— Ah, fala sério! São muito fodas. Quero fazer muitas em mim em breve — ele disse, com a mesma animação de um menino quando diz que quer uma bicicleta de presente de Natal, aos pais.

— Eu também quero. Mas outras mais sutis. Não quero muitas figuras e ainda mais assim, grandes e extravagantes.

— Faz parte do ritual de entrada fazer as tatuagens. Quando acabarem os testes, os aprovados terão que carregar no corpo as marcas da ideologia.

— E qual ou quais você quer tatuar? — ela quis saber.

— Não sei. Não sei nem como funciona. Talvez cada célula possua seu padrão de tatuagens, cada região tem seus traços ou cada grupo tem uma linha a seguir. Tudo será explicado. — Após isso, Murilo se levantou. — Bom, Rayana, vou subir e me deitar mais um pouco.

— Será que amanhã terá mais treinamentos? — ela perguntou.

— Espero que não. Amanhã quero dormir até mais tarde.

— Você ouviu o que a Alexia falou, que temos que acordar cedo, senão...

— Senão ficamos sem café, blá, blá, blá — ele a interrompeu. — Hoje eu fiquei sem café e não morri.

Ela riu.

— Vou indo — ele prosseguiu. — Nos vemos no jantar.

— Até o jantar — ela disse. — Vou ficar por aqui mais um pouquinho.

— Foi bom conversar com você, Rayana.

— Bom conversar contigo também, Murilo.

— Eu sei — ele falou dando de costas. — Até mais.

Nossa, como ele é prepotente, ela pensou.

— Até — respondeu. *Prepotente, rude e bonito. Muito bonito.*

Pegou o celular, localizou o número de Marlom e enviou um torpedo. Ficou aguardando uma resposta. Uma hora depois de espera, subiu para o seu quarto sem tê-la. Deitou-se e colocou seus fones de ouvido.

◆ ◆ ◆

A pouco mais de cinco quilômetros da residência onde os dois estavam instalados, uma hóspede chegou e estacionou seu carro em frente a um hotel. O prédio tinha cinco andares com algumas varandas na frente. Não era um estabelecimento luxuoso, mas pelo menos a fachada era bem-cuidada e aparentava oferecer uma boa estadia.

Ela desceu e dirigiu-se à recepção, carregando suas malas.

— Preciso de um documento de identidade e um cartão de crédito — o jovem recepcionista disse à mulher querendo um quarto.

— Ah, sim, só um instante — ela disse. — Toma. — Retirou os documentos solicitados de dentro de uma das bolsas de viagem e entregou.

O rapaz os pegou e conferiu.

— Tudo certo — ele dizia enquanto anotava os dados no computador. — E para quantos dias quer deixar o quarto reservado?

Ela pensou durante alguns segundos.

— Pode reservá-lo por um mês — respondeu por fim. — Não sei quanto tempo exatamente ficarei na cidade, mas, se precisar de mais tempo, eu aviso antes de completar os trinta dias.

— Tudo bem, sem problemas — disse o rapaz, simpático.

Continuou a digitar. Após alguns instantes, abaixou-se e procurou a chave do quarto por alguns segundos no pequeno painel de madeira fixado sob a bancada de mármore.

— Aqui está. — Entregou a chave junto com os documentos para ela. — Precisa de ajuda para levar as malas?

— Não precisa — respondeu. — Só coloque-as no elevador para mim, por favor. De lá eu consigo levá-las. E guarde meu carro no estacionamento, por gentileza.

E assim o rapaz fez. Deixou as malas dentro do elevador e pegou a chave do carro para estacioná-lo.

— Daqui a pouco levo as chaves ao seu quarto, senhora.

A mulher entrou e virou-se para ele.

— Senhora não, por favor! — Ela deu um sorriso. — Senhorita. E obrigada! — agradeceu.

— Não há de quê — o jovem disse. — E boa estadia, senhorita Lara.

10

Primeira ação

"... Vamos detonar nesta festa. — Ele encarou o trio. — Literalmente."

20h46min.

Todos estavam reunidos na sala de jantar. Fluía uma conversa até amigável entre os integrantes, quebrando qualquer clima de tensão que alguém outrora pensasse que haveria. Petrônio e Alexia riam contando antigas histórias de quando entraram para a organização, e os três ouvindo tudo atentamente, retribuindo os sorrisos e repentinas brincadeiras que viessem por acontecer.

— Desculpa se fomos muito exigentes com vocês hoje — comentou Alexia. — Prometo que, de agora em diante, as coisas só ficarão piores.

— Não contendo túneis de fios eletrocutados — brincou Ésio —, por mim está tudo bem!

— Mas, cá entre nós, essa foi a melhor parte! — isse gargalhando Petrônio.

Ésio se incomodou com o comentário. Mesmo não sendo em tom sério, o que ele passou hoje de manhã foi aterrorizante. Poderia nem estar ali agora.

— Mas mudando de assunto — Alexia quebrou o clima —, vão se preparando, em alguns dias vocês vão nos acompanhar em uma ação. A primeira de vocês.

— Que ação? — Rayana perguntou, curiosa. Todos já haviam terminado o jantar e estavam por encerrar a sobremesa.

— Venham conosco — chamou Petrônio, levantando-se e sendo acompanhado pela namorada.

Todos se puseram de pé e seguiram os dois. O casal cruzou a sala de estar e os conduziu até um escritório. Alexia destrancou a porta e todos entraram.

— Sentem-se — ordenou ela, apontando para um sofá branco grande que ligava uma parede à outra.

Em seguida, caminhou até uma escrivaninha que havia ali no canto, abriu uma gaveta, que estava trancada, e retirou de lá três fichários de capa de plástico amarelo transparente. Deu um para cada e sentou-se na mesa, de frente para eles.

— Rubem Fonseca Carlini e Alberto Ortonelli — Murilo foi o primeiro a folhear as páginas que continham os fichários. Viu algumas fotos e algumas informações anexadas. — Filho do Secretário de Saúde do Município e filho do segundo maior produtor de grãos da região, respectivamente — disse ela.

— Em uma semana — Petrônio assumiu —, esses *boiolinhas* vão... Vão... — Titubeou por alguns instantes. — Vão se "casar". — Fez aspas com os dedos quando pronunciou a última palavra, acompanhado com uma expressão de asco.

— Isso é uma vergonha, um soco na cara da sociedade, é um soco na nossa cara! Ninguém é obrigado a ver essas *maricas* por aí. Ninguém é obrigado a ter que dividir até mesmo o oxigênio com esse bando! — completou Alexia.

Murilo foi o primeiro dos três iniciandos a se pronunciar:

— Esse tipo de gente acaba com todos os valores que queremos! Imagina um filho seu... — Pensou no seu filho. — ... ter que ver dois *veadinhos* se pegando no meio da rua? O que a gente vai dizer? Com que cara um pai, uma mãe vai responder a isso? — disparou ele.

Rayana olhou para Murilo. Nem parecia o mesmo homem com quem conversara mais cedo. Ele possuía essa habilidade de esconder seus sentimentos e expô-los friamente quando achava necessário. A única coisa em que ela notou semelhança, foi pelo modo, digamos, "protetor" para com seu filho.

— Isso é uma imundice! — Alexia falou, levantando-se da mesa. — A bíblia diz: "Não te deitarás com outro igual, isso é abominação", não somos nós quem ditamos isso, apenas fazemos aquilo que é certo.

"E o que a bíblia diz de matar uma pessoa friamente, seja ela quem for, faça ela o que fizer? Acho que um semelhante não tem o direito de julgar ninguém!", Ésio pensou ao ouvir as palavras dela. Mas não disse. *Mas essas pessoas não são nossos semelhantes. Não mesmo,* completou o pensamento em seguida.

Ora ele pensava uma coisa, ora outra. Se fosse um rockeiro, uma cantora de pop ou alguma celebridade em decadência, diriam que isso era bipolaridade. Ésio era o tipo de pessoa maleável, facilmente conduzido por algo que lhe fosse novo. Ele não odiava os homossexuais, tampouco tinha qualquer tipo de preconceito com negros ou pessoas com deficiência física. Na noite do acidente de carro, no qual seu amigo atropelou o travesti, ele não o quis matar pela opção sexual. Teve que matá-lo pelos seus amigos, pelas carreiras deles. E a própria, claro. Não gostava e nem desgostava de gays. Era só cada um viver a sua vida, sem que interferissem na sua. Não se importava com o que eles davam, no sentido chulo da palavra, desde que dessem o que era deles, estaria tudo bem. Na noite do crime, assim como quando chegou à organização, seu ego foi elevado. *"Vocês não estão aqui por acaso, se estão é porque têm capacidade..."*, lembrou-se das palavras de Petrônio. *Capacidade. Eu tenho capacidade. Serei o melhor deles, farei melhor aquilo que eles fazem.* Qualquer um gostaria de ser elogiado, de ser engrandecido e de ser confiado algo importante. E era exatamente isso que estava acontecendo. Com uma mão lhe dão uma colher de autoestima, e com a outra lhe dão pequenas doses de ego. Pequenas doses de veneno à alma de um ser humano, que vai matando aos poucos, como se cavassem um enorme abismo, vendassem os olhos e o obrigassem a caminhar, passo a passo, lentamente em direção ao buraco. Até chegar ao ponto em que o chão lhe faltaria e fosse engolido para dentro. Para sempre.

— E como vai ser? — perguntou o jovem advogado.

Alexia e Petrônio eram muito espertos. Tinham tudo muito bem planejado, meticulosamente, nos mínimos detalhes.

— Esses aí não são qualquer um. — Alexia ajeitou os cabelos atrás das orelhas. — Não dá para passar e dar um tiro na cara deles. Pensamos em algo mais organizado. Tudo tem que sair perfeito, sem deixar rastros e sem levantar qualquer suspeita que ligue a nós.

Ésio, Rayana e Murilo folheavam as páginas dos fichários. Era impressionante a quantidade de informações que continham. Endereço, trabalho, nomes e fichas de parentes mais próximos, local onde a festa aconteceria e muito mais. Ao todo, deveria ter mais de trinta páginas, aquele dossiê. Rayana quis perguntar como conseguiam montar algo tão minucioso sobre as vítimas, mas não o fez. Ainda não era o momento de saber, se fosse, já teriam contado.

— Murilo e Rayana — começou Alexia. — Vocês serão uma peça fundamental e direta nesta ação. Ésio, você também desempenhará um papel importante. Ah, e lembrando que essa missão faz parte dos testes.

Então, nada pode dar errado.

— Como vocês podem ver, a festa acontecerá num clube. O maior clube de festas da cidade — falou Petrônio. — Nós vamos a esse circo de abominações. — Ele sorriu e lançou um olhar à namorada, que também abriu um pequeno sorriso. — Vamos detonar nessa festa. — Encarou o trio. — Literalmente!

11

Preparativos

(Os noivos)

"... A moça o acompanhava, olhando para os lados vez ou outra. Levou uma das mãos às costas e ajeitou sua arma delicadamente na cintura sob a jaqueta..."

— Estou tão feliz, amiga! Esse é o dia mais feliz da minha vida — disse Alberto Ortonelli enquanto experimentava o terno cinza de alta costura feito especialmente para a ocasião. Os dois estavam na Luiza's Modas, a mais bem-conceituada loja do gênero da cidade.

— Nunca vi noivo mais animado! — falou Helena. — Você merece toda felicidade do mundo, meu amigo! — Ela se levantou do pequeno estofado e o abraçou por trás, encarando-o no espelho do provador. — Sabe que torço muito por você!

— Mas é claro que sei! — Ele afagou suas mãos. — Não estou me contendo de ansiedade. Nem sei se conseguirei dormir esta noite, amiga.

— Claro que vai. Tem que dormir para descansar a beleza, amanhã é o seu dia. Você será o centro das atenções.

Ele riu.

Alberto Ortonelli era o terceiro filho de Luiz Cavalcante Ortonelli e Madalena Amaral. O pai tinha muitas propriedades e era detentor do título de terceiro maior produtor de grãos do estado. Conseguiu manter o império da soja fundado pelos seus pais e esperava passar a herança da família de geração em geração. Alberto Ortonelli cuidava das finanças das fazendas, um dos dois irmãos, Francisco, era Agrônomo, e o outro, Felipe, piloto de monomotores. Todos os três se dedicavam, de alguma forma, aos bens da família e sabiam do desejo do pai em manter as terras na mesma linhagem.

Alberto assumiu a homossexualidade quando tinha vinte anos de idade. Não houve muitos problemas e objeções quanto a isso. Os pais e os irmãos, no fundo, sabiam da orientação do jovem e aceitaram sua condição numa boa, sem muitos dramas. Quatro anos depois, ele conheceu Rubem, com quem começou a se envolver amorosamente. Dois anos após, fora pedido em casamento e marcaram a união para três meses depois. Amanhã. O grande dia finalmente chegaria.

Tudo foi meticulosamente organizado sob a constante vigilância de Madalena Amaral, mãe de Alberto, e a mãe de Rubem, dona Carmem. O mais caro clube de festa fora locado, a cerimonialista viera da capital para que tudo saísse perfeito. Cerca de trezentas pessoas foram convidadas, dentre elas contatos políticos dos pais, autoridades locais, ricos fazendeiros, médicos além dos amigos pessoais dos noivos. Às vésperas da cerimônia, estava tudo quase pronto, mesas dispostas no enorme salão, toalhas de renda branca sobre forros de cor lilás... Os arranjos florais de orquídeas roxas e tulipas brancas foram encomendados da cidade vizinha e chegariam no outro dia bem cedo.

— Onde está o Rubem? — perguntou Helena, enquanto o amigo despia-se do terno que se encaixara perfeitamente no corpo.

— Ele ficou de passar no cartório e acertar os últimos detalhes com o juiz de paz. Para evitar qualquer tipo de transtorno.

Ela pegou o terno e o dobrou.

— Ah, sim, e o juiz vai lá amanhã?

— Vai. Ele não queria ir, disse que teríamos que assinar os papéis no cartório de ofício. — Alberto vestiu a camiseta que veio usando e sua calça jeans. — Mas aí meu pai foi lá, trocou algumas palavras com ele e tudo resolvido.

— Quisera eu ter um pai tão influente assim — brincou ela.

— Boba. Meu pai nem é tão influente assim, como você diz. Ele só sabe usar as palavras certas nos momentos certos.

— Mesma coisa, Alberto — bufou Helena, puxando a cortina e o acompanhando para fora do provador.

— Mesma coisa nada, meu bem. — Ele riu e caminhou em direção à educada vendedora que o tinha atendido. Pegou o terno da mão de Helena e estendeu até a educada e prestativa moça.

— Mocinha — falou ele —, pode mandar entregar na minha casa hoje, por favor.

— Claro, seu Alberto — respondeu a vendedora.

— Vamos, Helena. Quero passar no clube para dar uma conferida e ver como estão as coisas.

— Com aquelas duas autoritárias matriarcas, você ainda duvida de que tudo não esteja nos trilhos?

Ele puxou o braço direito da amiga e cruzou o seu no dela.

— Ai, nem me fale, amiga. A sogrinha e minha mãe juntas devem ser os devaneios da cerimonialista. — Os dois gargalharam e saíram da loja. Caminharam rumo ao carro de Alberto. Partiram em direção ao clube.

◆ ◆ ◆

Assim que estava saindo do Cartório, Rubem recebeu uma mensagem do noivo:

Oi, amor, estou indo para o clube. Me encontre lá, pode ser? Bjos. Te amo.

Prontamente respondeu ao torpedo.

Tudo bem, meu lindo. Estou indo. Nos vemos lá. Abços, te amo.

Adentrou seu automóvel e saiu.

Quinze minutos depois estava estacionando próximo ao local onde seria a festa. Avistou o carro do companheiro mais à frente. Desceu e andou rumo à porta de entrada. Quando estava mais ou menos a vinte metros da portaria, ouviu alguém dizendo seu nome e percebeu duas pessoas caminhando depressa na sua direção. Olhou para frente e viu um homem e uma mulher. Tentou ver quem era, mas não os reconheceu de imediato.

— Rubem! — disse a mulher, animada. — Não acredito que é você!

Ele ficou parado, sem responder, tentando entender o que estava acontecendo.

— Desculpa, mas... Você me conhece? — perguntou ele meio confuso. — Não estou lembrado de você.

— Claro, Rubem! Sou eu, a Carol! — disse ela.

Ele ficou algum tempo pensando e tentando assimilar o nome à face da mulher, mas nada. Não se lembrava dela.

— Perdão, mas não me lembro realmente...

— A gente estudou juntos no quarto ano do ensino fundamental! — a desconhecida disse com empolgação. Rubem continuava sem se lembrar da moça. O homem que a acompanhava permanecia parado, só observando a animação dela. — Na escola João Pessoa, lembra?

O rapaz tentou vasculhar sua memória em busca de algo. Após alguns segundos, disse de repente:

— Carol Pimenta? A assanhadinha da turma de 2003?

— Assanhadinha não, diria animadinha. — Deu uma gargalhada.

— Claro que me lembro de você! Como eu me esqueceria da pimenta da sala? — falou rindo e indo em direção a ela, e deram um longo abraço. — Você mudou tanto, mas nunca quis pintar esse cabelão negro, não é?

— Não, ele contrasta com minha pele branca — disse ironicamente a moça.

— Mas um loiro acobreado ficaria bem melhor. Pode apostar. — Riram mais um pouco. — Mas e aí, o que você anda fazendo? Continua morando aqui?

— Ai, menino, nem me fale — começou ela. — Estou doida para ir para a capital. Nunca saí daqui, estou trabalhando como secretária em um escritório. E você, o que anda aprontando?

— Eu também sempre morei aqui. Fiz faculdade na cidade vizinha e, depois que me formei, voltei para cá. Você nem imagina o quão cansativo foram os cinco anos que passei por lá...

— Sei como é. Estou no terceiro semestre de direito e sei o quão cansativa é essa vida de universitário. Às vezes não sobra tempo para nada!

— Não brinca, sério? Direito? Que bacana, Carol. Até pensei em cursar Direito um dia, mas confesso que as exatas me atraíram mais.

— Pois é, Rubem, é cansativo, às vezes, mas realmente vale a pena todos os esforços. — Carol ajeitou os cabelos negros atrás das orelhas.

— Incrível como a gente nunca se esbarrou antes! — disse Rubem, com um sorriso amigável. — Essa cidade não é nenhuma grande metrópole para um feito desse não acontecer.

— Verdade. Espero que a gente não perca mais o contato.

— Não perderemos. Anota aí meu número. — Os dois trocaram os números de telefones. — E esse aí, quem é? — Dirigiu o olhar ao homem que a acompanhava.

— Que cabeça a minha, deixe-me apresentar. Esse é o Alessandro, meu marido. — Trocaram apertos de mãos.

— Que legal, você já se casou, menina!? Eu me caso amanhã!

— E quem é a sortuda que roubou seu coração?

— Bom, na verdade não é uma sortuda. — Rubem tentou manter a formalidade. — É um sortudo. — Ele ficou em silêncio analisando a expressão dela para ver se diria algo contra aquela união.

— Tudo bem, Rubem. Eu não tenho nada contra isso, afinal, o que vale é o amor, não é mesmo? Tendo amor, está valendo. — Carol tentou, inevitavelmente, impedir o clima de constrangimento se instalar.

— Você tem razão.

Os três permaneceram em silêncio por alguns segundos, até que ele finalmente se tocou que deveria convidar a ex-colega para a cerimônia.

— Carol, você quer vir amanhã?

Ela demonstrou surpresa com o convite.

— Rubem, eu não quero ser inconveniente...

— Quê isso, menina. Por favor, faço questão de que esteja presente.

— Bom, se é assim, eu quero, sim! — respondeu ela, animada. O marido permanecia em silêncio, só observando a conversa dos antigos colegas de turma.

— Então venham comigo que eu vou descolar dois convites para vocês. Minha mãe fez questão de que cada convidado exibisse seu convite ao entrar na festa, para evitar qualquer tipo de penetra. Sabe como é, não é?

Ele foi andando em direção ao clube, acenando para ela o acompanhar.

— Sim, claro. Eu entendo — comentou Carol, acompanhando-o com seu marido.

Ao adentrar o recinto, Rubem avistou logo mais à frente sua mãe, a mãe de seu noivo, Alberto, Helena e a cerimonialista. Caminhou até o grupo que ria e fazia comentários apontando para todos os lados do salão. Chegou a Alberto, beijou-o e o cumprimentou.

— Tudo bem, meu amor?

— Ai, meu amor, olha como tudo está ficando lindo! — disse envolvendo o companheiro num aconchegante abraço.

— Com essas duas à frente de tudo, como não poderia ser, não é?

Todos deram uma amistosa risada.

— Oi, Helena, tudo bem? — Rubem cumprimentou a fiel amiga de seu noivo.

— Tudo sim — ela respondeu. — Foi difícil controlar o noivinho aí na loja, hein? Mas deu tudo certo.

— É mesmo? Eu conheço bem essa peça aqui. — Gargalharam. — Bom, deixe-me apresentá-los. Alberto, essa aqui é uma velha conhecida minha dos tempos de escola. — Ele apontou para Carol. — Acredita que agorinha mesmo a gente se esbarrou logo ali na rua, aqui em frente?

— Prazer, Carol — cumprimentou Alberto, abraçando a moça e dando um beijo em seu rosto.

— O prazer é todo meu — falou ela.

— E esse — continuou Rubem — é o marido dela. — Os rapazes trocaram um aperto de mão e novamente trocaram os prazeres.

A cerimonialista chamou as duas matriarcas para mostrar algum detalhe da decoração que ainda não havia sido resolvido. Helena as acompanhou, deixando os noivos e os dois recém-chegados a sós.

— Amor, será que tem como conseguirmos convites para ela? Convidei Carol e ela ficou superanimada.

— Sim, acho que tem sim. Só não temos mais o convite bordado especial, pois foram feitos sob medida para cada convidado da lista. Mas eu mandei fazer tickets de entrada, justamente para qualquer caso desse tipo que surgisse.

— Você sempre salvando minha vida, hein?

— Ei, menos drama, menos drama, hein, Rubem? — brincou Alberto. — Vem comigo, Carol, deixei os tickets na sala administrativa do clube — completou ele. — Rubem, você fica fazendo companhia ao marido da sua amiga.

— Não é necessário — falou o homem, sério. — Vou indo para casa, tenho algumas coisas para fazer. Amor... — Caminhou até Carol. — ... depois nos encontramos lá. — Deu um selinho na sua esposa.

— Tudo bem, querido — respondeu.

O homem deu de ombros e saiu do recinto.

— Bom, então vamos lá, Carol? — chamou Alberto.

— Vamos sim.

— Rubem, você vem conosco?

— Não, amor, vai lá. Vou ali até as meninas ver o que elas estão aprontando e se precisam de ajuda.

Alberto conduziu Carol até um lance de escadarias que dava acesso ao andar superior do clube. Foi caminhando na frente, subindo degrau por degrau. Ele não parava de comentar sobre alguma coisa que ela fazia questão de não entender. A moça o acompanhava, olhando para os lados vez ou outra. Levou uma das mãos às costas e ajeitou sua arma delicadamente na cintura sob a jaqueta. E continuaram a subir.

◆ ◆ ◆

Do lado de fora, o marido da colega de escola de Rubem sacou seu aparelho celular e procurou um nome na agenda. Pôs para chamar e levou-o até a orelha.

— E aí, como é que foi? — atendeu uma mulher do outro lado da linha.

— Mais fácil que pensávamos — respondeu. — Ela está lá com os *boiolinhas* neste exato momento.

— Perfeito! — falou Alexia. O celular estava no viva-voz, permitindo Ésio e Petrônio ouvirem Murilo.

— Daqui a pouco estamos chegamos aí — dito isso, Murilo desligou o aparelho e caminhou até seu carro, que estava estacionado a mais ou menos cento e cinquenta metros dali.

Aproximando-se do automóvel, no mesmo instante, uma mulher estava saindo distraidamente de uma loja, também falando com alguém ao telefone. Ela segurava algumas sacolas e, pela forma que andava, estava com pressa. Tanta pressa que nem se deu conta do homem que caminhava na calçada, esbarrando com tudo em Murilo. As sacolas esparramaram-se pelo chão.

— Me desculpe... — disse rapidamente a mulher. — Sou uma desastrada mesmo. — Abaixou-se e pôs-se a juntar suas coisas.

— Não tem problema — falou Murilo, ajudando-a a recolher as coisas.

Notou que a mulher havia comprado algumas peças de roupas. Até uma lingerie preta ele achou. Guardou rapidamente em uma das sacolas, antes que ela percebesse e um clima mais constrangedor se instalasse.

Depois de três minutos, as sacolas estavam novamente recompostas com todos os objetos devidamente guardados. Os dois se levantaram. Murilo agora percebeu quão bonita ela era. Pele branca, do jeito que ele gostava, cabelos curtos e escuros. Possuía também um par de belos olhos castanhos, penetrantes, que o hipnotizou durante alguns segundos.

— Obrigada — ela falou com a voz suave, despertando-o do transe. — E desculpe-me pelo meu descuido.

— Imagina, não precisa se preocupar. Não foi nada, moça. Eu também devo me desculpar por ser tão desatento — ele disse, tentando não gaguejar. — Ah, prazer, me chamo Murilo. — E estendeu a mão para ela.

Quando estava para se apresentar, seu celular tocou. A mulher pegou-o e atendeu a ligação.

— Oi! Ah, não foi nada. Só me distraí e esbarrei em uma pessoa. Sim, sim, estou bem. Estou, Conrado! — Nem houve tempo para dizer nada a Murilo, apenas acenou com uma das mãos, gesticulando que precisaria ir embora. Quase que deixou as sacolas escorrerem, mas desta vez ela foi mais ágil, segurando-as. Ele entendeu o gesto de despedida e prontamente retribuiu-o.

A desastrada deu de costas e foi. O jovem repórter a acompanhou até virar a esquina mais próxima. Admirou o ar de independência e, ao mesmo tempo, fragilidade que exalava. Percebeu a graciosidade que eram seus passos e o rebolar de seus quadris até a perder de vista.

Realmente, uma mulher muito bonita, ele pensou. Ficou parado mais alguns segundos ali.

Entrou, finalmente, no carro para aguardar Rayana, que facilmente se passara por Carol, para os noivinhos.

◆ ◆ ◆

— Nossa, você nem sabe a correria que está sendo — falou Alberto assim que adentrou a sala administrativa do clube. O ambiente era muito grande e luxuoso. Havia duas escrivaninhas de madeira de lei, enormes estofados e duas das paredes eram cobertas por estantes abarrotadas de livros. Na mesma parede que a porta, havia uma enorme janela de vidro que permitia que quem estivesse ali tivesse uma visão periférica do clube lá embaixo.

Alberto caminhou até uma das escrivaninhas, pegou um pequeno envelope e retirou de lá dois tickets. Deu a Carol e deixou o envelope sobre o móvel.

— Um para você e um para seu marido — disse ele.

— Muito obrigada. Fico imensamente feliz pela união de vocês dois. — Ela guardou as entradas na bolsa que carregava.

— Só vamos formalizar o que o destino se encarregou de fazer. Vocês serão muito bem-vindos. Você foi colega do Rubem, não é?

— Sim, estudamos juntos no ensino fundamental durante um ano.

— Que bom, se é amiga dele, é amiga minha também. — Dito isso, ele se aproximou e a abraçou. — Bom, vamos descer agora?

— Vamos — respondeu ela. Caminharam em direção à porta. — Espera, por acaso você sabe se tem um banheiro por aqui que eu possa usar? É que eu estou naqueles dias, sabe?...

— Claro. Entendo. Tem um naquela porta. Pode ficar à vontade, Carol. — Apontou para o lado oposto da sala. — Eu te espero...

— Não precisa... muito obrigada. Se você quiser ir descendo, eu já encontro vocês, pode ser?

— Então tá. Aguardamos você lá embaixo — Alberto terminou a frase e saiu, dando privacidade a Carol.

Mas ela não foi ao banheiro, como combinado. Conferiu que o rapaz tinha descido as escadas e voltou a passos rápidos. Retirou da bolsa um par de luvas brancas e calçou-as. Foi à escrivaninha onde estava o envelope pardo com os tickets de entrada, abriu-o e pegou mais três. Enquanto os guardava na bolsa, pensava*: um para Alexia, um para o Petrônio e um pro* Ésio. *Perfeito. Essa festa não seria a mesma se não marcássemos nossa presença nela.* Deixou o envelope exatamente no lugar em que estava. Retirou e guardou novamente as luvas na bolsa.

Pegou seu celular e escreveu rapidamente um torpedo: "Estou saindo. Bichinhas devidamente enganadas e a primeira parte da missão devidamente cumprida." Encaminhou a Murilo.

Desceu as escadas e avistou um grupo de pessoas felizes, rindo aos quatro ventos. *Aproveitem enquanto podem,* pensou. Rubem, assim que a viu, foi ao encontro dela. Alberto o acompanhou.

— Meninos, eu preciso ir agora. Tenho um milhão de coisas para fazer. Vida de casados é uma barra, hein? Já, já vocês entenderão o que estou falando. — Carol deu uma risadinha tímida.

— Não queremos te atrapalhar — disse Rubem àquela que pensava ser mesmo sua ex-colega de escola. — Esperamos vocês dois aqui amanhã!

— Nós viremos — falou, abraçando-o. *Sem dúvidas nós viremos,* pensou. Despediu-se dos noivos e saiu do clube. Andou até o carro de Murilo, que ligara os motores assim que a avistou.

— Que demora, hein, baby? Os *baitolas* te deram um nó?

— E por que me dariam?

— Não foi você mesma quem disse que não se deve responder perguntas com outras perguntas, pois isso é deselegante? — Ele tentou imitar a voz dela nesta frase.

— É, mas eu aprendi com alguém que isso é muito bom. Já virei adepta desse sistema.

— Mas e aí, tudo dentro dos conformes? Nada saiu fora do esperado?

— Claro que não! Se for para fazer as coisas e não forem bem-feitas, eu nem faço. — Ela fez um biquinho e jogou um beijinho.

Os dois riram. O carro saiu em arrancada. Partiram rumo à casa, na qual os outros os aguardavam.

12
Preparativos
(O plano)

"Um único diferencial naquele bolo era o ponto chave da noite seguinte..."

Dona Maida chegou pontualmente ao serviço às 7 horas da manhã. O trajeto de sua casa ao trabalho levava cerca de meia hora a pé. Especialmente naquele dia, Antônio, o menino que ela criava como filho, abandonado pela sua irmã, de onze anos de idade, não teria aula. Reunião de professores na escola. Maida então decidira levar o garoto junto para não deixá-lo sozinho em casa. Seu marido trabalhava como pedreiro e sua filha mais velha era caixa de um supermercado.

O menino gostava das raras vezes em que acompanhava aquela que considerava sua genitora. E gostava mais ainda de não ter que ir à escola. Sua mãe de consideração trabalhava em uma enorme casa, com um quintal imenso e um rio bem nos fundos do terreno. Naquele dia, ao entrarem pela lateral, ele percebeu certas instalações que chamaram sua atenção. Pneus, parede de concreto, cordas penduradas. Quis ir brincar, mas foi repreendido pela mãe.

Dona Maida trabalhava naquela residência havia mais de trinta anos, bem antes mesmo de Alexia nascer. A filha dos patriarcas, que herdou todos os bens da família, decidira mantê-la no emprego.

O trabalho naqueles últimos dias tinha sido quase dobrado, por conta dos hóspedes que a patroa estava recebendo. Tinha de lavar, passar e cozinhar para cinco pessoas, e não mais somente para o jovem casal. Naquela manhã transcorrera tudo bem. Ela lavou as louças do jantar da noite passada, foi aos quartos e retirou a roupa suja dos banheiros e colocou-as na lavanderia. Depois das dez horas, começou a preparar o almoço.

— Mãe, posso ir brincar? — perguntou Antônio, louco para sair correndo e pular nos pneus que havia no quintal.

— Pode — respondeu ela. — Mas nada de ir para fora. Brinque aqui dentro e sem fazer barulho. Os patrões não gostam de ser incomodados. — Terminava de colocar as batatas para o cozimento.

— Ah, mas eu quero ir lá fora! — exclamou o garoto.

— Aqui dentro, Antônio.

— Mas, mãe...

— Mas nada — ela disse incisiva. — Aqui e pronto.

O menino então saiu, meio desanimado com a determinação da mãe. Passou pela porta que dava acesso aos outros cômodos da casa. Passou pela sala de jantar, brincou com as folhas de um pequeno coqueiro perfeitamente bem-cuidado em um grande vaso de cerâmica. Chegou então à sala de estar. Essa não era a primeira vez que o garoto ia àquele lugar. Durante as férias e nos feriados a mãe o levava, mas era inevitável não se maravilhar com o requinte da casa. Enormes estofados com *cheese,* tapetes felpudos, imensas janelas de vidro milimetricamente limpos e uma enorme televisão de plasma. *Essa TV* é *maior que a parede do meu quarto,* pensava. Caminhou pela sala admirando cada detalhe.

Avistou uma porta larga de madeira e foi até lá. A intenção era entrar e ver o que tinha, mas se aproximando, ele ouviu vozes. Havia mais de uma pessoa lá dentro. Hesitou por alguns instantes, apurando os ouvidos e colando a cabeça na madeira.

◆ ◆ ◆

— Só recapitulando — Alexia disse. — Eu, Petrônio, Murilo e Rayana entraremos na festa como o combinado. Com as entradas que a Rayana conseguiu será bem mais fácil. Você, Ésio, vai ficar no carro, de guarda, com o motor ligado e pronto para partir quando chegarmos.

— Durante a festa — Petrônio continuou, direcionando o olhar a Murilo e Rayana —, nós, para todos os efeitos, seremos casais amigos dos noivos. Vocês dois, não se dirijam a nós em nenhum momento sequer. Seremos completos estranhos uns para os outros.

— Tudo tem que sair perfeito. Vai sair perfeito — concluiu Alexia, olhando para o namorado ao seu lado.

— E a bomba? — quis saber Ésio, curioso.

— Amanhã cedo trataremos de colocá-la em rota.

— Como vão conseguir entrar com uma bomba escondida? Isso é impossível! — protestou Murilo.

— E quem disse que vamos entrar com ela? — indagou Petrônio. — Digo, vamos entrar, sim, mas um pouco antes.

— Pelo que eu notei quando estivemos lá hoje, ainda faltava muita coisa para ser finalizada. Ouvi algumas mulheres dizendo que faltavam as flores, o bolo e outros artigos de decoração — falou Rayana, atenta.

— Mais cedo — Petrônio continuou em tom imponente —, eu e o Ésio vamos até lá. Ficaremos de guarda até avistarmos a van com o logotipo da confeitaria. Doparemos os entregadores e vamos terminar de rechear o bolo dos noivinhos.

— Ok, mas e depois? Como vão fazer com que o bolo fique intacto, exatamente como estava antes?

— Murilo, não é à toa que você é repórter, hein? Vá gostar de fazer tantas perguntas assim lá longe — brincou Alexia. — Mas tirando sua dúvida, nós conseguimos fazer uma réplica exata da guloseima dos noivos. Conseguimos uma cópia fiel. Nem mesmo o confeiteiro que fez o original notaria alguma diferença.

— Como foi que fizeram isso? — Rayana pareceu não acreditar nas últimas palavras da loira.

— Como eu já disse, há muitas vantagens em se fazer parte da nossa organização. Temos membros infiltrados onde vocês menos imaginam.

— Confesso que fiquei meio intrigada. Numa confeitaria? — quis saber a auxiliar de contabilidade.

— Não exatamente. Mas esse é um assunto para uma outra hora. Foquemos no que importa agora. Os dois vão levar a réplica do bolo com a bomba e trocá-los quando a van da confeitaria chegar. Simples assim.

— Então não há por que a gente ir nessa festa. Será suicídio! Vamos ao encontro da bomba?! — Murilo disse, assustado.

— Claro que vamos à festa. A bomba é acionada por um dispositivo que estará comigo. Então, dessa forma, nós vamos, deixaremos nossa assinatura em locais estratégicos e sairemos, sem nenhum arranhão. — Alexia soltou um sorriso de ironia.

— Como assim, "nossa assinatura"? — perguntou Murilo. De fato, tudo ali era uma caixa de surpresas para ele.

Petrônio calmamente se levantou da cadeira e caminhou até uma estante oposta à escrivaninha. Abaixou-se e destrancou uma pequena porta do móvel. Voltou, segurando uma caixa de madeira não muito grande, talhada com algumas gravuras de símbolos nazistas.

Abriu o objeto e despejou sobre a escrivaninha seu conteúdo. Todos os três, nesse momento, se levantaram e rodearam a mesa. Havia dezenas e dezenas de pequenas placas de metal espalhadas ali. Cada um apossou-se de uma e olhou com mais atenção cada detalhe.

— É lindo! — exclamou Rayana.

— Incrível — disse Ésio.

A pequena superfície prata de metal escovado com a cruz suástica estampada em alto relevo preto deixou Murilo sem palavras. Ele apenas a olhava, hipnotizado, passando os dedos e tateando as protuberâncias.

— Em todas as nossas ações — começou Petrônio —, nós deixamos a nossa marca. Essa placa nazista representa nossa ideologia e nossa causa. Tudo por aquilo que defendemos.

— Dessa forma, não revelamos quem somos ou o que de fato fazemos, mas deixamos claro que há defensores por aqui que lutam por um mudo melhor. Essa placa é como se fosse nossa assinatura — completou Alexia.

— E é com ela que vamos assinar a festa de amanhã... — Ésio disse sem tirar o olhar do objeto em sua mão.

— Posso ficar com ela? — perguntou Rayana.

— Não é necessário. Elas ficarão aqui para quando precisarmos.

— Só com essa. Quero tê-la comigo — insistiu a moça.

Petrônio e Alexia se entreolharam, como se procurassem um no outro algum empecilho para o pedido de Rayana. Não obtendo nenhuma obstrução, permitiram-na continuar com a plaquinha.

— Tudo bem — disse Alexia. — Se vocês quiserem ficar com uma, podem, mas sejam o mais discretos possível em relação a isso.

— Vocês têm que tomar muito cuidado — Petrônio alertou-os. — Ninguém, absolutamente ninguém pode ver algum de vocês apoderado dessas placas. Sugiro até que, em hipótese alguma, saiam de casa com elas. A polícia e a mídia já têm conhecimento da existência desses objetos, e se vocês forem descobertos com elas, será uma confissão de que são os autores das ações.

— Pior ainda, vocês deixariam exposta nossa organização. É até bom que fiquem com elas. Considerem a posse dessas placas nazistas como uma etapa dos testes — disse por fim Alexia.

— É bom também que vocês saibam que, se algum dia forem pegos pela polícia, não podem confessar de que grupo fazem parte. Nunca contar quem são os outros, como agem ou para quem agem. Isso significa ter lealdade à nossa causa. Vocês têm que jurar isso. Todos se ajudam dentro da organização, mas, para isso ser possível, não pode haver delatores. Se algum membro for detido ou até mesmo morto em uma ação, que sinta-se honrado, pois morreu defendendo aquilo que acredita ser o melhor para esse país. Sem hipocrisias nem falso moralismo. A partir do momento em que vocês aceitaram entrar, aceitaram ser submetidos aos testes, concordaram em matar e morrer pela nossa ideologia. E que assim seja feito com dignidade até o fim — completou Petrônio, encarando o trio que estava sério, absorvendo cada palavra dita.

— O juramento oficial será feito assim que os treinamentos se encerrarem. Portanto, esse é apenas o extraoficial. — Alexia ficou de pé, postura ereta e queixo erguido. Abaixou o braço esquerdo, deixando-o colado ao corpo, e esticou o braço direito. Ergueu-o e estendeu para frente, deixando a palma da mão para baixo. Petrônio repetiu o mesmo gesto. Ésio, Murilo e Rayana também o fizeram.

— Matar e morrer, honrar e defender — disse Alexia séria. Os outros três repetiram as palavras. — Heil, Hitler; Heil, Hitler; Heil, Hitler — disse ela por fim, saudando. Os outros também repetiram a continência.

Todos saíram de dentro do escritório após isso. Os três guardaram as plaquinhas que ganharam em seus bolsos. Conversaram mais alguns minutos sobre a ação de amanhã, e depois se dispersaram.

Alexia, como de costume, pagou o salário mensal à dona Maida, depois almoçaram. A moça notou a presença de uma criança na varanda dos fundos da casa, próximo à área de serviço. Estranhou o garoto ali. Dona Maida explicou a ela que teve de levar o filho naquele dia pela falta de aula na escola.

O restante da tarde foi tranquilo. O grupo conferiu a entrega do bolo. Alexia tinha conseguido até uma foto do bolo original pronto na noite anterior. Uma réplica perfeita entregue no fim da tarde. Levaram o doce a uma câmara fria para manter a temperatura e a consistência até a manhã seguinte. Um único diferencial naquele bolo, era o ponto chave da noite seguinte. Uma pequena bomba fora cuidadosamente colocada em seu interior. O que o explosivo tinha de pequeno, tinha de potente. O alcance da explosão atingiria no mínimo uns cem metros ao redor. Existiam ótimos fabricantes de bombas na organização em algumas cidades. Bastava apenas o toque em um botão, que tudo já estaria feito.

13

O grande dia

"Dez, nove, oito, sete, seis, cinco, quatro, três, dois, um..."

Durante aquela manhã nada ocorreu fora do esperado. As flores e os últimos detalhes da festa estavam sendo organizados, o bolo estava a caminho e a correria tinha valido a pena.

Foi ideia de Alberto pendurar na entrada do salão pequenas lâmpadas vazias, sem as molas de eletricidade e sem nada no interior do delicado vidro e enchê-las de água. O liquido dava um ar tanto de elegância e simplicidade quanto de delicadeza. Foram penduradas por finos fios de *nylon,* motivo este que dava a impressão de que elas flutuavam por sobre as cabeças de quem passava por ali. Cômodas de madeira rústica com as gavetas abertas repletas de fores saindo, cada móvel com uma foto dos noivos sobre eles faziam um caminho até a ala das mesas. No centro de cada uma das mesas de jantar havia um jarro transparente com orquídeas lilases e brancas, das mesmas cores dos forros de renda. Mais à frente, estava localizada a enorme pista de dança. O piso da pista era todo quadriculado e cada quadrado colorido acendia conforme os pés dos dançantes o tocavam. A intenção era fazer com que os convidados se sentissem em uma verdadeira discoteca dos anos 70. Havia também o *buffee,* na direção oposta, próximo às mesas. Um bar, no qual quarenta e cinco garçons foram contratados para servir os convidados, todos com vestimenta a rigor: camisa branca, calça social preta e gravata borboleta escura, impecavelmente bem engomados.

◆ ◆ ◆

— Que horas será que chega? — Ésio perguntou a Petrônio.

Os dois estavam desde as oito da manhã dentro de uma van azul marinho próximo à entrada dos fundos do Clube. O automóvel tinha vidros escuros, e ambos os homens usavam bonés e óculos de sol, camisetas, calças de linho pretas e coturnos.

— A qualquer momento — Petrônio respondeu. — Pelas informações que tivemos, chegaria por volta das oito. Creio que devem estar a caminho.

Ésio ajeitou-se no banco, parecendo meio impaciente.

— Você não tem medo de ficar com esse bolo aí atrás? Digo, qualquer movimento brusco não pode ocasionar uma explosão? — indagou ele.

— Claro que não. A bomba é acionada por controle. Deveríamos ficar com medo se fôssemos convidados da festa. Digo, convidados nós somos, não é mesmo? — Petrônio riu e Ésio não controlou o riso também. — A única diferença é que temos convites “privilegiados”, digamos.

— É Alexia quem acionará o dispositivo, certo?

— Sim.

— E você confia nela tanto assim? — questionou Ésio. — Se ela quisesse nos matar, poderia fazer isso a qualquer momento.

Petrônio analisou por alguns instantes a pergunta do novato. Não estava disposto a entrar em detalhes do seu passado com Alexia. Então, tentou resumir os fatos para tentar explicar:

— Não é questão de confiança. Eu e a Alexia somos ligados por algo... Por algo... — Ele pensou por alguns instantes. — Algo muito maior — completou.

— Maior? Como assim? — Ésio não conseguiu e nem quis esconder a curiosidade que se aflorara.

— Nem eu sei explicar. Quando eu a conheci, percebi que ela era a mulher perfeita! Ideal para mim. Linda, ótima defensora da nossa causa, boa de cama, uma assassina nata. Quando a vi dar o primeiro tiro, lembro que não consegui segurar minha excitação, meu desejo. Arrastei-a para um canto e fizemos o melhor sexo, até então.

Ésio ainda pretendia esclarecer mais algumas questões.

— Mas vendo por outro lado, o fato de ela ser uma mulher não atrapalha na causa? Porque, pelo que percebi, ela é a líder do grupo.

— Confesso que no início eu cheguei a duvidar da capacidade dela. Não é muito comum em células neonazistas uma mulher liderar, mas conosco ela é um caso à parte.

— Mas você não preferiria ser o líder? Mandar, ao invés de ser mandado por uma mulher? — indagou Ésio.

— Não neste momento. Não como as coisas estão. Alexia fez muitos progressos para nossa causa. Vocês três, por exemplo, vieram sob o comando dela. É sob as ordens dela que nossa causa aqui está se abrangendo.

— Mesmo assim, Petrônio, você não se incomoda nem um pouco em ser liderado por uma mulher?

— Talvez eu me incomodaria e me oporia se fosse uma mulher qualquer. Mas não, é a minha Alexia. Minha Alexia — ele disse essas palavras olhando fixamente para frente, esperando.

— Então quer dizer que você aceita ser liderado somente pelo fato de ela ser sua namorada?

— Não, Ésio. Como eu disse, aceito por ela ter capacidade para liderar, por ser uma mulher de opinião, de atitude. — Levou as mãos e ajeitou os óculos no rosto. — A minha Alexia é líder porque simplesmente ela é a melhor.

Ésio concordou com o companheiro, olhando para a janela do lado do passageiro. Estavam sob uma imensa árvore e a sombra das copas proporcionava um descanso a mais aos olhos. Nem mesmo nas manhãs de Mato Grosso o sol dava uma trégua, e o calor lá fora era muito forte. Sorte que, onde estavam, o ar-condicionado da van os refrescava. A parte traseira do veículo era isolada e fora instalada uma espécie de câmara resfriada para deixar o bolo consistente e firme, na temperatura correta.

Após um curto espaço de tempo em silêncio, Petrônio quebrou o clima, assumindo o lado perguntador.

— E você — perguntou ele —, não namorava na capital antes de vir para essa cidadezinha?

— Não, eu fazia mais o tipo "pegue e não se apegue". Para que ficar com apenas uma se posso ter várias?

Ambos soltaram uma gargalhada.

— Ah, mas tem que arrumar uma, hein? Que eu saiba só os *boiolinhas* ficam engrenados sem ninguém.

— Sai fora, cara! — Ésio deu um soco no ombro de Petrônio. — Eu sou macho. Macho de muitas vadias.

Os dois riram mais.

De repente, Petrônio interrompeu, cutucando Ésio.

— Olha lá. A van da confeitaria. Prepare-se. Lá vamos nós. Já sabe o que tem de fazer. Pegue o clorofórmio e fique pronto.

Dito isso, ele acelerou o automóvel. Quando a van da confeitaria virou a esquina, adentrando a Rua do Clube, Petrônio deu uma fechada com o carro, colocando-o atravessado na frente da van dos entregadores.

Eram dois os funcionários da confeitaria. O que estava no banco do passageiro desceu primeiro, já esbravejando e tirando satisfação com o motorista barbeiro. Em seguida, o que estava dirigindo também desceu e seguiu o companheiro.

— Você é louco, cara? Comprou a sua carta de motorista, foi? — gritou, aproximando-se de Petrônio, que também havia descido do carro. — Se quer se matar se joga de um penhasco!

— Foi mal, estava distraído — foi dizendo e se aproximando do homem. Levou uma das mãos ao cós da calça na parte de trás e pegou uma flanela ensopada de clorofórmio. Em um rápido movimento, pegou o braço do entregador, girou e aplicou uma gravata no pescoço dele. Levou a flanela até o nariz e apertou, com força. Olhou para o lado e Ésio fazia o mesmo com o outro funcionário da confeitaria. Demorou alguns segundos para que o líquido ardesse em suas narinas, invadindo os pulmões e jogando a inalação ao cérebro. Desmaiaram. Ésio ficou mais tempo nesse movimento, até que o outro caísse ao chão desacordado.

Ésio e Petrônio arrastaram os homens até a van da confeitaria, sentaram-nos nos bancos do passageiro.

— Ésio, leve a van até mais ali e deixe estacionada mais no canto. Vou te seguindo na nossa.

— Pode deixar.

O jovem advogado sentou. deu partida no automóvel e fez o que tinha sido combinado.

Pararam no final da rua.

Por ser uma estrada de pouco movimento, quase não passava outros carros por ali. Era uma rua de cascalho, não havia muitas casas. Por determinação de uma lei local, salões de festa deveriam ficar afastados de avenidas residenciais ou comerciais. Dessa forma, o clube ficava um pouco afastado do centro da cidade. Apenas na avenida principal, onde se localizava a entrada, era que existiam algumas lojas e restaurantes. Mas ali, naquela estradinha dos fundos, era quase sempre deserta, onde apenas funcionários faziam algum corriqueiro movimento.

Ésio desceu do automóvel da confeitaria e pegou o molho de chaves pendurado na ignição. Logo em seguida, destrancou as portas traseiras da van. Petrônio chegou e o ajudou a descer o bolo.

— Que bolo pesado! — comentou Ésio. — Será que não vão perceber a diferença? O nosso não tem todo esse peso.

Petrônio não hesitou.

— E quem vai erguer o bolo na festa? — disse ele.

— Mas os entregadores vão perceber a diferença.

Petrônio ficou em silêncio por alguns segundos. De fato, o plano era trocar os bolos e deixar o que tinha a bomba na van da confeitaria até os homens acordarem para entregá-lo. Mas isso não seria possível. Quando erguessem o bolo oco, era impossível não perceberem a diferença de peso. Ele pensava na situação enquanto realizava a troca dos bolos. Ésio o ajudava sem comentar mais nada, pois percebeu que o companheiro estava pensando em uma solução.

— E agora? — perguntou finalmente Ésio, após a troca dos bolos finalizada.

Petrônio não respondeu por alguns instantes.

— Mudança de planos, Ésio — disse por fim. — Vamos vestir os uniformes da confeitaria e entregaremos esse bolo. Antes que esses dois patetas acordem.

Ésio assentiu.

— Isso pode ser muito arriscado! E se nos reconhecem depois do que vai acontecer esta noite?

— Meu amigo, depois do que vai acontecer, não vai sobrar ninguém para nos reconhecer. E quem vai prestar atenção em dois entregadores? Lá dentro devem estar só os empregados cuidando da arrumação. Vamos vestir os uniformes, entregar o docinho recheado e sair de lá. Voltamos, colocamos os dois palermas de volta na van e vamos embora.

Ésio passava as mãos nos cabelos, nervoso.

— E quando esses dois acordarem? Você acha que eles não vão desconfiar? Acha que pensarão que o bolo criou pernas e foi entregue sozinho e voltarão para o servicinho sem pensar em nada do que aconteceu? — questionou ele, não conseguindo esconder o nervosismo.

Petrônio pensou por alguns segundos antes de respondê-lo:

— Eles acordarão meio grogues por causa do clorofórmio. Vamos comprar algumas garrafas de cachaça e fazer parecer com que eles encheram a cara e se esqueceram do que tinham a fazer. Além do mais, o bolo estará entregue e duvido muito que vão querer procurar encrenca com o patrão. Aposto que não vão querer ser descobertos bebendo em trabalho.

Ésio parecia ter sido convencido.

— É, pode ser — concordou ele, com certo receio. — Pode ser que isso dê certo. Mas...

— Isso, garoto — Petrônio o interrompeu. — A gente tem que apostar sem medo. É tudo, ou nada.

— E não vai avisar à Alexia?

— Depois contamos.

— Tem certeza? Será que ela não vai ficar irritada com a mudança de planos sem ser comunicada?

— Isso é mais uma coisa que você e os outros têm que aprender. Temos que dançar conforme a banda toca. Se a situação exigir, adapte-se a ela. Raciocínio rápido é uma qualidade que é sempre bom ser adquirida — disse Petrônio. — E não estou falando que você está errado em questionar, isso faz bem. Questionando, aprende-se. E executando, aprende-se melhor ainda.

— Só pensei que talvez Alexia não fosse gostar...

— Pode ter certeza que ela gostaria muito menos se falhássemos.

Ésio ficou em silêncio por curtos segundos, concordando por fim:

— Tudo bem. Vamos lá, então.

Em seguida os dois foram para dentro da van. Tiraram os uniformes dos entregadores e os vestiram. O macacão amarelo creme com o logotipo da confeitaria estampado no peito esquerdo ficou meio apertado no corpo de Petrônio, deixando seus músculos bem evidentes por sob o tecido. Já em Ésio vestiu perfeitamente, uma dobra nas barras das calças e ficara perfeito. Vestiram também seus bonés e colocaram os óculos escuros.

Passaram os corpos adormecidos dos homens para o carro no qual vieram e voltaram para a van da confeitaria.

Minutos depois estavam estacionando o automóvel no pátio interno do clube. Os dois desceram e caminharam até a ala de festas.

— Com licença — falou um dos entregadores. O mais forte.

Petrônio e Ésio caminharam em direção a uma senhora. Ela parecia bem animada e eufórica com os preparativos do evento. Imaginaram que seria a mãe ou alguma familiar de algum dos noivos.

— Pois não — disse a mulher, dirigindo-se a eles.

Não foi necessário que se identificassem. Ela reconheceu imediatamente os uniformes da confeitaria.

— Ah, finalmente o bolo! — exclamou ela. — Onde está?

— Na van do lado de fora, dona. Podemos trazê-lo?

— Podem, não. Devem! Achei que entregariam para o réveillon! Vão buscá-lo imediatamente. Já não era sem tempo.

Os homens se entreolharam e deram de ombros. Foram até o automóvel do lado de fora. Ésio destrancou as portas traseiras e entrou. Ficou atrás da enorme guloseima e empurrou-a até a beirada. Petrônio apoiou a base da superfície que sustentava o doce sobre as duas mãos e puxou. Ésio também fez o mesmo, e em pouco tempo estavam no chão carregando o bolo.

Aos poucos entraram no salão, a mulher os esperava atenta.

— Cuidado. Muito cuidado — ela dizia. Por vezes levava os braços para equilibrar e encomenda, dando a perceber que iria cair e que, ela, de alguma forma, conseguiria segurar, caso acontecesse. — Por aqui. — Ela os conduzia pelo amplo corredor entre as mesas. Andaram lentamente por mais de cinco minutos, até que finalmente chegaram ao local indicado.

— Coloquem aqui. Com cuidado. Isso, devagar. Mais para o centro da mesa. Mais para a direita — a cerimonialista os guiava. — Perfeito! — disse, finalmente.

Ésio sacou um pequeno lenço azul de pano do bolso e limpou o suor que brotara na testa.

— Pode assinar aqui por gentileza, senhora? — Petrônio puxou do bolso frontal do macacão uma pequena nota de serviço. A mulher assinou, confirmando o recebimento do pedido.

— Muito obrigada — ela agradeceu aos dois.

Os supostos entregadores saíram. A caminho do pátio, comemoraram o sucesso da primeira parte da ação.

— Isso foi mais fácil que tirar doce da boca de um bebê! — comentou Ésio, retirando o boné e sentando-se no banco passageiro da van. — Agora é só aguardarmos a hora do grande evento.

— Será que os noivinhos vão gostar do nosso presentinho? — Petrônio não conteve uma gargalhada.

— Isso não será possível saber. Como eles nos agradecerão amanhã? — Ésio acompanhou o parceiro na risada.

Saiu com o automóvel e voltou ao local onde a outra van havia sido deixada com os homens desacordados.

Como tinham planejado, compraram várias garrafas de cachaça e voltaram ao local onde haviam deixado os entregadores. Passaram-nos novamente para a van. Jogaram os uniformes sobre eles e despejaram as bebidas em seus rostos, deixaram algumas garrafas jogadas pela metade. A intenção era fazer com que os dois acreditassem que tinham enchido a cara e esquecerem o que realmente aconteceu.

Algum tempo depois, quando os trabalhadores acordaram, ficaram assustados. Perguntando um ao outro o que havia ocorrido, não conseguiam se recordar. Vestiram as roupas e conferiram a encomenda. Não estava mais lá. Viram, então, sobre o painel da van, a nota de serviço assinada, confirmando o recebimento do bolo. Não entenderam absolutamente nada.

— Aqui consta que o bolo foi entregue. Mas como? Eu não me lembro de termos entregado!

— O que aconteceu? — indagou o que conduzia a van

— Não sei. Você comprou bebidas? — perguntou o outro. — Seu idiota! Vamos ser despedidos!

— Eu não! — respondeu, firme. — Digo, acho que não. Minha cabeça dói, não consigo me lembrar. E se eu tivesse comprado, por acaso eu também teria obrigado você a beber? Porque você também apagou!

— Eu também não me recordo de nada... Lembro-me de chegarmos, uma fechada de carro que um cara deu na gente... E depois... Depois... — O outro passou as mãos pela cabeça, tentando conter a dor. — Não me lembro.

Instantes depois daquela discussão, os dois decidiram conferir se o bolo tinha sido realmente entregue. Foram até os fundos do clube e perguntaram a uma funcionária. Com a resposta positiva da serviçal, ambos retornaram ao veículo.

Concordaram em não comentar com ninguém nada sobre o ocorrido. Voltariam ao trabalho como se nada tivesse acontecido e aquela história morreria ali, somente entre os dois. Para o bem dos empregos deles.

Pacto formado, os entregadores partiram de volta à cidade vizinha. De volta aos seus serviços e famílias. Ou pelo menos essa era a intenção.

Eles não perceberam, mas um carro os estava seguindo desde que deixaram Colíder. A uma boa distância e bem discreto.

Poucos quilômetros antes de entrarem nos limites de sua cidade, uma explosão. A van da confeitaria voou pelos ares, em uma bola de fogo e fumaça negra, matando os dois entregadores.

O carro que os seguia parou a mais ou menos trezentos metros das chamas.

— Os explosivos foram bem úteis. Graças à agilidade dela, conseguimos.

— Ainda bem que a Rayana foi rápida. Chegou bem a tempo — disse o outro homem.

— Esses bêbados não farão falta a ninguém. É bem provável que estamos fazendo um favor ao patrão deles! — afirmou Petrônio.

— Que coisa feia, bebendo em serviço. Nós demos justa causa a eles — falou Ésio, rindo.

Petrônio acelerou o automóvel e deu meia-volta na estrada. Pisou fundo rumo à Colíder. Ainda tinham que se aprontar para uma festa.

◆ ◆ ◆

20h18

Havia muitos carros estacionados. Alexia demorou alguns minutos até encontrar uma vaga. Não foi possível estacionar próximo à entrada do clube, pois uma área de 150 metros fora isolada para o evento. Dessa forma, estacionou em uma esquina pouco mais à frente.

A loira usava um vestido na altura dos joelhos, preto, bem justo ao corpo. Prendeu os cabelos em um coque e fez questão de colocar belas joias. *A noite exigia,* pensou. Petrônio usava blazer preto, gravata também preta e camisa cinza escuro. Ésio preferiu uma camiseta e uma calça de sarja mesmo, pois ficaria o tempo todo no carro, à espera dos companheiros. Rayana trajava uma saia longa com uma blusa verde-musgo com um farto decote e cabelos soltos. Murilo vestia terno cinza, gravata azul-marinho e cabelos bem penteados, fixos perfeitamente com a ajuda de uma pomada modeladora de fios.

— Agora são 20h25. Entramos, ficamos por volta de meia hora lá dentro, deixamos as plaquinhas e saímos — Alexia disse assim que estacionou o carro. — Ésio, você passa aqui para a direção e fique atento. Qualquer coisa, ao sinal de qualquer movimentação suspeita, não hesite em nos mandar um torpedo e nos alertar.

— Claro — Ésio confirmou.

— Então, vamos lá? — Petrônio falou, enquanto descia acompanhado de Murilo e Rayana. Deu o braço a Alexia assim que ela desceu.

Todos estavam armados. As mulheres, com pequenos punhais presos à meia-calça e revólveres dentro das portáteis bolsas de mão. Os homens ajeitaram as suas nas cinturas e em bolsos dos ternos. Alexia levava o pequeno dispositivo eletrônico com poder de acionar a bomba dentro da bolsa.

A postos, os quatros seguiram em direção à entrada do evento.

— Vocês dois vão na frente — murmurou Petrônio. — Estamos logo atrás. E mantenham a calma.

De braços dados, os dois casais caminharam, um na frente do outro, quando Murilo parou, alerta. Estavam a menos de cinquenta metros dos portais de entrada do clube. Os outros também frearam os passos.

— O que foi? — perguntou Alexia. — Por que pararam?

Dali, ele percebeu certa movimentação. Um aglomerado de pessoas tinha se formado. Foi então que viu dois seguranças passando um objeto sobre a roupa dos convidados. Detectores de metais.

◆ ◆ ◆

Em meio às fileiras e mais fileiras de carros, um *Eco Sport* prata estava parado. Vidros fechados. Havia alguém ali dentro. Do outro lado da rua, também de vidros fechados, Ésio aguardava os outros quatro.

— Alô! — disse uma voz de dentro do *Eco Sport.* — Tudo bem. Estou aqui. Espero que eu tenha um pouco de sorte logo. — Fez uma pausa. — Vai ficar tudo bem, Conrado. — Outra pausa. — Já falei que eu sei me cuidar!

Lara falou com o celular no viva-voz. Ela ficara sabendo da festa na noite passada, enquanto via um jornal local. Cidade pequena, quando alguém um pouquinho mais importante faz algo mais "empolgante", todos, querendo ou não, ficam sabendo das boas novas.

E com a delegada não foi diferente. Ela achou essa a oportunidade perfeita de conseguir algum avanço: a união de um casal homossexual em uma cidade que sofria ataques racistas por parte de um assassino. Embora ela desejasse, do fundo do coração, que suas suspeitas não se cumprissem. Não era de sua vontade que algo acontecesse em uma noite tão especial para duas pessoas. Não mesmo. Mas ela estando ali ou não, nada iria mudar. E se fosse para acontecer algo, que acontecesse pelo menos com ela por perto, afinal.

Casamento.

Essa palavra nunca entrou nas conversas dela com Conrado. Nenhuma vez nos três anos em que estavam juntos. Nem brincadeiras sobre o assunto surgiam. Tipo, ela nunca se sentiu à vontade para perguntar se ele gostaria de se casar algum dia e, se sim, se seria numa igreja. Ou somente em um cartório. Para ela, tinha necessariamente que ocorrer em uma igreja. A palavra casamento estava relacionada à religião, a Deus. E em um cartório esse lado não era absorvido. Lá, as pessoas se unem. Uma união perante a lei. Já na igreja, a união é testemunhada e aprovada por Deus. No cartório, somente assinaturas em um papel os une. Não tem toda aquela magia e encantamento de entrar toda de branco e ser entregue a quem se ama.

Se ela fosse se casar, iria ser na igreja. Claro, o cartório, por sua vez, vale para as leis dos homens. Só. Não representa mais nada. Somente assinaturas. Na igreja, assina-se no coração. A tinta é o amor. Lara pensava assim, porém nunca comentou com seu namorado. Talvez ainda estivesse cedo para pensar nessas coisas. Fazia só três anos. Talvez...

A noite estava muito bonita. Uma lua crescente se ostentava no céu, rodeada por infinitas estrelas. Parece que até o clima ajuda em uma noite tão importante para duas pessoas.

Como ela queria ter usado aquele perfume de rosas que comprou mais cedo. Mas não poderia. Um desastrado havia esbarrado nela no momento em que saía da loja. O vidro se quebrou em uma das sacolas e ela foi perceber somente quando chegou ao hotel. Aquele esbarrão. Com aquele homem. O pouco que ela viu, gostou. O pouco, não. O pouquíssimo. Ele era bonito. Não mais bonito que Conrado, mas tinha seus atributos. Notou que ele era um pouquinho mais baixo que ela. Já Conrado era o contrário. Para beijá-lo, Lara tinha até que se erguer na ponta dos pés e olhava para cima para encontrar seus olhos. Ela gostava dessa sensação. Olhar as pessoas de cima para baixo era algo muito masculino, em sua opinião. Se fosse possível, ela criaria uma lei que exigisse que, obrigatoriamente, todo homem fosse mais alto que a mulher. E bonito. Esteticamente bonito. E *sexy*. Isso, ela achava *sexy*. Por que, então, ela se perguntava, que achou o desastrado do esbarrão que era bem mais baixo que ela tão *sexy*?

— E aí, o que você fez de bom hoje? — Lara perguntou, retirando o celular do viva-voz, levando-o ao ouvido e aguardando a resposta. — Que legal... Eu? Eu fiquei no hotel. Fiz algumas compras... Voltei para o hotel... Fiquei no hotel mais um pouco e... Fiquei no hotel. — Ela riu.

— E agora você deveria *estar* no hotel... — disse ironicamente seu namorado do outro lado da linha.

— Você sabe que não — respondeu. — Afinal, eu estou aqui para trabalhar. Depois eu te ligo, Conrado. Preciso ficar atenta aqui. Tchau, beijos, te amo. — Nem deu tempo a ele para responder.

Lara levou a mão ao rádio e o ligou. Tocava alguma música antiga e chata. Então ela acionou o dispositivo USB e inseriu seu pendrive. Quando a banda Vanguard começou a tocar, ela aumentou o volume e deixou-se consumir pelas ondas sonoras. Essa era uma de suas músicas favoritas.

"Minha alma sabe que viver é se entregar, sabendo que ninguém pode julgar se teve que olhar pra trás ou não..."

Foi imperceptível quando começou a cantar junto com a música.

"Talvez se a vida me trouxer o que eu pedi..."

◆ ◆ ◆

— Droga! — disse Murilo, disfarçadamente. Virou-se discretamente, acompanhado por Rayana, notando que o outro casal também compartilhara do que ele estava vendo. — E agora, o que a gente faz?

— Vamos — Petrônio falou, dando de costas. Murilo e Rayana acompanharam os dois. Caminharam até uma árvore um pouco mais afastada do tumulto. — A gente não pode entrar! Não dá para passar com essas armas!

A tensão pairou no ar por alguns instantes.

— Nem com o controle que detonará o explosivo — Alexia arfou, irritada. — Já sei — disse ela após alguns segundos. — Vocês dois nos deem suas armas. — Ordenou a Murilo e Rayana. Ambos fizeram o que ela mandou. — Vocês vão entrar. Nós esperaremos aqui. Tome as plaquinhas, Rayana. Coloque-as dentro dos sapatos e calce-os. Ninguém revista sapatos.

— Mas... Mas e se a gente não conseguir? Se algo der errado? — sibilou Murilo. — Onde as deixaremos?

— Não vai dar nada errado. Deixe uma próximo à mesa onde fica o bolo e uma entre as demais mesas. Faça isso e saiam de lá imediatamente. Vamos esperá-los aqui, neste mesmo lugar, debaixo dessa árvore — falou Petrônio

— Tudo bem — concordou Rayana. Alexia lhe entregou as duas plaquinhas, que foram cuidadosamente encaixadas na parte interna do seu *scarpin* preto. Ela calçou-os. — Vamos lá.

◆ ◆ ◆

Será que vão demorar? Acho que dá tempo de eu sair e esticar as pernas um pouco, Ésio pensou. *Fumar um cigarro, respirar e tirar a água do joelho bem rapidinho.*

Ele abriu a porta e desceu. Encostou-se à lateral do carro e sacou um cigarro do maço. Acendeu-o. Olhou ao redor e as únicas coisas que via eram outros muitos carros estacionados.

Ele atravessou a rua, ainda fumando, e foi até uma árvore. Parou rente ao canteiro que a circundava e se aliviou ali.

◆ ◆ ◆

Lara continuava cantando Vanguard. Quando a música acabou, outra já ia começando. Dessa vez, ela abaixou o volume e procurou voltar a atenção para a rua. Afinal, era para isso que ela estava ali.

◆ ◆ ◆

— Alô! — Ésio disse atendendo o celular que tocara assim que ele se recompôs e fechou a braguilha. — Quem?

Ficou surpreso ao descobrir quem era. Sua amiga Janice ligara de um número desconhecido. Ele não sabia se gostava ou não da ligação. Mas pelo seu sorriso involuntário, que abriu depois de sua amiga se identificar, ficou claro que tinha gostado, sim.

— Janice, que saudade! Já faz alguns dias que não nos falamos. Número novo? De novo? — Ele riu.

— Pois é, troquei de número de novo. Já você, nem perece que está com saudades. Por que não ligou mais? Onde você está?

— Claro que estou, não seja boba, menina — ele brincou, sabendo que a amiga estava brincando também. — Tenho saudades de todos vocês. E a Luna e o Caio? Como eles estão?

— Estão bem. Só ficaram preocupados com o seu sumiço. Não nos disse para onde iria... E quando você volta?

— Não sei. Talvez logo. Talvez até o final do ano eu apareça por aí

— ele disse, não tendo certeza de que tivesse dito verdades nessas palavras.

— Onde você está, Ésio? Quem sabe nós poderíamos ir até aí um fim de semana qualquer e...

— Não posso falar, Janice. Não ainda.

— Mas por que tanto mistério? Nossa amizade ficou bastante abalada desde aquele acidente. Não só com nós dois, mas com a Luna e o Caio também. Ésio — ela falou assumindo um tom sério nesse momento —, eu sei o que você fez.

— Sabe? — Ele não conseguiu esconder a irritação. No dia seguinte ao acidente, Ésio contou tudo o que havia acontecido a Caio. Tudo, não. A parte do careca que o convenceu a fazer o que tinha feito ficou de fora.

— Mas eu disse pro Caio não contar nada! Aquilo era para ficar somente entre nós dois!

— Ele nos contou porque nós somos amigos! Porque tem que haver confiança! Você... Você... — ela sibilou.

— Eu fiz o que tinha que ser feito, Janice. Por mim, por você, por nós quatro. — Ele tentou não deixar a voz trêmula.

— Você matou uma pessoa, Ésio! — O jovem advogado percebeu que sua amiga começou a chorar no outro lado da linha.

— E você acha que eu queria ter feito aquilo? — Ele quase gritou, começando a chorar também. — Você acha que eu me senti bem em fazer aquilo? Acha que eu queria ter matado?

Janice não respondeu. Apenas o ouvia, soluçando.

— Às vezes na vida a gente tem que fazer coisas que não queremos, por coisas que queremos muito, por pessoas que nos importam muito! Eu fiz o que fiz por vocês, pela nossa amizade!

— Não vem depositar em nós a sua culpa, não! Não foi por mim coisa nenhuma! Esse peso é somente sua consciência que irá carregar!

Ésio continuava a chorar. Deu alguns passos e encostou-se em um muro. Foi descendo lentamente com o celular ao ouvido e se sentou, apoiando os cotovelos nos joelhos.

— Para que você me ligou? — ele disse, irado. — Para esfregar na minha cara o quão ruim eu sou? O quão egoísta eu me tornei?

— Não. Eu liguei porque achei que iria falar com aquele cara que era meu amigo. Aquele rapaz alegre que sempre ria de qualquer piada boba que eu fazia, que sempre encarava a vida com um sorrisão no rosto. Mas pelo visto eu me enganei. Não sei mais com quem estou falando. Não consigo reconhecer a pessoa que você se tornou...

Ésio pensou nas palavras dela. De fato, todos mudam. Não porque querem, mas porque são obrigados. Essa é a lei da vida. Dizem que uma pessoa nunca muda, ela só assume aquilo que realmente sempre foi.

— Tchau, Janice — ele disse, de repente. — Não quero mais falar. E vê se não me liga mais. — Dito isso, desligou o celular.

Jogou o aparelho ao lado e colocou a cabeça entre os joelhos, com os braços em volta. Chorou. Chorou feito uma criança. Feito um menino quando está com medo do bicho-papão no quarto escuro e não tem ninguém para socorrê-lo.

◆ ◆ ◆

Lara observou aquele homem desde que ele passou rápido por seu carro. No início, ficou meio constrangida ao vê-lo, ainda que tenha sido somente vultos sob a árvore e em meio à penumbra, urinando. Mas a partir do momento em que atendeu àquele telefonema, mudara completamente.

Ele estava sentado, aos prantos. De onde estava, as luzes dos postes de energia o iluminavam com facilidade. Ela ficou preocupada, queria sair e perguntar se poderia ajudá-lo em algo. Mas nem todo mundo pode gostar do seu jeito intrometido. O que ela tinha a ver com a vida dele? Realmente nada, mas um pouco de gentileza não faz mal a ninguém, e conversar, às vezes, ajuda. E muito. Em momentos difíceis, o que todos querem, não é se isolar e se desmanchar. Na verdade, o que é preciso é alguém que sente ao lado e ouça. Simplesmente ouça. Sem julgamentos. Sem acusações. Sem pontas de heroísmo.

Seus pais a ensinaram desde cedo a ser solidária com as pessoas. Mesmo que não recebesse isso em troca. O bem feito é retribuído com o bem que sentimos quando ele é feito. E ponto. Isso já é suficiente.

Muitos estranhariam e repudiariam o fato de fazer algo assim. Sentar e conversar com um estranho? E se fosse um bandido? Um marginal, como os que ela prendia? E se fosse um maníaco, à espera de suas vítimas, como uma planta carnívora espera moscas e insetos? Mas a delegada aprendeu, apesar da sua profissão, que lhe fazia conhecer os piores tipos de seres humanos, a ver o lado bom de cada um. Todo mundo tem seu lado bom e ruim. Ela inclusive os tinha. Mas todos também têm o poder de escolher qual desses lados vai evoluir. Pessoas espertas sempre escolhem fazer aquilo que desejam receber. As tolas pensam que tanto faz.

Então, independentemente da forma como o homem reagiria, Lara se sentiu na obrigação de ir até lá e ouvi-lo, caso ele quisesse ser ouvido. Sentiu-se à vontade para fazer sua parte, ainda que fosse muito pouca, mas sentiu-se.

Desceu do seu automóvel, andou, tentando não fazer muito barulho. Parou ao lado dele e sentou-se, inicialmente em silêncio. Pensava nas palavras certas que diria em seguida.

◆ ◆ ◆

Murilo e Rayana foram. Entraram em uma fila juntamente com os demais convidados. Entreolhavam-se vez ou outra, tentando o máximo possível não demonstrar qualquer ponta de nervosismo. Mas o coração de ambos palpitava ao cogitarem a possibilidade de serem descobertos.

Até que finalmente chegou a vez do casal. Ela entregou o seu ticket de entrada. Uma segurança feminina veio e iniciou a inspeção em Rayana. Passou o pequeno aparelho por seu busto, cintura e desceu até os joelhos. Ela torcendo para que nenhum bipe fosse emitido. E não foi. Ela abriu a pequena bolsa para confirmar que levava somente o aparelho celular, um cartão de crédito e alguns itens de maquiagem. Um batom, um delineador, um pó compacto e um brilho labial transparente. Foi autorizada sua entrada. A moça deu alguns passos e se pôs a esperar o companheiro, que estava logo mais atrás, sendo revistado.

O mesmo procedimento fora realizado em Murilo, porém agora com um segurança do sexo masculino. O aparelho percorreu toda a extremidade dos braços cobertos pelas mangas do terno, o tórax e, por fim, as pernas. Não obtendo nada que impedisse a entrada ou outros possíveis transtornos, a liberação do casal foi concedida.

◆ ◆ ◆

—Já reparou como o tempo está muito bonito hoje? — Lara perguntou ao homem sentado.

Inicialmente, ele não respondeu. Talvez por conta do choro não ouviu a doce voz que cortou o ar. Mas logo depois de ela ter terminado a pergunta, ele olhou rapidamente para o lado, encarando-a. Passou as mãos rapidamente pelo rosto, tentando limpar as lágrimas.

— Será que hoje eu consigo ver uma daquelas famosas estrelas cadentes? — Ela continuou olhando para o céu, como se esperasse realmente ver uma estrela a qualquer momento. — Desde pequena sempre quis ver uma. Nunca vi. Só em filmes. Será que elas existem de verdade?

O homem continuava calado. Desviou o olhar do dela e ergueu a cabeça.

— Dizem que elas têm o poder de realizar um desejo — Lara falou. — Você acredita nisso?

— Acredito que desejos são mais fáceis de serem realizados quando batalhamos por isso — ele respondeu, tentando, por incrível que pareça, não soar ríspido.

Mas soou. Ela ignorou a rispidez.

Lara analisou a resposta dele por alguns segundos.

— É, também pode ser. Mas se uma estrela cadente der uma forcinha, não seria nada mau. Não é mesmo?

Dito isso, ela deu um cutucão no braço dele, olhando de canto de olho e com a cabeça virada para o céu. Isso arrancou um leve sorriso dos lábios do rapaz.

Se ele a expulsasse naquele momento, caso se levantasse e fosse embora, irritado por ter sido incomodado, ela não se importaria. Já tinha conseguido que as lágrimas parassem, pelo menos por alguns segundos. Já tinha conseguido fazê-lo sorrir, ainda que timidamente e por uma fração de tempo.

Mas ele não o fez, em vez disso, voltou a olhar para ela. Dessa vez, o gesto foi compartilhado.

— Prazer, Ésio — o jovem se apresentou, dessa vez bem mais receptivo.

Quando a delegada decidiu ir para Colíder, um dos fatos que ela concordou com Conrado foi não revelar seu verdadeiro nome. Além do hotel em que se hospedaria, que obviamente teria que apresentar seus documentos, mais ninguém poderia saber. Isso podia ser perigoso numa investigação e ela sabia bem. Mas ali, com Ésio, ela se sentiu tão à vontade, que nem pensou nas palavras de seu namorado e na própria intuição. Não haveria problemas, *o cara estava precisando de alguém que lhe fosse bom, ao menos por instantes. Posso deixar de ser a delegada por algum tempo, aqui. E ser só uma pessoa comum.*

— Prazer, sou a Lara. — Os dois trocaram um aperto de mãos.

— Então, Lara, o que você faz aqui sozinha?

— Estou esperando uma amiga. Ela mora três casas para baixo. Ficamos de sair e ir a um barzinho. Mas ela está demorando à beça. Eu sou mulher, mas não consigo entender essa mania que algumas têm de demorarem tanto para se arrumar.

Ésio riu novamente.

— Eu acho que nasci com o sexo errado. Deveria ter nascido homem. Seria bem mais fácil de me entender — ela completou.

— Acho que você está bem como mulher — ele brincou.

Fizeram-se alguns segundos de silêncio. Até que ela o quebrou:

— E você, o que faz por aqui?

Ele pareceu pouco à vontade com sua pergunta. Notando que talvez não devesse tê-la feito, Lara tentou mudar de assunto.

— Não é do meu interesse... Desculpa a intromissão...

— Estou esperando uns amigos também. Eles foram à festa que está rolando ali. Quiseram ir cumprimentar os noivos. Como eu não os conheço, preferi esperar aqui mesmo.

— Parece que quem está se casando são pessoas de muito dinheiro, não acha? Tem até seguranças na entrada. E são muitos!

— Sério? Não tinha visto. — Ésio ficou meio apreensivo com a informação recebida. *Será que os outros conseguiram entrar sem serem descobertos? Com certeza sim,* pensou. *Senão,* já teriam voltado. — É. Acho que são sim.

Mais um silêncio se instalou entre os dois.

— O que você faz da vida? — Lara perguntou.

— Agora estou parado. Sou formado em Direito. Mas ainda não advoguei. Pretendo em breve. — Ele passou uma das mãos nos cabelos, tentando ajeitá-los, caso estivessem engrenhados.

— Que legal... Advogado... Eu no momento estou só estudando. Faço jornalismo. Terceiro semestre.

— Tenho um amigo que é jornalista. Ele é repórter lá da capital.

— Você veio de lá?

Ela passou a mão na cabeça, arrumando seus cabelos. Ele gostou daqueles cabelos curtos. Combinava com ela.

— Sim. Estou aqui há pouco tempo.

— E o que te fez sair de Cuiabá para vir para cá?

— Não sei. Acho que aqui a concorrência deve ser um pouco menor. E espero que realmente seja.

— Não há concorrência que impeça um bom advogado — ela disse, sorrindo e desafiando-o.

— E também porque prefiro um lugar assim.

— Assim como?

— Tranquilo. Sabe, sem precisar sair de casa uma hora mais cedo para chegar ao trabalho... Sem se preocupar com flanelinhas... Andar com medo de ser assaltado em uma esquina...

— Mas aqui a marginalidade também chegou. Não paramos no tempo, não. Ou, se for o caso, não evoluímos para o primeiro mundo.

— Claro, Lara... Mas a capital é sempre mais... Mais... Mais! — concluiu, não encontrando a palavra certa para classificar.

— Entendo o que você quer dizer, Ésio. Morar no interior também tem seus lados bons. A criminalidade, de fato, é bem menor, por exemplo. É uma coisa proporcional à cidade. Há suas vantagens.

— Lá na capital você não poderia parar e se sentar com um desconhecido, como você fez. Vai que eu sou um bandido? Um serial killer à procura de vítimas?

Os dois deram uma gargalhada com esse comentário.

— Digamos que eu sei me defender, rapazinho. — Riram mais um pouco.

O silêncio se instalou por alguns segundos. Após, ele o quebrou.

— Por que você fez isso? — Ésio perguntou, sério.

— Isso o quê?

— Isso de vir conversar comigo. Será que eu sou tão irresistível assim e nem estou sabendo?

Ela deu um tapinha no ombro dele.

— Bobo. Parei porque eu não tinha nada melhor para fazer. E também porque não resisti ao seu charme. Quando eu te vi de longe, logo pensei: Vou ter que ir lá e tentar seduzi-lo.

Ele abaixou a cabeça, balançando-a. Era possível perceber que estava sorrindo. Lara gostou disso.

— Brincadeira — ela se retratou. — Pensei que você queria conversar. Que você precisava conversar.

O jovem a encarou.

— E por que você pensou isso?

— Não é sempre que se vê um homem tão mal quanto você estava aparentando estar. Pensei que poderia ajudá-lo.

Ésio se encolheu um pouco, retraindo-se. Ela ficou com medo de tê-lo assustado ou intimidado.

— Que vergonha — ele disse, meneando a cabeça. — Você deve ter me achado um idiota, não é?

— Não. Se eu tivesse achado isso, não teria vindo até aqui. E não precisa ter vergonha. Todo homem que se envergonha de suas lágrimas não deveria ter motivos para derramá-las.

Ele voltou a olhá-la. Sem nenhum mal-estar agora.

— Obrigado — falou, tentando colocar toda sua gratidão na voz. E fez o possível para ser sincero. Sincero de verdade.

— Não me agradeça. Não precisa. — Ela tocou levemente seu ombro. — Se você quiser conversar sobre o que aconteceu, caso se sinta à vontade para falar, pode desabafar. Palavras ajudam nos momentos difíceis.

Ésio não conseguiu definir o que aquela mulher estava fazendo com ele. Ela transmitia tanta confiança, tanta serenidade e compreensão, que ele estava disposto a contar toda a sua vida para ela. Só não se sentia à vontade para contar sobre os últimos acontecimentos e o que o levou a estar ali, naquela cidade, naquela rua esperando os outros, dando cobertura ao grupo para detonar aquela festa. Para detonar a felicidade de pessoas. Não apenas os dois que estavam se casando, mas também e, talvez, *principalmente,* os conhecidos, os familiares e os amigos que possivelmente viessem a conseguir sair vivos de lá.

Ele sentiu seu estômago embrulhar ao pensar nisso. Não se sentiu digno de estar tendo aquela conversa com ela. Não se achou merecedor de ouvir palavras tão reconfortantes, quando tudo o que ele estava fazendo era ajudando pessoas más a fazerem coisas más. Estava sendo cúmplice das maldades.

Por fim, ele concluiu que não era diferente em nada daqueles outros. Em absolutamente nada. Era tão ruim quanto Alexia e Petrônio. Tornara-se tão mau quanto Murilo e Rayana.

Ele havia escolhido esse lado. E assim deveria ser.

Mas por que, então, alguém tinha se sensibilizado com ele? Por que Lara quis ouvi-lo? Por que ela ainda continuava querendo ouvi-lo? De alguma forma, ele percebeu que ainda existia uma parte boa nele.

Ésio se levantou. Pegou seu celular e o colocou no bolso.

— Desculpa, mas agora tenho que ir — disse.

— Ir aonde? Seus amigos nem voltaram ainda...

— Tenho que esperá-los no carro. Tenho, não. Prefiro esperá-los lá — Ésio disse, dando de ombros.

Lara também se levantou nesse momento. Quis pedir para ele ficar e continuar o papo. Mas depois de certo tempo, imaginou que a conversa poderia não o estar agradando. Quando havia perguntado o porquê de ele estar naquele estado em que o viu, ele se fechou, como se estivesse criando uma barreira para tentar esconder algo, ou para tentar *se* esconder. Para tentar *se* esconder. Essa frase repassou pela sua cabeça mais uma vez.

Lara já tinha longas experiências com bandidos. Não que Ésio lhe parecesse um bandido. Muito pelo contrário. Ele aparentou ser um homem verdadeiro. Apesar de ser um pouco fechado, ou se fazer de fechado, ele parecia ser verdadeiro. Já fazia parte da rotina da delegada interrogar. Criminosos ou não criminosos. Desde assassinos confessos a vítimas traumatizadas. Com o tempo, era possível ter a percepção de que havia alguma mentira oculta em uma frase. Ou às vezes nem chegava a ser uma mentira, seria mais uma omissão. E ela adquirira essa habilidade.

Talvez ela estivesse enganada. Talvez, não. Vai ver ele devia ter tomado um pé na bunda de uma namorada, fora traído... Essas eram, dentre outras não tão boas, as melhores das possibilidades que passavam pela sua cabeça.

— Ésio — Lara falou, levando a mão a um dos ombros dele. Ele se virou, conforme sentiu seu toque. — Problemas todo mundo tem. Uns têm demais, outros de menos. A única coisa que muda, e eu acho que essa coisa vale pra caralho, é a maneira como cada um os encara.

O jovem deu um leve sorriso da informalidade da moça.

Depois, sem dizer nada, simplesmente a puxou e abraçou-a. Ela retribuiu o gesto. Sentiu que ele precisava disso. E sentiu que começava a ganhar um pouco de confiança. Mas confiança para quê? Isso ela ainda não sabia. Mas saberia logo em seguida.

◆ ◆ ◆

Murilo puxou uma cadeira para Rayana se sentar. Muitos convidados já haviam chegado, porém várias mesas ainda estavam vagas. Não tinham nomes nelas, então os dois se sentaram numa aleatória.

Os noivos não foram vistos. Geralmente, em casamentos, eles ficavam recepcionando os convidados na entrada. Mas nesse não. Talvez porque ainda fosse um pouco cedo...

— Vamos deixar essas plaquinhas agora? — Murilo perguntou baixinho, olhando disfarçadamente para os lados.

Nessa hora passou um garçom. Serviu as taças que estavam sobre a mesa com espumante e saiu.

— Ainda não. Vamos esperar mais um pouco. Deixa chegar mais gente. Ficará mais fácil de disfarçar.

— E ficará mais difícil de sair sem sermos percebidos.

— Calma, Murilo. Vai dar tudo certo. É só manter a calma que nada vai sair do planejado.

Murilo assentiu, torcendo para que isso fosse, de fato, verdade.

Rayana cruzou uma perna na outra e discretamente levou uma das mãos aos pés. Retirou uma das placas. Cruzou a outra perna e repetiu o processo. Pegou um dos guardanapos na mesa e embrulhou-as. Esfregou-as, limpando qualquer vestígio de possíveis digitais que viessem a ficar.

Deixou o embrulho de tecido ali, sobre a mesa, ao lado da taça. Olhou para Murilo e piscou um dos olhos.

Depois de uns vinte minutos, após muitos outros convidados terem chegado e se acomodado nas mesas, Rayana os viu. Rubem Carlini e Alberto Ortonelli estavam chegando, pela entrada principal.

Rubem usava um terno cinza claro, gravata branca e barba por fazer. Alberto trajava um colete lilás abotoado sobre a camisa branca de mangas compridas. A barba, ao contrário do companheiro, estava impecavelmente bem-feita e cabelos perfeitamente bem penteados.

Os dois sorriam e iam de mesa em mesa cumprimentando cada convidado. Apertos de mãos, abraços calorosos, brincadeirinhas que surgiam involuntariamente com um ou outro mais animadinho.

— Já notou a quantidade de *boiolas* que tem aqui? — Murilo perguntou, fazendo cara de asco, deixando parecer que este seria o último lugar em todo o mundo em que ele gostaria de estar.

Rayana encarou-o.

— Isso é bom, Murilo.

— Bom? — ele perguntou, de sobressalto.

— Claro — ela respondeu. — Seria muito melhor que todos os *veadinhos* da cidade estivessem aqui. Dessa forma, não sobraria um para contar história. Eliminaríamos esse monte de lixo de uma vez só. Todos iriam pelos ares com a bomba. — E deu um sorrisinho.

— Você tem razão. — Ele sorriu, satisfeito. — Pena que não estão. — Pegou sua taça e deu um gole no espumante.

Rayana fez o mesmo.

Então, os noivos se aproximaram de onde o "casal" estava. A auxiliar de contabilidade empurrou delicadamente o embrulho de tecido para junto à jarra de flores no centro na mesa.

— Ah, que bom que vocês vieram! — exclamou Rubem. Ele parou entre as cadeiras de Murilo e Rayana, pelas suas costas, abrindo os braços, alcançando as pontas de seus ombros.

— Sejam muito bem-vindos! — Alberto disse, mais discreto.

— Obrigada! Meu amigo de escola não poderia se casar e eu não vir comemorar sua felicidade! — Rayana virou e o abraçou.

— É muito bom tê-la aqui. E seu marido também. — Alberto agradeceu-os pela presença.

Rubem parecia meio tenso.

— Espero que não passe de um trote e que nada saia do planejado. E quero de coração que essa noite seja a mais feliz de todas. Não só para nós, mas também para todos vocês — ele falou, deixando esvair o sorriso e assumindo um tom meio sério.

— Como assim? Do que você está falando, Rubem? Que história é essa de trote? — perguntou Rayana, quem Rubem acreditava ser Carol, curiosa.

— Não posso falar nada ainda, Carol. Mas é algo muito sério. Espero, de verdade, que não se confirme. — Ele se levantou. — Mas esta noite tem que ser de alegria, portanto, aproveitem.

— Vamos, Rubem — Alberto o chamou. — Temos que dar um "oi" para os demais convidados.

— Vamos — ele falou. — Carol, depois eu passo aqui para conversarmos mais um pouco. Até mais.

— Até — ela respondeu.

Deram um rápido abraço e Rubem saiu de braços dados com seu companheiro, parando de mesa em mesa.

Rayana se sentou, voltando a atenção a Murilo.

— Você ouviu? — ela perguntou.

— Ouvi. E não gostei nada.

— Nem eu. Nem eu, Murilo. Do que será que aquele *veadinho* estava falando? Que papo é esse de trote?

— Não sei — respondeu ríspido, Murilo. — Acho melhor deixarmos essas porcarias e sairmos logo.

— Ok... Vamos lá, então. — Rayana pegou o embrulho de tecidos e segurou-o com os dedos rente à pequena bolsa.

Levantaram-se e caminharam em direção à mesa dos doces. E especialmente à mesa do bolo.

Assim que avistaram o alvo, partiram em sua direção.

Do ponto onde estavam, viram toda a decoração da mesa, porém, não conseguiram visualizar o bolo. A estrela daquela festa. O presente do quinteto neonazista aos noivos. Será que havia muitas pessoas na frente? Será que o doce estava em uma bancada à parte? Ou será que a iluminação que não permitia uma boa visão?

Para chegarem ao seu destino, teriam que passar pela pista de dança. Dessa forma, subiram no chão que se acendia conforme os passos. Quando estavam a mais ou menos dez metros, um grupo de uns vinte rapazes veio de onde estavam os outros convidados sentados. No meio deles, Rubem e Alberto estavam sentados sobre os ombros de alguns. Vendo a euforia dos jovens, outras pessoas também entraram na brincadeira. Eles erguiam e sacudiam os dois para cima, deixando caírem sobre seus braços. Eles pulavam e gritavam, muito agitados, cantavam uma letra desconhecida. Era como se estivessem em um carnaval em Salvador, em um bloco carnavalesco passando com selvageria e arrastando tudo e todos que encontrassem pela frente.

Murilo e Rayana tentaram apressar os passos, mas foi inevitável. O grupo chegou com tudo neles, balançando e agitando seus corpos no ritmo da música eletrônica que acabara de começar a tocar.

Rayana tentou se esgueirar, apertou a bolsa com as duas mãos contra a barriga, tentando não perder o equilíbrio. Todos pulavam e dançavam ao seu redor. A luz foi baixada, deixando somente alguns flashes no ar. Murilo tentou andar e começou a puxá-la pelas mãos. Todos continuavam a pular e se esfregar ao redor. Dançavam freneticamente.

E, então, em uma fração de segundos, enquanto Murilo a puxava, ela percebeu que o embrulho que carregava estava vazio. Somente o tecido ficara preso entre seus dedos. As duas plaquinhas haviam caído em algum ponto no meio de toda aquela gente.

Rayana sentiu um frio na espinha quando percebeu o que tinha acontecido. Tentou olhar para baixo e procurar, mas era impossível.

Agarrou-se no braço de Murilo, que tentava abrir espaço entre as pessoas com a outra mão. Com muita dificuldade, depois de certo tempo, ele finalmente conseguiu colocar os pés para fora da pista.

— Vamos — ele disse. — A mesa está logo ali.

— Murilo — disse Rayana. — Espera. — Ele a encarou. — Eu... Eu...

— O que aconteceu, Rayana?

— Eu deixei as plaquinhas caírem.

— Como assim, caírem? — ele indagou, tentando apurar os ouvidos para compreender o que tinha acontecido.

— Caíram lá. — Ela fez um gesto com a cabeça, direcionado para a pista de dança atrás de si. — Estão no meio daquela gente toda.

Murilo olhou por cima de seu ombro. Todos continuavam muito agitados ainda. Voltou a olhar para ela.

— Vamos sair daqui agora — Puxou-a novamente pelo braço.

— Mas e as plaquinhas? — ela perguntou, dando um baque e impedindo-o de continuar a andar. — Vamos deixá-las lá mesmo?

— Escute bem — ele falou sério, se aproximando e olhando para os lados para certificar-se de que ninguém estava ouvindo-os além da música que ainda tocava alto. — O plano era entrar e deixar essas plaquinhas aqui dentro. Isso já foi feito. Elas estão no salão.

— Mas era para as deixarmos em locais separados.

— Mas não deu. O que importa é que elas estão aqui. Já vão encontrá-las depois que tudo acontecer. Isso já basta. — Ele olhou ao redor, voltando a olhá-la fixamente — Quem assume daqui por diante é a Alexia. Ela que está com o detonador. Agora temos que ir, nossa parte foi feita.

Rayana hesitou por alguns segundos.

— Agora! — ele repetiu, puxando-a discretamente pelo braço.

— Certo — ela concordou, acompanhando-o.

Os dois então repetiram o trajeto feito anteriormente, passando pela pista de dança até chegar à ala das mesas. Agora, a movimentação tinha se acalmado e os convidados mais eufóricos começavam a retornar aos seus assentos.

Caminharam até as portas pelas quais entraram algum tempo antes. Havia seguranças por lá ainda, apesar de todos os convidados já terem entrado. Os dois saíram.

Atravessaram a rua de braços dados, caminharam mais alguns metros até avistarem Petrônio e Alexia sob uma árvore, a mesma em que os tinham deixado antes. Pararam ao lado dos dois, virando e ficando de frente para o clube.

— E aí, como foi? — perguntou Petrônio.

Alexia os encarou.

— Tudo certo — respondeu Murilo. — Tudo ocorreu dentro do esperado. — Olhou para Rayana, dando a entender que o que havia acontecido não deveria e nem era necessário ser dito. Afinal, as plaquinhas ficaram lá dentro. Não como tinha sido ordenado, mas ficaram.

— Muito bem — Alexia falou. Abriu a pequena bolsa que carregava e sacou de lá um dispositivo. *O* dispositivo. — Agora, é com a gente aqui fora.

— Vamos voltar para o carro. Aqui pode ser perigoso — Petrônio sugeriu.

— Vamos, Petrônio. É bom que façamos isso todos juntos. Ésio está nos esperando. Creio que ele irá gostar de estar presente na hora mais aguardada — Alexia disse, com aquele sorriso de canto de lábio.

E, assim, os quatro partiram em direção ao carro.

◆ ◆ ◆

— Agora você tem que ir — Ésio falou.

— Me dá seu celular.

Ele entregou o aparelho. Ela discou um número.

— Salvei meu número. Me liga quando puder. Não vou pegar o seu número porque acho melhor que você me ligue.

Lara devolveu o aparelho para ele.

Trocaram um aperto de mãos. Fez-se um rápido momento de silêncio.

— Obrigado — ele disse. — Conversar com você me fez um bem danado. Eu estava muito mal, mas...

— Não precisa agradecer. Fiz o que faria com qualquer um.

— Ah, obrigado por me dizer que sou como qualquer um — ele ironizou, tentando arrancar uma risada dela.

Conseguiu.

— Não foi isso que eu quis dizer. É que eu gosto de ajudar as pessoas.

Pode ter certeza de que, quem ajuda, é ajudado mais ainda.

Ésio concordou com a cabeça.

— Bom, agora você precisa ir. Eu vou voltar para o carro e esperá-los.

Ela deu de costas e começou a caminhar de volta ao seu automóvel.

— Lara! — ele gritou. Ela se virou e o olhou por cima do ombro. — Se cuida. — Deu um sorriso.

— Você também, Ésio.

Após a despedida, o jovem voltou ao carro.

Não demorou muito e seus companheiros também chegaram. Todos animados com o bom andamento da ação.

Contaram a ele como tinha ocorrido tudo bem, que o plano fora um sucesso e que a última parte já iria acontecer. *A cereja do bolo. Para fecharmos a festa com chave de ouro,* disse Alexia.

◆ ◆ ◆

Lara se sentou no banco de seu carro e retomou a guarda que tinha se proposto antes. Voltou a se concentrar e prestar atenção em possíveis movimentos estranhos que viessem a ocorrer no clube de festas. Dificilmente isso aconteceria. E ela torcia por isso. Afinal, tudo estava sob controle. Agora tudo estava sob controle.

Novamente sentiu uma pontada de enjoo quando certos pensamentos passaram pela sua cabeça. *Por mais que eu não queira, se algo acontecer é melhor que eu esteja por perto. Com sorte, eu consigo ver algo hoje. Com sorte, ou a falta dela, para eles, os noivos. Mas essa é uma oportunidade de ouro. Outra dessa não surgiria esse ano. Quiçá no ano que vem. E eu vou pegar esses bandidos. Pode não ser hoje, amanhã ou depois. Mas vou. Com certeza* não *vão sair impune.*

◆ ◆ ◆

Alexia assumiu a direção do automóvel. Petrônio se sentou no banco do carona na frente e os outros três acomodaram-se atrás. Ela acelerou e andou mais alguns metros, para ficar o mais perto que pudesse da entrada do clube. Apesar da barreira feita em torno da entrada, conseguiu um lugar privilegiado a alguma distância dos *flashes* que ainda eram possíveis perceber lá no local.

Pediu ao companheiro para pegar o dispositivo de dentro da sua bolsa. Ele o fez e entregou a ela.

— Estão preparados para o clímax da noite? — perguntou ela, olhando pelo retrovisor os rostos dos outros três. Eles sorriram levemente e concordaram com as cabeças.

O único que parecia meio incomodado e aparentou dar um sorriso forçado foi Ésio. Talvez a conversa que teve com Lara o tenha sensibilizado.

— Dez — Alexia começou uma contagem regressiva.

— Nove...

Lara não se conteve e teve que acompanhar aquele carro quando ele saiu. Discretamente acelerou e o seguiu. Logo parou em um ponto mais à frente da rua. Era o carro em que Ésio estava. Ela sabia disso.

— Oito...

Dentro do clube, Alberto e Rubem pegaram o microfone e estavam de pé, na pista de dança. Agora, sem toda aquela gente de antes pulando e dançando euforicamente. Os convidados já tinham se acalmado. Todos agora estavam de pé, olhando fixamente os noivos.

— Sete...

Um burburinho tomou conta dos convidados naqueles segundos de silêncio. Uns mais curiosos, começaram a comentar baixinho com os mais próximos o que os noivos estavam fazendo. Discurso? Já? Antes da cerimônia?

— Seis...

Lara achou que tinha ajudado Ésio. Não sabia exatamente qual o tipo de ajuda era, mas sabia que o tinha ajudado. Foi bom até para ela aqueles poucos minutos de conversa. Ésio parecia um bom homem. Naquele tempo em que conversaram, nem Conrado passou pelos seus pensamentos. *Que estranho,* ela pensou. Por um momento, ela se sentiu mais completa com a conversa que teve com aquele rapaz do que nos três anos de namoro com Conrado. *Conversa. Conversa.* Essa palavra ecoou em sua mente. Será que teria algum dia uma conversa assim, tão reconfortante, com ele, seu namorado?

— Cinco...

— Bom, gente — começou Alberto Ortonelli. — Primeiramente, queríamos agradecer imensamente a presença de cada um de vocês.

— Queríamos agradecer — assumiu Rubem — por terem dedicado um tempinho de vocês a nós. É muito importante a presença de cada um aqui hoje.

— Discurso — concluiu um dos convidados, baixinho. *Podemos pular a parte do blá, blá, blá e ir para o bolo?,* pensou o convidado.

— Quatro...

Será que ele vai me ligar amanhã? Ou depois? Por que será que quero tanto falar com ele de novo?, pensou Lara, concluindo mentalmente a resposta para essa última pergunta. O carro dele ainda estava parado lá. E ele estava dentro, junto com seus colegas.

— Três...

— Organizamos tudo minuciosamente para esta noite. Cada detalhe, cada docinho, cada flor foram especialmente pensados para que tudo ficasse perfeito.

Alberto terminou a frase e segurou na mão do seu companheiro. Ele não conseguiu segurar suas lágrimas, que começaram a derramar. Rubem soltou sua mão e envolveu-o num abraço.

Todos ficaram sem entender o que estava acontecendo. Será que ele estava chorando de felicidade? Não... Aquilo não parecia choro de alegria. Veio junto uma sensação de tristeza.

— Dois...

E seu eu tomar esse dispositivo das mãos da Alexia e sair correndo de dentro desse carro? O que será que eles fariam comigo? Será que me matariam? Com certeza! Mas mesmo correndo este risco, não valeria a pena? Parece bem nobre trocar várias vidas por uma. Pelo menos isso faria minha consciência ficar mais leve. É só tomar o dispositivo e sair correndo. O que viria depois era o de menos. Mas e se eles me alcançassem? Estaria morto, e todas aquelas pessoas também. É só pegar o dispositivo e sair em disparada. Talvez, assim, eu me sinta um pouco mais digno de voltar a falar com a Lara. Mas se eu fizesse isso, talvez nunca mais voltasse a vê-la. Mortos não voltam.

Ésio pensava, enquanto olhava Alexia fazendo a contagem.

— Um.

O olhar de Alexia encontrou o de Petrônio. Aquele mesmo olhar de excitação, de desejo. De amor. De uma forma diferente de amor, mas, mesmo assim, de amor.

Chegou a hora.

Então, seu dedo pesou no botão do pequeno dispositivo, acionando o explosivo.

◆ ◆ ◆

— Bom, na verdade — começou Rubem. — Há alguns minutos, quase meia hora atrás, quando estávamos chegando aqui no clube, o delegado de polícia civil nos ligou pedindo para não entrarmos ainda, pediu que aguardássemos do lado de fora. Ele chegou instantes depois, nos trazendo uma notícia triste. Ele nos disse que tinha recebido uma denúncia anônima de que a nossa festa seria atacada. O mesmo assassino que está cometendo crimes viria até aqui. — Ele fez uma pausa, Alberto levantou a cabeça de seu ombro e voltou a olhar os convidados. — Vocês devem ter achado estranho a inspeção dos seguranças na entrada, mas eu e o Alberto decidimos, alguns dias antes, colocá-los para evitar esse tipo de transtorno. Mas, mesmo assim, segundo a denúncia, eles conseguiram entrar e trouxeram... — Rubem gaguejou, procurando manter estabilidade na voz, e concluiu: — Uma bomba.

Nesse momento, os convidados ficaram nervosos. Começaram a

comentar entre si o que tinham ouvido.

Para evitar um problema maior, uma histeria e a correria de todos para fora do recinto, Alberto tratou de acalmar os ânimos.

— Mas podem ficar tranquilos. A denúncia que o delegado recebeu dizia que eles tinham colocado um explosivo dentro do bolo. Do nosso bolo de casamento. — Ele começou a chorar de novo.

Os convidados correram os olhos para as mesas de doces, na expectativa de ver o bolo e saírem correndo dali o mais rápido que conseguissem. Mas não o viram lá. Onde o doce deveria ficar, havia somente um espaço, rodeado por pequenos bem-casados.

— Mas o bolo não está lá! — gritou um dos convidados. Esse também estava no meio da algazarra quando os noivos chegaram e foram ovacionados.

— Não. Não está — Rubem confirmou. — O bolo foi levado, discretamente, pelos fundos do salão, até o pátio externo. Lá, o delegado e uma pequena equipe que conseguiu formar às pressas estão analisando se ele contém mesmo a bomba. Nós esperamos, sinceramente, que seja apenas uma denúncia falsa, um trote.

Nesse instante, o delegado Alcides Nogueira entrou no clube. Ele estava acompanhado de mais dois policiais.

— A denúncia procedia — afirmou ele em alto e bom som, não se preocupando com a reação que os convidados poderiam ter. — Levamos o bolo até o pátio dos fundos, constatamos que havia sim uma bomba instalada. Minha equipe tratou de conseguir o mais rápido possível um cofre. Um cofre grande. Grande e resistente o suficiente. Colocamos o doce lá dentro e o levamos para os fundos do pátio do clube. Pensamos em deixá-lo por lá enquanto esperaríamos alguns homens do esquadrão antibomba que seriam mandados da capital. Mas...

— Mas o quê? Delegado? — indagou Alberto, nervoso e tentando conter mais as lágrimas.

— Quando acabamos de lacrar o cofre, minutos depois... Aconteceu. A explosão. Por ser feito de um material muito resistente, aço puro de quase dez centímetros de espessura, os estragos não foram tão grandes. Mas o cofre ficou completamente destruído. Certamente quem instalou aquela bomba dentro do bolo queria matar todos os seus convidados. — O delegado curvou os braços, apoiando as mãos no cinto. — Inclusive, ou, talvez, principalmente, vocês — completou.

Alberto não conseguiu manter-se de pé após as palavras do delegado.

Suas pernas bambearam, sua visão ficou turva e ele apagou. Rubem conseguiu apoiá-lo nos braços e impedi-lo de cair ao chão.

◆ ◆ ◆

— O que aconteceu? Não houve explosão lá, Alexia! — Petrônio disse irado, sem entender nada após ela apertar o botão e... E justamente nada acontecer.

Alexia apertou o botão de novo. E de novo. Mas nada. Nada de explosão.

O grupo esperava ver, de onde estava, a bola de fogo e fumaça subindo. Pessoas gritando e algumas mais sortudas conseguindo sair de lá em chamas, rolando pelo chão, se debatendo. Murilo e Rayana esperavam ver aqueles veadinhos saindo como tochas, chamuscados e ardendo de dor.

Mas para o desgosto deles, e talvez para o alívio de Ésio, nada disso aconteceu. Tudo ainda estava em perfeita harmonia. Nenhum grito. Nenhum fogo. Nenhuma explosão.

— Não detonou! — Alexia falou, com raiva na voz.

— Mas fizemos tudo certo. Não tinha como dar errado.

— MAS DEU! — Alexia gritou. — VOCÊ ESTÁ VENDO ALGUMA EXPLOSÃO LÁ? ESTÁ?! — Dito isso, ela jogou o pequeno dispositivo sobre o painel do carro. Ésio, Murilo e Rayana se assustaram com os gritos. Petrônio também.

— INFERNO! INFERNO!

Nesse momento, o grupo viu uma breve movimentação na saída do clube. Eram policiais. Muitos. Pelos menos uns cinco ou seis.

— Olha, Alexia — Petrônio disse, indicando o local.

— Inferno — ela resmungou baixinho desta vez. — Como aqueles policiais entraram? Não os vimos chegar quando estávamos esperando naquela árvore.

— Será que descobriram sobre a bomba? — perguntou Murilo. — Mas como? Impossível terem descoberto!

— Impossível... A não ser que alguém tenha dito alguma coisa. — Ela olhou para trás, encarando os três. — A não ser que um de vocês tenha aberto a boca e entregado tudo a alguém.

Os três se entreolharam.

Será que foi um deles? Ésio *ficou o tempo inteiro aqui. Murilo não pode ser, ele estava comigo,* pensou Rayana.

A Rayana? Mas ela ficou o tempo todo ao meu lado. A não ser que ela tenha feito a denúncia antes de virmos para cá, Murilo desconfiou.

Esses dois? Rayana e Murilo ficaram o tempo todos sozinhos lá dentro. Um minuto de distração um do outro poderia ser tempo suficiente para uma ligação. Ésio também procurou uma explicação enquanto estava sendo observado com os olhares de ira dos líderes neonazistas.

◆ ◆ ◆

Algumas horas mais tarde, depois que todos os convidados foram embora do Clube, restando somente os noivos, as famílias e poucos amigos mais íntimos, a polícia fez uma busca em todo o salão. Tanto na área interna quanto na externa.

O delegado foi até Alberto e Rubem.

— Desculpe incomodá-los mais uma vez.

— Não tem problema, senhor — disse Rubem. — O que aconteceu? Descobriram alguma pista de quem possa ter sido?

O delegado ergueu a mão, deixando à mostra um pequeno saco plástico transparente.

Alberto levantou a cabeça neste momento, encarando a autoridade.

— Nós encontramos esses dois objetos caídos na pista de dança. Se prestarem atenção, verão que é o mesmo...

— A plaquinha nazista! — disse de repente Rubem.

— As mesmas encontradas junto aos corpos das vítimas do maníaco! — exclamou Alberto, abismado.

— Sim. E isso nos leva a uma conclusão óbvia. Ele estava aqui esta noite. Conseguiu, de alguma maneira, burlar os seguranças e penetrar na festa.

Alberto assentiu, abaixando novamente a cabeça e começando a chorar. Rubem apoiou uma das mãos em seu ombro.

— Seu Rubem — o delegado começou. Percebeu que o outro não tinha a menor condição de conversar. — Eu preciso da lista com o nome de todos os convidados da sua festa.

— Mas o senhor acha que foi alguém conhecido? Alguém que foi convidado por nós?

— Impossível! — soltou Alberto, de repente. — Todos são de confiança...

— Eu trabalho com fatos, seu Alberto, não com suposições. E o fato é que esse assassino estava dentro da festa, deixou isso aqui. — Ele ergueu o saquinho com os objetos. — ... conferiu o trabalho que havia feito e chegou a explodir a bomba. A intenção dele era que vocês estivessem no mesmo estado em que as outras vítimas feitas por ele foram encontradas. Por ele, ou ela.

Rubem sentiu um arrepio com essas palavras.

— Portanto — continuou o delegado —, eu quero a lista de convidados. Solicitarei também as imagens das câmeras de segurança.

— O sistema de monitoramento interno está com defeito. Fomos informados disso quando alugamos o Clube. Semana que vem os técnicos da empresa de vigilância viriam para consertá-lo. Bom, mas isso os proprietários daqui podem lhe explicar melhor.

— Mas as câmeras do lado de fora estão funcionando?

— Acho que sim, não tenho certeza.

— Ok, mas isso eu checo amanhã com os donos. De qualquer forma, eu preciso da lista de convidados.

— Sem problemas, delegado. Eu tenho uma cópia dela no meu computador. Vou imprimi-la e levá-la até a delegacia.

— Faça isso amanhã cedo, se conseguir. Quanto a esses objetos, vou mandá-los para a perícia. Acho difícil terem deixado digitais. Como nos outros crimes, nada foi encontrado, esses bandidos são profissionais. Mas não existe crime perfeito, alguma coisa errada eles devem ter feito e, com sorte, encontraremos alguma digital e iremos conferir com as dos convidados.

Rubem meneou a cabeça, concordando. Sentou-se ao lado de Alberto.

— Ah, uma última coisa — disse o delegado. — Há alguém que foi convidado e que, por algum acaso, não esteja na lista? Um parente próximo, talvez, um amigo mais íntimo?

Rubem pensou por alguns instantes.

— Teve umas cinco ou seis pessoas a quem eu dei um convite extra e que os nomes não estão na lista. Você convidou mais alguém, Alberto?

— Só o Julinho e a Babi, que chegaram de viagem ontem e não deu tempo de fazer convites para eles. Lembra? — ele respondeu, com a cabeça ainda baixa, apoiada nos braços.

— Claro. Então, delegado, com os dois foram oito convidados mais ou menos, além dos da lista.

— Quero que me passe o nome de todos. Como são conhecidos de vocês, creio que sabem onde moram, trabalham, essas coisas, não sabem?

— Sim, sabemos — disse Rubem, automaticamente.

— Perfeito. Agora vou indo, vou deixá-los descansar. Passar bem.

— Passar bem, delegado.

— Eu... Eu quero ver esse bandido atrás das grades o mais rápido possível! Ele estragou o dia que era para ser só nosso! Esse desgraçado queria nos matar! Quero vê-lo mofando e virando mulherzinha dos presos! E com sorte, será morto no primeiro dia por lá — Alberto soltou, irado. Essas palavras saíram regadas com um pouco de lágrimas e carregadas com todo ódio possível. Até hoje, no tempo em que estavam juntos, Rubem nunca o vira assim.

— Faremos o possível e o impossível para capturá-lo — respondeu o delegado. — Não medirei esforços para que isso aconteça. Boa noite.

— Boa noite — Rubem disse, voltando e abraçando seu companheiro.

14

A aliança se forma

"... Declaro e me responsabilizo integralmente pelo início dessa operação que resolvi nomear

CODINOME NEO."

Anotação 1

Meu nome é Lara Gonçalves Figueiredo.

Registro esta primeira anotação aqui de Colíder, Mato Grosso.

A partir desta data, pelo menos uma vez por semana vou deixar registrado todo progresso que obtiver.

Hoje se inicia extraoficialmente a minha operação. Hoje, eu começo a dar os primeiros passos que me propus há alguns dias. Não tenho autorização do Ministério Público, mas tenho a autorização da minha consciência e do meu dever com a sociedade.

Hoje foi a festa de casamento de Alberto Ortonelli e Rubem Fonseca Carlini. Ou pelo menos deveria ser a festa. Estava de guarda próximo ao Clube, à espera de ver algo ou alguém suspeito que ameaçasse a segurança de quem estivesse lá dentro. Não vi. Não exatamente.

Por obra do acaso, encontrei um homem. O nome dele, prefiro ainda não dizer. Mas depois de uma rápida conversa, ele me contou o que o levou a estar ali. Ele me confidenciou estar em treinamentos para a admissão em uma célula Neonazista. Em uma célula, não. Na célula. Os integrantes desse grupo tinham planejado sabotar a festa de casamento. O plano era colocar uma bomba dentro do recinto. E conseguiram. Graças a esse homem que me passou a importantíssima informação, consegui acionar a unidade de polícia civil de Colíder. Os policiais chegaram a tempo e impediram que a explosão ocorresse. Por sorte, talvez.

O fato é que, hoje, inicio a operação. Qual operação?

O homem que foi de extrema importância para a bem-sucedida intervenção me ajudará. Ele ainda não entrou na organização neonazista, mas está a um passo de tal feito.

Irei me passar por sua namorada, frequentarei a casa onde eles moram, estarei a par de cada pensamento deles. Vendo de perto a forma como essas pessoas agem, coletando tudo o que servir de prova contra esses criminosos. Dessa forma, estaremos sempre com um ponto de vantagem sobre eles.

Deixo mais uma vez registrado que, sem a ajuda dele, desse que ainda prefiro não nomear, eu não teria conseguido um progresso tão precoce.

Segundo informações que o próprio me passou, ele não cometeu nenhum crime até o momento, não participou de nenhuma ação (exceto a do casamento, que ele somente ajudou na parte teórica, e não teve participação ativa em nada), e nem planejou nenhum ato de crueldade, ou algo que fere a legislação. Portanto, ele deve ser excluso de qualquer responsabilidade, até ser declarada uma segunda opinião minha sobre o assunto.

Sem mais para o momento, coloco por fim essa primeira anotação.

Declaro e me responsabilizo integralmente pelo início dessa operação que resolvi nomear CODINOME NEO.

LARA GONÇALVES FIGUEIREDO
DELEGADA / POLÍCIA CIVIL DE SINOP-MT
OPERAÇÃO INSTAURADA EXTRAOFICIALMENTE EM COLÍDER-MT

Lara imprimiu o texto assim que terminou de digitá-lo em seu computador, datou o documento e o assinou. Foi até o criado mudo e se sentou na beirada da cama. Abriu uma gaveta do móvel e retirou uma pequena pasta de plástico verde que tinha guardado ali algum tempo antes. Colocou o papel dentro, passou o elástico para mantê-la fechada e guardou-a novamente na gaveta.

Em seguida tomou um banho e se deitou. Não conseguiu dormir. Só conseguia pensar na conversa que teve com Ésio. Nas coisas que ele confidenciou, na maneira como eles o induziram a ir para lá. Para entrar.

Como que um homem, graduado em Direito, conhecedor das leis, se deixa tão facilmente influenciar por bandidos como esses? Será que, apesar dos estudos, não conseguiu adquirir o mínimo de bom senso? O que leva alguém a ser seduzido tão facilmente por uma ideologia como aquela?

Julgar Ésio precipitadamente pelas suas escolhas era errado, pois todo mundo, não só ele, tem suas fraquezas. Lara mais do que ninguém sabia disso. Não conhecia o passado dele, os fatos que teve de suportar, o que ele sentiu, as coisas que viu, ouviu. Não sabia a maneira como foi criado, que tipo de ambiente frequentava, quais pessoas tinha como amigos...

Realmente não dá para julgar alguém pelos seus atos, pelas suas escolhas, sem saber o que o levou a fazê-las. Porém, dá para se ter uma noção da personalidade e do caráter dúbio de quem opta por caminhos errados.

Mas o Ésio *me pareceu tão gente boa. Apesar do que estava passando, consegui perceber um certo brilho em seu olhar. Talvez um brilho de inocência. Não essa inocência de criança, mas uma inocência de querer agradar aos outros, de se sentir importante, de ser e fazer algo importante para alguém.*

Enquanto sua mente era tomada por pensamentos, a madrugada chegava sem avisar. Até que o sono a abraçou e Lara dormiu profundamente.

◆ ◆ ◆

Ésio não queria ter dito nada a ela. Não queria ter contado sobre a organização, sobre a célula. Pois, além de estar entregando os outros, ele também estava colocando sua cabeça em uma guilhotina, em que, de um lado, Alexia e Petrônio seguravam uma ponta da corda, e, do outro, Lara segurava a outra ponta. Um deles iria puxar. Inevitavelmente.

Mas ele sentiu uma confiança mútua nas palavras dela, na forma como ela o ouviu, como o entendeu. Sem nenhuma explicação aparente, após aquele abraço, ele contou. Despejou o motivo por estar em Colíder. Sentiu-se como se tivesse sido retirado de um soterramento emocional. Ele precisava daquilo, dividir o que estava passando, pois não suportaria sozinho por muito tempo. Embora tivesse se aberto, não o fez completamente. Não falou o que fez para que fosse a Colíder. Ocultou somente a parte do acidente com os amigos que resultara no assassinato que cometeu.

Depois de Lara ter escutado tudo, pareceu incrédula. Foi naquele momento que disse que ela era delegada de uma cidade próxima e que estava ali justamente procurando o assassino racista.

E ele fazia parte do bando do assassino.

Ésio quis fugir. Ele havia confessado tudo a uma delegada! Estava convicto de que seria preso ali mesmo por ser cúmplice dos bandidos. Lembrou-se do juramento que fez com os outros do grupo: *Não pode ter delatores na organização. Matar e morrer pela causa. Se alguém fosse preso, deveria se sentir honrado por estar defendendo a ideologia. Nunca entregar os outros. Heil, Hitler; Heil, Hitler.*

Ele fez tudo aquilo que foi jurado não fazer.

Heil, Hitler.

Ele quebrou o juramento.

Heil, Hitler.

Traiu a organização.

Heil, Hitler.

Para ela.

Para a delegada.

Mas, em vez de prendê-lo, a delegada mais uma vez o surpreendeu, parecendo entendê-lo.

Ela fez um acordo com ele: Se a ajudasse a coletar provas dos crimes deles, qualquer que fosse, ela faria de tudo para poupá-lo.

— É como se fosse uma delação premiada — ela disse.

— Mas eu não estarei delatando. Eu estarei te ajudando — ele respondeu, tentando assimilar.

— É a sua chance de reparar o que fez, Ésio *— Lara dizia. — Ainda há tempo de se arrepender.*

Ésio estaria sendo cúmplice. Mas não do lado errado, e sim do lado certo. Isso lhe soou bem aceitável. Ao menos poderia ficar mais tranquilo em relação à sua consciência. Coisa que ele não fez desde quando iniciaram o plano da explosão da festa.

Mas ele continuava a se sentir... Estranho. Porque a morte do travesti não o fazia se sentir mal. Não. Pelo contrário. Tinha plena convicção de que fez o que era certo. Não havia matado pelo fato de ser travesti, e sim pelos seus amigos. Talvez essa fosse uma boa justificativa para não se arrepender. Mas ele matou. Teve coragem de puxar aquele gatilho. Quem sabe a parte má dele estaria dormindo? A parte fria e calculista à espera de um momento de pressão para ser posta em prática? Quem sabe...

Mas Lara não pensou assim. Ela não viu essa parte. *Vai ver eu consigo escondê-la muito bem, até de mim mesmo.* Ela viu o lado bom e arrependido querendo reparar seus erros.

A delegada lhe fez uma proposta. Ela queria estar junto. Deles. Na casa, se possível. Convivendo dia a dia, entendendo suas rotinas. E seu principal aliado seria Ésio.

Ele achou uma completa loucura. Não demoraria muito para perceberem que ele próprio estava diferente. Inclusive, a tentativa frustrada de explosão da festa já levantaria muitas suspeitas. Ele começava a se arrepender de ter dito a ela sobre o plano. E sobre ela ter comunicado à polícia. Foi ele quem ficou no carro a todo instante sozinho. Seria o principal suspeito dos neonazistas.

E se eles me torturarem? Se me afogarem, derem choque em mim? Arrancariam meus dedos, minhas orelhas? E se arrancarem dente por dente, unha por unha até que eu confesse que fui eu? E se depois cortarem pedaço por pedaço do meu corpo, até eu morrer lentamente?

Definitivamente, ele tinha se arrependido de ter aberto o jogo com Lara.

Mas agora não dava para voltar atrás. Já estava feito. A única solução era se aliar a ela.

E que Deus me proteja. Ou melhor, que Ele use a delegada para me proteger. E me use para protegê-la também, se for o caso.

15

DESCONFIANÇAS

"... VAMOS MATAR ESSE TRAIDOR DA FORMA MAIS LENTA E DOLOROSA POSSÍVEL..."

Alexia e Petrônio chegaram em casa irritados. Se, por algum acaso, tivessem qualquer grau de parentesco com dragões, com toda certeza estariam bufando fogo pelas ventas.

Todos chegaram em silêncio. O clima estava pesado. Um ar de desconfiança pairava no ambiente. Murilo tentou puxar assunto sobre o que tinha acontecido assim que o grupo entrou na sala, porém foi imediatamente interrompido por Alexia, antes sequer de concluir a primeira frase.

— Não quero falar nada agora. Subam para os quartos — disse ela.

Os três a obedeceram sem contradizer.

Quando saíram, o casal se sentou no sofá. Ela com a cabeça baixa e, com as mãos, empurrando os cabelos para trás.

— Isso nunca aconteceu, Petrônio! NUNCA! A gente nunca falhou em uma missão antes. Temos que descobrir o que aconteceu. E RÁPIDO!

— Você acha que pode ter sido um deles que abriu o bico? — Petrônio falou baixo, tentando acalmá-la.

—Acho, não. Tenho certeza! Quem mais sabia sobre isso?

— É verdade. Além de você e eu, só os três sabiam.

Ela se levantou, andava de um lado para o outro, tensa.

— E quem você acha que foi? — ele perguntou.

— Pode ter sido qualquer um. Todos tiveram tempo suficiente para fazer. Mas... — Alexia passou as mãos pelo rosto, que estava vermelho de raiva. — Mas o Ésio é o mais provável. Foi ele quem ficou sozinho o tempo todo.

— Murilo e Rayana também. Se um descuidou do outro por algum instante, seria o suficiente.

— Rayana... Não gosto dessa aí. Temos que ficar de olhos bem abertos com ela. Quando descobrir o que fizeram com o namoradinho dela, pode querer dar uma de revoltada. Se é que já não descobriu e nos entregou para a polícia hoje.

— Não creio que ela faria isso, porque senão estaria se entregando também. Aliás, ela nos ajudou, inclusive, levando a bomba que detonamos a van da confeitaria mais cedo.

— Meu amor, você não sabe o que uma mulher magoada é capaz de fazer. — Alexia se sentou novamente no sofá. — Mas ela não sabe do que eu sou capaz de fazer. Se eu descobrir que ela é a traidora...

— E o Murilo? — Petrônio a interrompeu. — Acredito que ele é o que tem menos chances de ter nos traído. Há anos ele se prepara para entrar na nossa organização, não jogaria tudo para o alto assim, do nada. Creio que não seria idiota o bastante para fazer isso.

— Eu também não desconfio dele. De todos, ele é o que me passa mais confiança, é o que mais tem o nosso perfil.

Os dois se escoraram no encosto do sofá, olhando fixamente para o teto. O forro de gesso era impecavelmente branco e decorado com pequenas luminárias fixas e um lustre.

— Mas o Ésio... Ele ficou o tempo inteiro sozinho no carro, é formado em Direito. Quem sabe ele não quis dar uma de bom samaritano e bancar o herói nos denunciando? — Petrônio indagou.

— Ele realmente é um forte candidato a traidor — ela disse.

— A gente pode torturá-lo até ele confessar. Acho que no primeiro dente ou na primeira unha que for arrancada, o filho da puta abre o jogo.

Alexia pensou e pareceu aceitável a sugestão do companheiro. Porém, discordou.

— Não, tortura, não. Não agora. Vamos esperar por pelo menos uma prova. Quem quer que tenha sido, vai pisar em falso, vai deixar escapar alguma coisa. E quando isso acontecer, seremos os primeiros a pegá-lo e dilacerá-lo.

Ela ergueu as costas do encosto do sofá e o encarou.

— Não consigo me conformar com o que aconteceu. Ou melhor, com o que não aconteceu. E o nosso prejuízo? A gente gastou uma grana preta na produção daquele explosivo.

— Preta, não. Preta não, Alexia — Petrônio ironizou tentando quebrar o clima e fazê-la rir. — Bom, mas vamos nos deitar agora — ele sugeriu. — Repor as energias, porque, daqui por diante, temos de ser bem precavidos. Seremos os mais discretos possíveis com eles. Não vamos expor nossas desconfianças, Alexia. Dessa forma será bem mais fácil de investigá-los. Vamos agir à surdina.

— Vamos — ela confirmou. Puxou-o pela nuca e o beijou. — Vamos pegar esse desgraçado ou essa desgraçada e mostrar com quem resolver brincar. Ele ou ela vai se arrepender amargamente do dia em que nasceu. Vamos matar esse traidor da forma mais lenta e dolorosa possível!

Os dois se levantaram e foram para o quarto. Tomaram um banho juntos, mas não houve clima para a transa quente que pensaram que teriam naquela noite. Depois do ocorrido não existia motivos para comemorações.

Somente motivos para ira.

Motivos para descontar tudo naquele que os havia traído.

Alexia não se lembrava da última vez em que sentiu tanta raiva na vida. Só queria se vingar do maldito traidor. E ela não descansaria enquanto não o pegasse e o eliminasse de vez.

Ela, por momento, preferiu não comunicar a sub-célula da capital, ou a célula-mãe sobre o fiasco que tinha sido a ação. Não ainda. Tomaria as providências necessárias para só depois repassar as informações com os dados completos e, de preferência, mandar junto também a cabeça do traidor.

◆ ◆ ◆

Nos quartos, Ésio não comentou sobre a noite com Murilo. Deitaram em suas camas sem trocarem nenhuma palavra sequer. Não havia clima para comentários. O jovem advogado só conseguiu pegar no sono após as quatro da manhã. Pensou bastante em seus momentos com Lara e como seria sua vida dali em diante. Tudo era uma incógnita, mas de uma coisa tinha plena convicção: tudo iria mudar. Só não sabia se seria para pior ou para melhor.

Murilo caiu na cama e minutos depois já dormira. Diferente do seu colega, não tinha nada com que se preocupar: não temia por sua vida, se seria torturado, se veria uma aliada morrer lentamente na sua frente, à espera da sua vez.

Rayana também demorou para adormecer. Passou pela cabeça os momentos que ficou com Murilo na festa e, definitivamente, concluiu que ele não havia feito a denúncia. Não saíra de seu lado nenhum momento. O único que sobrava para suas suspeitas era Ésio.

16
PRIMEIRA TROCA DE INFORMAÇÕES

"ACHO QUE OS DOIS SÃO COMO FOGO E GASOLINA.
JUNTOS, SÃO CAPAZES DE EXPLOSÕES..."

O dia amanheceu pouco confortável naquela casa e o clima pesado da noite anterior ainda pairava no ar.

Alexia e Petrônio não desceram para o café da manhã.

Ésio, Murilo e Rayana tomaram os seus sem dizer uma palavra do que ocorrera na noite passada. Um suspeitava do outro. Um deles era o traidor.

Ésio foi até o jardim caminhar um pouco. Quando se afastou dos arredores da casa, sacou seu celular do bolso.

Procurou o nome. Lara. Pôs para chamar.

— Alô! — atendeu ela após algum tempo.

— Lara, é o Ésio. Eu tenho pouco tempo, será que podemos nos falar hoje?

— Claro — ela respondeu. — Onde?

Ele pensou por alguns breves segundos.

— Onde você está ficando?

— Em um hotel...

— Ótimo, me passa o endereço que vou aí.

— Não — ela disse subitamente. — Acho melhor não nos falarmos aqui. Alguém pode ver você entrando e despertar desconfianças, além do que...

— Onde, então? — ele a interrompeu.

Lara ficou em silêncio.

— Ao lado do hotel tem uma praça. Acho que podemos nos ver lá. É um local neutro, para todos os efeitos somos amigos batendo um papo. Que horas você consegue ir?

— Pode ser às 20h?

— Perfeito. Nos vemos lá então. O Hotel é o Bandeirantes, fica no fim da avenida principal, duas ruas para cima do clube de festas.

— Acho que sei onde fica. Chegando no clube eu peço algumas informações. Creio que não haverá erro.

— Qualquer coisa me liga, se não conseguir encontrar. Vou buscá-lo lá.

— OK. Até — ele se despediu.

— Até.

Ésio desligou o aparelho, guardou-o no bolso da bermuda novamente e voltou para seu quarto.

Ele ainda tinha dúvidas em relação ao que estava fazendo. Sabia que sua cabeça estava à prova. Mas tinha que fazê-lo. *Talvez ainda dê tempo de eu abrir meu escritório... De advogar. Quem sabe eu ainda consiga recuperar minha vida do ponto onde parei, ou melhor, do ponto onde tive que parar.*

O fato é que Lara tinha mexido com ele. De uma forma boa, que o fez acreditar em si de novo. Que o fez querer ser aquele rapaz cheio de sonhos que iniciou a faculdade há alguns anos.

◆ ◆ ◆

Enquanto Ésio falava ao celular e retornava para a casa, do segundo andar, Petrônio o observava. Não era possível ouvir a conversa que ele tivera, mas era uma bem particular. O bastante para deixá-lo visivelmente nervoso.

◆ ◆ ◆

Próximo às oito horas da noite, o advogado estava de banho tomado, camiseta polo, calça jeans e um sapatênis. Desceu as escadas e foi ao encontro do casal.

— Com licença — ele disse.

Os dois que estavam deitados no sofá, assistindo a um filme, olharam para ele.

— O que foi? — perguntou Alexia.

Ele hesitou por um momento.

Tomou coragem e disse, sem pestanejar:

— Queria saber se posso sair hoje.

— Sair para onde? — indagou Petrônio. — Você não conhece nada aqui!

Ésio assentiu.

— É que eu estava falando com uma garota em uma rede social. Ela é daqui. Marcamos de nos conhecermos.

Alexia se levantou e o encarou séria no primeiro momento, depois, por incrível que pareça, soltou um sorriso.

— Claro, Ésio! Você é homem, tem suas necessidades. Está livre para sair e se divertir.

— Mesmo? — ele perguntou surpreso, não acreditando na boa recepção do seu pedido. Pensava que seria negado.

— Mesmo! Não queremos que excluam a vida de vocês. Muito pelo contrário. Temos que ter uma vida acima de quaisquer suspeitas. Todos têm que nos ver como simples cidadãos, e não como os justiceiros que somos.

— Isso aí, garoto — Petrônio assumiu. — Vai lá. Só saiba que não pode demorar muito, pois temos regras aqui. E você não está de férias, e sim em treinamentos. Você não vai querer reprovar nos testes, não é mesmo? — O líder foi bem incisivo nesta última pergunta.

Ésio se arrepiou, mas não titubeou.

— Não. Não quero. E não vou me demorar também. Em algumas horas estou de volta.

Ele deu de costas e ia saindo. Virou-se assim que lembrou como faria para entrar quando voltasse.

— E como faço para voltar, eu ligo e vocês abrem os portões?

— Sim — Alexia respondeu. — Vamos providenciar uma cópia da chave da porta principal para cada um de vocês. Mas enquanto isso não é feito, nos avise quando chegar.

— Certo — ele disse.

— Você não quer chamar os outros dois para saírem também? Acho que Murilo e Rayana vão gostar de ir.

Ésio gelou com o comentário de Petrônio.

Eles não podem ir. Não comigo. Não para onde vou. Não com quem vou me encontrar.

— Acho que a garota não se sentiria bem se eu chegasse acompanhado de mais um casal. E nem eu, na verdade. Creio que eles gostariam de sair, mas não em um encontro meu. — Ele tentou soltar uma risada. E saiu bem forçada. Mas esperava que fosse convincente.

— Você tem razão. Acho que seria pouco conveniente — Alexia soltou.

Ésio deu de ombros e saiu.

Ele estava a pé. Mas isso em uma cidade pequena não era um problema grande que se deparasse. Teria de andar alguns minutos até seu destino. E assim o fez. Caminhou por cerca de meia hora até chegar à rua do clube. Perguntou a algumas senhoras que passavam por ali para que lado ficava o hotel Bandeirantes. Todos conheciam o tal hotel. Era um dos mais antigos da cidade. Menos de quinze minutos depois ele avistou a praça. E, depois dela, conseguiu ver o prédio do estabelecimento. Não era muito alto, tinha cinco andares, mais ou menos.

Ele virou à esquerda e pisou na calçada que circundava a praça. Tinha algumas pessoas sentadas em bancos, dois ou três correndo, e um vendedor de cachorro-quente no final do trajeto.

Pegou seu celular e conferiu o horário. 20h11. Atrasou-se um pouco. Ela já deveria estar esperando. Olhou para os lados, mas, de início, não a viu. Caminhou rumo ao centro da praça. Percorreu os trajetos de piso de cimento, mas nada. *Será que ela ainda não veio?* Sentou-se em um dos bancos.

Depois de algum tempo, acalmou-se.

— Tem certeza de que ninguém seguiu você?

Ele levantou a cabeça assustado.

Era ela. Estava de costas para ele. Aqueles cabelos curtos e aquela nuca a tornavam inconfundível.

— Tenho — respondeu, desviando o olhar.

Ela virou-se e se sentou no banco, sem encará-lo ainda. Ficaram alguns segundos em silêncio. Até que se olharam.

— Oi, Ésio. Certeza absoluta de que ninguém o seguiu?

— Absoluta — disse rápido. E, sem perder tempo, foi direto ao assunto. — E aí, como é que vai ser?

Ela pareceu relaxar e abriu um sorriso.

— Bom, acho que você tem que me pedir em namoro — ela também foi direta, sem rodeios.

Ele assentiu.

Ela estendeu a mão direita para ele.

— Eu aceito namorar com você, Ésio! — falou sorrindo e piscando os olhos, como se fosse um pedido de namoro de verdade de duas pessoas que se amam de verdade. Que vão namorar de verdade.

"De verdade". Todos esses "de verdades" confundiram Ésio. Mas verdade era tudo o que ele precisava no momento. Quanto mais, melhor. O advogado não se sentiu confortável ao pensar nisso mais tarde.

Ele ficou assustado no primeiro momento. Assustou-se com o fato de ela ser tão boa naquilo. Quis puxá-la pelos braços e beijá-la... E namorar... E casar... E ter filhos...

Depois da nostalgia, ele entrou na brincadeira. Segurou sua mão, beijou-a e disse, tão sério quanto ela:

— Você aceita namorar comigo, delegada Lara?

Ela desfez o sorriso.

— Em primeiro lugar, você não pode me chamar de delegada. Quer que eles cravem uma bala na nossa testa? Se vamos namorar, é melhor que esqueça esta palavra o quanto antes. Só Lara.

Ésio riu das palavras dela.

— Não sei se eu vou conseguir, Lara. Se eu solto uma dessa perto deles?

— É só você esquecer a palavra "delegada".

— Mas o simples fato de te ver já me faz lembrar.

— Então que te faça lembrar de não poder dizer isso.

A conversa até então estava com um ar de informalidade e descontração. Mas Lara quebrou esse clima.

— Ésio, não quero te envolver nisso. Se você quiser desistir, eu assumo daqui por diante. Você já fez muito me contando sobre esse bando.

— Você não está me envolvendo nisso. Me envolvi desde lá da capital, quando aceitei vir fazer os testes. Quando aceitei entrar para a organização. Agora me sinto na obrigação de fazer algo para tentar amenizar isto.

Vez ou outra ela olhava para os lados para ter certeza de que não estavam sendo observados.

— Bom, mas, mudando de assunto, me fala mais sobre você. Já que vamos namorar, temos que nos conhecer.

— Sobre o que exatamente quer saber?

— Tudo — ela disse categórica. — Se vou te namorar, quero conhecer tudo sobre meu namorado.

Ele sorriu novamente, depois começou:

— Eu sou recém-formado em Direito, natural de Cuiabá, solteiro, tenho 26 anos, signo de gêmeos, tenho uma irmã de 11 anos que mora com meus pais e sou vegetariano.

— Vegetariano? — Ela riu e fez cara de desdém. — Fala sério, Ésio, carne é vida! Vida!

— Que graça que tem se comer um animal morto? Você saber que morreu para encher sua barriga?

— É a lei da natureza, ué. E não é para ter graça, é para matar a fome. E também melhor comer um animal morto do que comê-lo vivo. — Deu uma cutucada no braço dele.

— Melhor não comer. E me fala de você, agora. Chegou a minha vez de conhecer minha namorada.

— Eu sou delegada, trabalho...

— Não, não, não. Vamos pular a parte do seu trabalho. Ok? Quero esquecer que você é delegada. Se é que é possível.

— Ok. — Ela prosseguiu: — Tenho 31 anos de idade, uma afilhada, signo de Touro, adoro comer carnes de todos os tipos e gosto de dançar.

— Dançar?

— É.

— Que tipo de dança?

— Todo.

Ele ergueu a mão, a apoiou no queixo e fez uma cara de muito interessado no assunto.

— Então, se por ventura um dia eu pedir para minha namorada fazer uma dança do ventre para mim, quando estivermos a sós no nosso ninho de amor, ela não poderá negar, certo?

Ésio tentou lançar um olhar para seduzi-la. Apesar da brincadeira, fez parecer um sedutor.

Que sedutor barato, Lara pensou.

— Ninho de amor? — ela gargalhou. — Nunca ouvi uma coisa tão brega antes, meu amigo! Agora está explicado o fato de você estar solteiro.

Ele a encarou.

— Mas o que me falta de cantadas boas, eu recompenso em beijos ardentes e uma boca gostosa para os seus lábios se encontrarem. — Ele se aproximou mais dela. — E se perderem.

Ela ficou muda por um tempo. Olhava os lábios dele se mexerem enquanto concluía a frase. Teve a impressão de que ele a tomaria nos braços e a beijaria com a intensidade dita ali mesmo.

— Acho que por hoje já chega de namoro, não é mesmo, Ésio? — ela falou o mais rápido que conseguiu, afastando o rosto, antes que agarrasse a cabeça dele e fizesse com que seus lábios se encontrassem e se perdessem naqueles bem ali na sua frente. Antes que o beijasse incontrolavelmente até que a escassez de saliva de ambos se formasse.

— Mas já, Lara? Estava gostando tanto.

— Já! — respondeu rápido, sem chances de rebote. — Nos encontramos aqui amanhã, no mesmo horário?

— Sim. Só acho que não vai dar para eu vir todos os dias, eles podem ficar desconfiados.

— Mas não será por muito tempo. No máximo até semana que vem, quero que me leve até lá.

Ésio se assustou com o que ouviu. *Como assim levar? Já? Ela deve estar brincando. Com certeza está.*

— Você ficou louca? Assim tão rápido? Nem sei se é permitido levar alguém até a casa!

— Pois terá que ser, Ésio. Não podemos perder tempo nenhum. Temos que conseguir pelo menos uma prova para uma denúncia sigilosa ao Ministério Público. O mais rápido que...

— Espera — ele a interrompeu. — Que tipo de prova você está falando? Uma foto, um vídeo ou até mesmo uma gravação serviria?

— Fotos seriam bem receptíveis. Talvez deles cometendo algum crime... Destratando alguém por preconcei...

— Ou podem ser das tatuagens? — ele indagou.

Lara iluminou o rosto com a sugestão dele. *Como* não *tinha pensado nisso?* Tatuagens. Neonazistas as têm.

— Claro, Ésio! Eu li que quem faz parte desses grupos radicais gosta de tatuar o corpo como se fosse prova de poder, de superioridade. Há tatuagens com emblemas nazistas, inscrições racistas... — Ela interrompeu a frase e o encarou. — Você tem alguma tatuagem dessas? — Torceu para que ele não tivesse, para que não tivesse sido marcado como um deles ainda.

— Não, eu não. Mas... Ele, o Petrônio, tem diversas delas. Consegui ver algumas nos braços. Ele só sai de casa com camisas de mangas compridas, mas lá dentro ele usa regatas, e fica até sem. E acredito que a Alexia também tenha. Não cheguei a ver nenhuma nela, mas sem dúvidas deve ter.

Os olhos de Lara se arregalaram e um sorriso formou-se.

— Esse é o nosso primeiro passo, Ésio, provar que eles têm envolvimento com o neonazismo e que propagam a apologia ao nazismo. Essas tatuagens serão provas incontestáveis.

— Acho que consigo tirar algumas fotos com meu celular.

— Ótimo. Mas tenha muito cuidado para eles não perceberem sua ação.

— Serei bem discreto. — Ele sorriu.

Lara fez uma pausa vendo aquele sorriso bonito. Depois, quis tirar mais algumas dúvidas.

— E em quantos vocês são? — ela perguntou.

— Sou eu, a Rayana, o Murilo, o Petrônio e a Alexia. Estamos em cinco pessoas naquela casa.

— Esses dois, Murilo e Rayana, vieram com você da capital para os treinamentos, certo?

— Sim. Nós três.

— E quem é o líder do grupo? Esse tal de Petrônio?

— Não. A alexia é quem lidera.

Ela meneou a cabeça, falando:

— Que estranho, nas minhas pesquisas constatei que não é muito comum terem mulheres como líderes. Eles têm um certo tipo de preconceito em relação a isso também. Segundo eles, quem tem capacidade para liderar são os homens, a função da mulher nesses grupos é mais de servir e dar apoio.

Ésio concordou, recordando a conversa que teve com Petrônio na van, antes do casamento.

— Também tive o mesmo pensamento quando Petrônio me disse. Mas ele falou que Alexia era um caso à parte, que não via ninguém melhor que ela para exercer esta função. A relação dos dois é bem esquisita, para falar a verdade.

— Esquisita como? — Lara quis saber.

— Não sei. Quando perguntei isso para ele, não tive uma resposta clara. Ele deixou meio vago o assunto, dando a entender que não era da minha conta. Aí eu deixei para lá, não questionei mais.

— E como que ela é? Essa Alexia?

Ésio pensou na pergunta antes de responder. Em seguida, disse:

— No pouco tempo que estou lá, ela me pareceu ser bem... Bem... Fria. Ela gosta de fazer as coisas bem pensadas, bem planejadas e bem distribuídas. Organização. Acho que essa palavra a define. Na ação do casamento, por exemplo, cada um ficou responsável por uma parte que foi designada por ela.

Lara o olhava fixamente enquanto ele falava. *Como ele é bonito*, pensava. Seus lábios realmente a convidavam a se perder. Essa era a segunda vez que estava com Ésio, e a segunda vez desde que ela viera para Colíder que Conrado nem passava pelos seus pensamentos. Ésio supria todas as suas necessidades de uma boa conversa, parecia que ele entendia o que ela dizia e dizia aquilo que ela entendia. Com Conrado, se tivesse sido pelo menos cinco minutos, já haveriam discutido umas três vezes.

— Bom — Lara completou assim que ele terminou, emergindo de seus pensamentos. — Pelo que você está me dizendo, essa Alexia é fria, inteligente e calculista. Todas as qualidades de uma pessoa muito perigosa. Entre ela e o Petrônio, temos que ficar atentos mais a ela. Ela é a cabeça, é a mente que trama e que sustenta essa organização por aqui.

— Acho que os dois são como fogo e gasolina. Juntos, são capazes de explosões, porém, separados, os malefícios são amenizados.

Lara analisou bem aquelas palavras. Vários pensamentos tomaram conta da sua cabeça. Soltou um riso fraco, que o deixou intrigado.

— O que foi, Lara? Por que você ficou assim?

— Assim como?

— Assim, diferente. Por que esse sorrisinho aí?

Ela fechou o sorriso nesse instante, ríspida.

— Nada. Só passou uma coisa pela minha cabeça. Coisa boba.

— Que coisa é essa?

— Esquece. Outra hora lhe falo. Talvez amanhã.

Ele não insistiu. Se ela não quis dizer, melhor não forçar a barra e quebrar todo o clima que tinham mantido naquela noite.

— Acho que por hoje já chega. É melhor você ir embora para não levantar nenhuma suspeita neles.

Ésio queria ficar ali por pelo menos mais duas horas. Ou três. Ou quatro. Ou o resto da noite. Conversar com a delegada lhe fazia bem. Isso ele concluiu na noite passada. E nessa também. E na de amanhã, certamente.

Queria ficar ali com ela, só a olhando, se fosse o caso, e, com sorte, ganharia um abraço.

— Também acho — ele disse, de repente, quebrando os pensamentos que o tinham tomado.

Os dois se levantaram.

— Então, até amanhã — ela foi a primeira a se manifestar.

— Até amanhã, Lara.

Aquele clima de não saber o que se fazer se instalou.

Eu aperto sua mão? A abraço? A beijo? Ou simplesmente dou tchau para ela?, ele se perguntava.

Um abraço, Lara. Só um abraço. Ele está te ajudando muito, e um abraço não é nada de mais. Pensamentos sugeriam a ela.

Primeiro, trocaram um aperto de mãos. Depois deram um abraço. Rápido e tímido. Mas o suficiente para o que a ocasião pedia.

◆ ◆ ◆

— Olha lá, parece que ele falou a verdade. Ele veio mesmo encontrar a tal mulher.

— Parece que sim. Mas temos que ficar de olhos bem abertos com esse aí. Todo cuidado é pouco — respondeu Alexia para Petrônio.

Os dois haviam seguido Ésio quando saíra de casa. O casal estava mais atrás, sentado em uma lanchonete no final do outro lado da rua. De onde estavam, tinham uma visão privilegiada do jovem advogado, que por sua vez não podia enxergá-los do ponto que se encontrava.

— Quem será aquela? — perguntou Petrônio, tomando um gole da Cerveja que tinha pedido.

— Não sei. Ainda não sei. Mas quero todas as informações dela. Talvez nem seja alguém com quem tenhamos que nos preocupar, mas, por via das dúvidas, é melhor garantir que é uma pessoa irrelevante para nós — Alexia falou, olhando discretamente para os dois sentados no banco na praça.

Notando que os dois já estavam se despedindo, se apressaram para ir embora rápido.

— Vamos, então?

— Vamos — confirmou ela.

Pagaram a conta das bebidas que pediram e voltaram para casa.

Pelo menos Ésio não *mentiu,* pensaram. *Não desta vez.*

17

Treinamentos/Teste

(Segunda Parte)

As regras

"— E qual será o prêmio para quem vencer?

— O vencedor sairá com vida. Isso é um bom prêmio, não acha?"

— Hoje vocês serão submetidos a um teste prático muito importante. Mais que importante, eu diria que esse teste é eliminatório — Alexia falou.

Todos estavam de pé no gramado da casa. Era bem cedo, o sol ainda nem raiara. Alexia e Petrônio os acordaram sem nenhum aviso prévio. E ali estavam os três, prontos para mais uma sessão de treinamento.

Ésio pensou em avisar Lara, enviar um torpedo ou algo do tipo. A conversa que os dois tiveram na outra noite quebrou o gelo e ele sentia que ambos começaram a construir uma relação. *Claro que era uma relação,* Ésio pensou, *afinal nós seremos namorados. Previamente planejado, mas seríamos namorados.* Mas não houve tempo sequer de pegar o celular. Tudo aconteceu muito rápido. No mesmo instante em que era acordado, tinha que rapidamente se aprontar nas roupas camufladas emprestadas.

— Na verdade — Petrônio disse —, hoje vocês participarão do nosso jogo. Eu particularmente ansiei por esse momento há dias.

— Que tipo de jogo? — quis saber Rayana, ainda tentando disfarçar a voz rouca de sono e cruzando os braços para conter o frio.

— O jogo em que vocês serão eliminados — Petrônio sorriu. — Literalmente eliminados.

Os três encararam o casal, perplexos. *Como assim, eliminados? Vão nos matar? Não pode ser. Deve ser algum tipo brincadeira.*

— Eliminados? — indagou Murilo. — Desculpa, mas não entendi.

— Não é exatamente isso. Nós temos uma espécie de jogo. Que no caso se encaixará perfeitamente como treinamento aos novatos. Estão vendo a mata que se forma logo adiante? — Alexia apontou à esquerda de onde estavam. Todos acompanharam com os olhos. — Ela começa logo nas margens do rio e se estende quilômetros adentro. Vocês três, devidamente armados, irão fazer uma trilha por ela.

— Só isso? Só uma trilha? — perguntou Ésio, com desdém.

— Só. Mas a gente vai dar um pouco mais de emoção a essa caminhada. Eu e Petrônio vamos matá-los. Digo, nós vamos caçá-los.

Os novatos deram uma risadinha do que ela falou. Seremos animais. Seremos caçados.

Em seguida Rayana falou:

— E eu sou obrigada a fazer isso? Você quer bancar a "Jogos vorazes" e eu sou obrigada a bancar a "Jogadora fiel" para o divertimento de vocês? — E fez uma cara de que estaria próxima a entrar para uma sessão de horas de tédio.

Ésio e Murilo olharam para ela, não acreditando que estava desafiando o casal de preparadores.

Alexia fez cara de poucos amigos. Seu olhar faiscou como labaredas de uma fogueira. E aquela novata estava jogando gasolina nessa fogueira.

Como essa piranha ousa contradizer algo que digo?

Ela deu alguns passos e ficou frente a frente com Rayana. Olhou bem dentro de seus olhos durante alguns segundos, até enfim começar a falar:

— Não. Você não é obrigada. — Dito isso, ela levou uma das mãos à cintura, sacou uma pistola automática e colou o cano da arma na testa da moça. Engatilhou e apoiou o dedo indicador no gatilho. — Claro que não é obrigada. Mas se você não quiser ir, podemos acabar com isso agora mesmo. Você automaticamente se declara como perdedora, e perdedores nós não estamos nem um pouco interessados em manter por perto.

Rayana sentiu o sangue do seu rosto se esvair. Podia ver a bala saindo e penetrando sua cabeça. Em milésimos de centésimos. Em poucos segundos poderia estar sem vida, fria e caída no gramado ali. Só não estaria mais fria do que o olhar de Alexia naquele momento. Como que pode os olhos faiscantes estarem tão frios ao mesmo tempo?

Rayana não teve dúvidas de que ela estava falando sério, prestes a puxar o gatilho e dá-la como perdedora. Mas ela sentiu uma brecha. A bala não tinha sido disparada. Ainda. A preparadora estava esperando secamente por uma resposta. Agora. E já que tinha que fazer a "Jogos Vorazes", como ela mesma disse, então que isso fosse feito.

— Eu vou — disse Rayana.

— Muito bem. Ótimo. Não queria gastar minhas balas com alguém que não fosse realmente necessário. Prefiro guardá-las para a trilha. — E soltou um leve sorriso.

Depois disso, Alexia retornou para o lado do namorado, com a arma ainda em punho.

— Isso não é uma brincadeira — assumiu Petrônio, tentando apaziguar o clima que havia se instalado. — Nós vamos atirar. E vamos atirar pra valer. O mais fraco e despreparado não vai sobreviver. — Ele encarou-os, sério. — Então, deem tudo de si nesta prova. Ah, e antes que nos esqueçamos, além de nós, vocês encontrarão algumas armadilhas pelo caminho. Toda a atenção que tiverem será pouca. Vejam muito bem onde pisam, onde por ventura venham a se apoiar, esbarrar, se sentar ou onde param para tomar água. Pode e haverá surpresas em qualquer lugar.

— Vocês serão divididos em três grupos. Cada um irá liderar outras três pessoas. O que dá o total de doze jogadores. Aquele que chegar ao final com o maior número de integrantes será o vencedor. — Alexia apoiou as mãos na cintura.

— E qual será o prêmio para quem vencer? — Murilo perguntou curioso, se interessando mais com o que fosse ganhar com o jogo em si, de fato.

Petrônio caminhou até ele. Deu duas batidinhas em seu ombro e falou:

— O vencedor sairá com vida. Isso é um bom prêmio, não acha?

Ele não respondeu. Assentiu.

Nesse instante, vindo da lateral da casa, várias pessoas marcharam em direção ao grupo. Homens e mulheres, aleatoriamente, se alinharam em uma fila reta. Todos estavam usando também as mesmas roupas camufladas.

— Esses são alguns novatos de Cuiabá, Sinop e Rondonópolis. Todos estão nas mesmas fases de treinamentos que vocês — começou Alexia. — Todos querem uma vaga, querem entrar para nossa organização. Porém, querer não é o suficiente. Nós recrutamos os melhores, destacamos suas habilidades e os deixamos aptos. Ésio, Murilo e Rayana, não queremos nos meter e deixarmos vocês pensarem que foram de alguma maneira prejudicados por algo que possa vir a acontecer lá, na mata. Então, cada um, por vez, escolherá um integrante para o seu grupo. Levem em consideração o que acharem melhor, seja os que aparentam ser fisicamente mais preparados ou não, os que transparecem certo nível de raciocínio ou de agilidade. Enfim, escolham da maneira que melhor acharem. E não se esqueçam de que são suas vidas que estarão em jogo, além das deles também, é claro.

18
Escolhas

"— PREPARADOS?! — gritou Alexia. — O teste começa em cinco, quatro, três, dois, UM!"

— Então, por quem começaremos a seleção? — perguntou Alexia aos três, que encaravam os outros camuflados.

Eles pensaram e se entreolharam.

— Por mim pode começar por você, Rayana — prontificou-se Ésio. — Damas na frente. — E sorriu.

— Murilo, de acordo? Podemos começar por ela? — indagou Petrônio.

— Sem problemas — ele respondeu.

Rayana assentiu e deu passos curtos até ficar bem próximo da primeira pessoa da fila. Era uma mulher. Magra, cabelos castanhos e olhos esverdeados. Havia uma pequena etiqueta de papel sob um plástico preso sobre a roupa, próximo ao peito com um nome escrito. Certamente era o dela, concluiu Rayana. Viviane. Era o que dizia a etiqueta.

Seguindo a fila, o próximo era um homem. Pele clara, cabelos negros curtos e uma farta barba lhe cobria o rosto. Renato. A seguinte era outra mulher, cabelos castanhos, levemente acima do peso, Lívia. E assim Rayana seguiu por todas as onze pessoas da fileira, analisando cada detalhe. Desde os músculos definidos de alguns até a aparência franzina de outros. André, Isa, Nicolas, Ricardo, Rogério, Carolaine, Wemerson e Mayara.

Então Rayana fez sua primeira escolha. Levou em consideração a força. O jovem era bem forte fisicamente, certamente alguns anos de academia o esculpiram daquela forma.

— Eu quero o Wemerson — disse.

— Wemerson, junte-se a ela — ordenou Petrônio. — Ésio, você é o próximo. A cada nome falado, a respectiva pessoa se junte ao seu líder.

Ésio repetiu toda a dinâmica da colega. Analisou todos os perfis. E também optou pela força física.

— Rogério — falou ele.

Chegou a vez do repórter.

Murilo foi bem criterioso em sua análise. *Uma pessoa que pensa pode ser bem mais eficaz do que uma pessoa que dá socos*, pensou.

— Isa — disse por fim.

E um nome por vez foi pronunciado, revezando entre os três até que o grupo de cada um fosse definido, restando somente dois participantes sem serem escolhidos.

E os grupos completos, levando em consideração os benefícios e os malefícios optados particularmente por cada um, ficaram da seguinte maneira:

RAYANA:
Wemerson, Nicolas
E André.

◆ ◆ ◆

ÉSIO:
Rogério, Ricardo
E Carolaine.

◆ ◆ ◆

MURILO:
Viviane, Renato
E Isa.

— Agora que todos escolheram seus membros, as duas que sobraram, Mayara e Lívia, integrarão o nosso time. Vocês duas terão uma vantagem de estarem conosco, mas isso foi opção deles, que as deixaram de fora — Alexia disse, levando as mãos aos cabelos e os prendendo num rabo de cavalo alto.

— O teste ocorrerá da seguinte maneira — começou Petrônio. — Vocês devem atravessar o rio e dispersar um grupo do outro em meio à mata. Vocês terão trinta minutos para isso, nem um segundo a mais, nem menos, até que nós, o grupo A, vamos nomear assim, começaremos a caçada.

Enquanto falava, ele se dirigiu alguns metros atrás até uma bancada. Lá havia quatro caixas pretas de madeira grandes. Ele abriu uma por vez e as deixou abertas. Virou-se para os grupos e prosseguiu:

— Vocês ganharão uma arma branca (um punhal), uma arma de fogo e dois embornais com munição, cada integrante. Recomendo que não desperdicem suas balas à toa, pois não haverá reposição. — Ele foi retirando algumas armas e entregando uma por uma, membro por membro. Alguns minutos depois, todos já estavam carregados com o "kit". — Vocês jogarão um contra o outro e contra nós, inclusive. Os únicos respeitados e poupados devem ser os respectivos membros das equipes. Ou seja: um grupo contra o outro. Quem morrer lá, ficará lá. O treinamento se encerra às cinco horas da próxima manhã. Agora são quase cinco, o que deve dar um total de vinte e quatro horas para a prova. Não vai haver comida, a não ser o que encontrarem em meio à mata, portanto, se virem por lá. Água vocês podem beber do rio. Abrigo durante a noite é por conta de cada líder, mas recomendo que não durmam. O grupo A eu garanto que não vai dormir. Estaremos à espreita.

— A mais ou menos doze quilômetros mata adentro — Alexia assumiu —, sob uma enorme mangueira, no início de onde o morro fica íngreme, colocamos uma bandeira vermelha. O objetivo, além de se manterem vivos durante o trajeto, é pegá-la e voltar. Não tem erro quanto à localização da mangueira, a mata circunda o morro, então de qualquer ponto que decidirem ir, o destino será lá.

Todos prestavam bastante atenção enquanto os dois davam as instruções.

— Alguém tem alguma dúvida? — perguntou Petrônio.

— Eu tenho — disse Rayana. — Depois das cinco horas de amanhã, podemos retornar para cá?

— Sim. Quando o sol começar a raiar a prova se encerrará. Os que restarem devem se dirigir até aqui — confirmou ele. — Ah, uma outra coisa: Em hipótese alguma devem regressar antes do nascer do sol de amanhã. Por mais que consigam pegar a bandeira antes, ela deve ser guardada com vocês até o término das vinte e quatro horas. Caso essa regra seja desrespeitada, os competidores que o fizerem serão automaticamente eliminados, sendo assim perdedores da prova.

— Então, se um grupo se apossar da bandeira, a outra equipe pode tomá-la durante esse tempo, antes do raiar do sol? — indagou Murilo.

— Exatamente — respondeu Petrônio. — Não adianta nada saírem e irem correndo pegar o objeto e voltar. Queremos que montem estratégias, queremos ver como se saem tanto na defesa quanto no ataque. E, claro, as fichas desse jogo são as vidas de vocês. Portanto, deem tudo de si. — Um silêncio tomou conta de todos. — Mais alguém tem alguma dúvida? — perguntou.

Ninguém se manifestou.

Depois de estarem devidamente prontos, grupos distribuídos e com seus membros unidos, a hora chegara.

— PREPARADOS?! — gritou Alexia. — O teste começa em cinco, quatro, três, dois, UM! JÁ! VÃO!

19
O jogo

"...Para não morrermos, temos que matar.
Isso ficou bem claro."

Após o comando de Alexia, os novatos partiram a toda velocidade em direção ao rio. Aquele bando das mais diferentes e particulares pessoas, por enquanto não eram rivais. A intenção inicial era atravessar e se dissipar em meio às árvores e vegetação. O grupo A viria a todo vapor para eliminá-los. Depois que isso acontecesse, era cada um por si. Os grupos Murilo, Ésio e Rayana tinham não somente que se preocupar em fugir do grupo A, como também eliminar uns aos outros. Esse era o jogo. Essas eram as regras. Era matar ou morrer. Era vencer ou *perder.*

Embora fosse um dos objetivos, Murilo não se via atirando em Rayana. Mas via-se chegando vitorioso com todos os integrantes da sua equipe, segurando a bandeira e recebendo os cumprimentos de Alexia e Petrônio por ter sido o melhor. O líder que se sobressaiu e provou ser o mais apto. *Parabéns, Murilo, você está oficialmente na nossa organização.* Para que dividir as honrarias com os outros dois se elas poderiam ser somente dele? *Eu sou o melhor. Por isso vou dar o melhor de mim. A Rayana que me desculpe, mas só os fortes podem vencer e, se for preciso eliminá-la, farei em nome de um bem maior.*

A equipe vencedora levaria a bandeira de volta, além do status de o líder ter sido o mais astuto, melhor estrategista e mais bem preparado. E possuir essas qualidades era a intenção dos três. Vencer essa prova poderia significar estar dentro. Finalmente poderia ser o último teste preparatório para a admissão oficial na organização. Mas os novatos tinham dúvidas quanto a isso. Com certeza haveria mais. À medida que o tempo de preparação ia passando, ambos se deram conta de que estava ficando mais difícil. Primeiro o percurso com os obstáculos, depois o projeto da bomba na festa de casamento e agora isso. Uma coisa fazia os três terem certeza de que muita coisa estava por vir: A festa. Eles haviam falhado. A informação tinha vazado. E Alexia e Petrônio reagiram bem demais ao que aconteceu. Isso era estranhamente perturbador. Um dos três tinha aberto o bico, dado com a língua nos dentes e eles não fizeram nada? Justo eles, que eram tão rígidos? Que não faziam nada sem pensar e planejar meticulosamente antes? Algo estava por vir. Disso eles tinham certeza. Só não conseguiam imaginar o que, onde ou quando poderia ser.

Acabar com todos, quem falou ou não alguma coisa, em uma extensa floresta de vegetação bastante densa, poderia ser um ótimo plano, não é mesmo? Sem vestígios. Sem marcas. Sem provas. Os corpos poderiam ficar se decompondo lá, longe da cidade, ou poderiam servir de alimento para algum animal sortudo que teria um banquete completo por vários dias. Quem sabe a melhor forma que encontraram de punir o traidor não era justamente essa?

◆ ◆ ◆

O grupo de Murilo era o que estava mais próximo do rio. Logo atrás Ésio conduzia o seu, seguido por Rayana. Dificilmente dava para separar cada um de si ali, todos estavam misturados, correndo a toda velocidade. Somente os três líderes estavam mais à frente.

Quando chegaram à margem, pararam. Olharam para trás e conseguiram enxergar Alexia e Petrônio ao longe.

Ésio se aproximou de Rayana, seguido de Murilo.

— Então — disse Ésio. — Qual vai ser a estratégia?

Ofegante, Rayana levou as mãos à cabeça e passou nos cabelos, ajeitando-os em um rabo de cavalo, em seguida falou:

— Nós podemos nos unir. Todos nós seremos bem mais fortes juntos do que separados e lutando um contra o outro.

Murilo pensou. Não gostou da ideia.

— Eu acho que isso não vai dar certo. Essas não são as regras, e discordar deles pode ser bem pior. Temos que...

Antes de ele concluir a frase, Ésio completou com certa irritação:

— Então temos o quê? Nós temos que nos matar? É isso, Murilo? — E o encarou, sério.

Murilo se aproximou, ficando cara a cara com ele.

— Exatamente! Se eu tenho que escolher entre mim e você, não tenha dúvidas da minha opção.

— Será que você ainda não aprendeu que a união é quem faz a força?! Ficar agindo feito um idiota mesquinho que olha sempre para o próprio umbigo não vai te levar a lugar nenhum!

— Quem você é para me dizer aonde eu vou ou não chegar, Ésio? Olhe para si próprio e se enxerga antes de achar que pode me dar alguma lição de moral! — Nervoso, Murilo bateu a palma da mão no peito do advogado. — Um fracote feito você não passa de um monte de merda!

— Você se acha muito esperto, não é, Murilo? Conta com a vitória antes da hora sem se dar conta de que você é um pobre coitado que só sabe ser manipulado! Eu estou propondo uma união em nome do bem de todos...

— Se você ainda não percebeu, isso daqui não é uma brincadeira! — disse levantando a voz. — Isso não é uma brincadeirinha de polícia e ladrão em que o filhinho mimado se diverte com pistolas de plástico junto dos amiguinhos nos belos e floridos jardins de casa! — Levou a mão à cintura e pegou sua arma, colocou-a bem próximo ao rosto de Ésio. — Isso se chama realidade, Ésio. Realidade! E já passou da hora de você se dar conta disso, seu moleque!

A proximidade dos dois gerou tensão no resto do bando. Pareciam dois lutadores de MMA momentos antes do início da luta.

Ésio segurou na mão de Murilo e a abaixou com força, ficando mais próximo do rosto do repórter.

— Não brinque comigo, Murilo, porque você não sabe do que eu sou capaz, seu babaca!

Num rápido golpe, Murilo se livrou da mão de Ésio, que segurava a sua, girou o corpo do advogado e lhe aplicou uma gravata com o braço direito, colocando a arma rente à sua orelha.

— Do que você é capaz, hein? Estou curioso. Do que um *merdinha* como você é capaz?

Ésio tentou se desvencilhar, mas não conseguiu se livrar dos braços fortes e ágeis do colega.

Os outros integrantes dos grupos olhavam atônitos. Murilo estava prestes a atirar em Ésio e começar o jogo imediatamente.

Até que Rayana interveio.

— Rapazes, rapazes! Se acalmem! O momento exige que nos unamos contra o grupo A, e não nos rarearmos! Nós somos doze e eles são quatro! Temos tudo para sairmos intactos daqui, se todos colaborarem, é claro.

Murilo pensou nas palavras dela. Ésio já estava ficando com o rosto vermelho pelo impedimento da passagem de ar. De repente, Murilo o soltou. Ele saiu quase cambaleando, buscando oxigênio e deixando-o invadir seus pulmões.

Ficou de cócoras, respirando profundamente enquanto Murilo começou a falar, em tom alto:

— Eu e meu grupo vamos fazer o que nos foi ordenado. — Aproximou-se de Rayana. — A partir de agora, é cada um por si. E acho que você deveria fazer o mesmo para não sofrer as consequências.

Ela emudeceu. Percebeu que o colega estava completamente imaleável. Insistir no assunto só poderia fazer as coisas piorarem. E se deu conta também de que ele carregava um pouco de verdade nas palavras.

— Tudo bem — disse ela por fim. — Como você quiser! Mas já que é assim, quero que saiba que se tem que sair um vencedor de lá, esse alguém será eu. — Rayana deu um sorrisinho e estendeu a mão. — Eu dou tudo para não entrar em uma competição, mas, quando entro, só saio depois que ganhar.

Murilo apertou sua mão, retribuindo o sorriso.

Era isso que ele queria. Oponentes à altura. Se era para brincar, que fosse para valer. E como Rayana ficava incrivelmente sexy aos seus olhos, quando assumia aquela mulher forte, competitiva e com sede de vitória. Com certeza uma procriadora nata. Perfeita para ele.

— Então é isso — disse Murilo, voltando-se para os três integrantes do seu grupo. — Vamos jogar. Vamos caçá-los. Vamos mostrar que somos os melhores!

— Só uma coisinha antes, Murilo — Ésio havia se levantado e ido em direção do repórter. Apoiou a mão em seu ombro e, quando ele estava virando para ver o que o advogado queria, Ésio deu um soco com toda a sua força na mandíbula de Murilo. Ele caiu com o golpe. Ésio foi para cima dele e começou a socá-lo seguidamente. Como foi pego de surpresa, Murilo não teve tempo de nenhuma reação.

— Alguém separa os dois! — gritou Rayana. — Rápido, antes que ele o mate!

Mas ninguém a atendeu. Pelo contrário, os outros pareciam estar gostando de tudo aquilo. *Estão somente se aquecendo. Aquecimento é sempre bom para o que está por vir.*

Finalmente, após alguns segundos, alguns integrantes dos grupos tiraram Ésio de cima de Murilo. Seguraram-no para não retomar a sequência de golpes. O repórter estava caído, com o rosto cheio de sangue.

— Vamos jogar, Murilo! Não é isso que você quer? — disse Ésio, soltando-se das mãos que o seguravam e recompondo-se. — Boa sorte, seu *merdinha*!

Alexia e Petrônio observavam de longe os acontecimentos, satisfeitos pelo fato de o jogo já ter começado bem antes do que imaginavam. Era isso que eles queriam. Não era para haver amizade nem união entre os três. União era muito perigosa quando acontecia em desfavor de alguém. E, geralmente, sempre era contra alguém. E não sendo em desfavor deles nem da causa, estaria tudo ótimo.

Murilo ainda quis se levantar e reagir, rebater os golpes que recebeu, mas após a interferência de Rayana, se controlou. Limpou um pouco do sangue com as mangas da roupa. Lançou um olhar de ódio para Ésio. Um olhar que dizia "o que é seu está guardado". Mas não disse nada. Nem foi preciso.

O espírito de rivalidade havia se instalado. O espírito do jogo, da competição. Oponentes se odiando. Prontos para detonar um ao outro. Um tiro. Passear com a lâmina do punhal na garganta. Um rápido golpe à sorrateira que resultaria num pescoço quebrado. Enfim, o jogo estava só para começar.

◆ ◆ ◆

— Renato, Viviane e Isa — gritou Murilo. — Me sigam. Temos uma atividade para vencermos! — Os três o acompanharam até a margem do rio.

Ésio caminhou até Rayana.

— E aí, podemos fazer nossa parceria? — perguntou ele.

Rayana deu uma rápida olhada nos integrantes do seu grupo. Nenhum estava com cara de aprovação à proposta do outro líder.

— Desculpa — disse ela por fim. — Não dá para contrariar as regras deles. Ou a gente faz isso da forma como nos foi ordenado, ou eles nos eliminam. Creio que não temos muitas escolhas. Mas...

— Ok. Entendi. Você quer que sejamos mesmo oponentes.

— Ésio, eu não me dispus a vir para cá para fazer amigos. Essa jamais foi minha intenção. Eu vim para ser treinada e entrar nessa organização.

— Eu... Eu também — Ésio disse meio que gaguejando. Esforçando-se para esquecer, ou pelo menos não deixar transparecer, a aliança que tinha feito com Lara. — Mas acho que há outras maneiras de entrarmos sem termos que nos digladiar.

Rayana pareceu hesitar com a colocação dele. Mas não se deu por convencida.

— Se nós não fizermos isso, eles fazem conosco. Então... — Ela encheu o peito de ar e endireitou a postura. — ... eu prefiro ser aquela que faz.

Dito isso, se voltou para seu grupo. Todos os três rapazes pareceram gostar das palavras de sua líder.

—Wemerson, Nicolas e André — disse ela. — Vamos lá. — E saíram caminhando, seguindo a margem do rio coberta por árvores, um pouco mais à frente de onde Murilo havia adentrado com seu grupo.

Ésio acenou para seus companheiros e tomaram a direção oposta aos dois outros líderes. O advogado andou com seu grupo em silêncio por uns duzentos metros, até que cortou passagem pela vegetação e desceu rumo ao rio.

◆ ◆ ◆

— Ricardo, Carolaine e Rogério, nós não vamos atirar em ninguém! — Ésio falou em tom imponente, parando alguns metros antes de chegar à margem do rio.

— Como assim?! — indagou Rogério. — Para não morrermos nós temos que matar. Isso ficou bem claro.

— Exatamente. Não estamos aqui para brincadeiras. Aqui é tudo ou nada. E eu vou *entrar* hoje, nem que eu seja a única que tenha que sair viva desse teste — completou Carolaine.

— Eu sei que vocês querem muito passar...

— Como assim "vocês querem"? Você também está sendo submetido às provas. Você também tem que seguir as regras — Ricardo interrompeu o advogado.

— Todos nós queremos entrar. Mas existem outras formas de demonstrar capacidade para isso.

— Como o quê, por exemplo? — perguntou Carolaine.

Ésio pensou. Depois, soltou:

— Podemos adotar uma estratégia de defensiva. Não precisamos sair matando todos os outros. A gente pode se defender dos ataques. Uma mente forte é uma mente que pensa.

— Uma mente forte é uma mente viva! — disse Rogério. — Nós não vamos esperar que eles venham nos matar. Não mesmo. — Depois disso, ele encarou os outros dois integrantes do grupo. Carolaine e Ricardo se juntaram ao seu lado, como se houvesse uma divisão ali. Como se fossem os três contra um.

— Eu acho que vocês se esqueceram de uma coisa. Quem é o líder aqui mesmo? — perguntou Ésio, por mais retórica que fosse a pergunta, ele esperava por uma resposta. E Ricardo a jogou em sua cara de supetão:

— Se você não está sabendo liderar, aposto que qualquer um de nós pode exercer esta função bem melhor.

Ésio assentiu, dando-se por vencido. Depois, retrucou:

— Tudo bem, tudo bem, façamos da forma como vocês querem. Eu não vou matar ninguém. Como líder, deixo cada um de vocês escolherem a forma como vão jogar. — Levou as mãos à cabeça, ajeitou o boné e encarou o trio. — Bom, agora podemos abaixar a guarda. É melhor nos entendermos, ou pelo menos tentar, para o nosso próprio bem. — Ele esticou o braço, deixando a palma da mão virada para baixo. Os três se entreolharam e apoiaram suas mãos sobre a de Ésio.

— Hoje somos um grupo. E apesar das ideias opostas, temos de nos manter unidos — falou Carolaine.

— Unidos e campeões! — gritou Ricardo.

Dito isso, ambos separaram as mãos e ergueram os braços para cima.

— Bora lá ganhar essa porra?! — esbravejou Rogério.

Caminharam mais alguns passos mata adentro. Atravessaram o rio que não era muito fundo pela quantidade exorbitante de pedras que possuía naquele ponto. Devia ter uns vinte metros de largura, margeado, em ambos os lados, por uma densa vegetação. O ponto mais fundo na água que encontraram dava na cintura de Carolaine, que era a integrante de menor estatura naquele time.

◆ ◆ ◆

Após trinta minutos, como havia sido previamente avisado, Alexia e Petrônio partiram em direção à floresta com Mayara e Lívia, as duas integrantes que restaram e completaram sua equipe.

A ordem era para que elas eliminassem quem tivessem que eliminar. As duas haviam tido uma vantagem por não terem sido escolhidas por nenhum dos três líderes iniciandos: Foram para o time dos verdadeiros líderes, aqueles que possuíam maior controle sobre tudo e principalmente sobre o jogo. O casal era o criador, portanto, os melhores naquilo. Perder era uma hipótese que poderia ser descartada no caso.

◆ ◆ ◆

A equipe de Rayana já estava alguns metros adentro após a travessia do rio. Quanto mais eles andavam, mais densa ficava a vegetação. Mas isso não os impediu de irem além, sendo guiados pela líder.

Por ter optado escolher somente homens, ela não tinha dúvidas de que a prova já estaria ganha. Força física em momentos como aquele era indispensável. Porém, uma incógnita pairava em seus pensamentos depois da escolha dos três rapazes: *Será que eles vão aceitar serem liderados por uma mulher? Claro que vão! Não é uma escolha deles. Têm que aceitar ou não entram para a organização. Lá serão liderados por uma mulher. Alexia. Mas e se, por acaso, no final da prova, quando conseguirmos pegar a bandeira, os três se unirem contra mim e me tirarem da jogada? Seria tão fácil isso. Ela foi morta por alguém de outro time, que provavelmente também está morto,* diriam. *Toda atenção com eles será pouca.*

Rayana tentava não olhar para trás para não ter de encará-los. Depois de algum tempo de exausta caminhada, chegaram a um local um pouco mais amplo. Estavam sob a sombra de uma enorme árvore. Próximo ao seu caule, onde sua sombra alcançava, não tinha capim nem outros tipos de plantas, o solo ali era completamente coberto por folhas secas e gravetos. Ao redor, não dava para enxergar mais nada além do mato que tornava a aumentar, seguido por outras espécies e tamanhos diferentes de plantas.

— Bom — disse Rayana —, algum de vocês tem alguma estratégia para sugerir? — Encarou os três.

— Acho que não deveríamos ter parado. Temos que seguir em frente e termos essa bandeira em nossa posse o quanto antes — falou Wemerson. Ele tinha uma pele clara, cabelos raspados e duas falhas em uma das sobrancelhas.

— Creio que é cedo para isso. A prova acabou de começar — comentou Nicolas. — Se esqueceram de que teremos de ficar aqui vinte e quatro horas? Se pegarmos essa bandeira já, seria muito arriscado. Ficar protegendo isso, além de nos protegermos também?

— Sem falar que estaríamos fazendo um favor para os outros times. Fazemos todo o trabalho pesado, para eles virem e nos roubarem? — indagou André, concordando com os outros dois, desanimando Rayana.

Ela analisou as respostas deles. Se a maioria queria esperar para pegar o grande prêmio do jogo, então era isso que fariam. Após, ela soltou:

— Muito bem, vamos aguardar o anoitecer. Assim, será mais fácil agirmos na calada da noite. Não era algo que eu tinha em mente, mas faremos assim. Podemos subir nesta árvore para não ficarmos tão expostos aqui embaixo.

— Tem certeza de que a noite é o melhor momento de agirmos? — perguntou Wemerson. — Teremos pouca visibilidade. Vai ser bem difícil localizar a bandeira.

De fato, a noite traria muitos benefícios, como por exemplo, uma facilidade muito maior em se esconder ou se misturar em arbustos. Mas, por outro lado, todos os outros grupos também tinham essa chance. Além da questão de enxergar o local exato da tal bandeira.

— Acho que levando em consideração as vantagens e desvantagens, e a opinião de cada um de vocês, faremos o seguinte. — Rayana explicou sua ideia para o grupo. Dessa vez, todos aceitaram a sugestão. Sem nenhuma contradição, só faltava colocar a teoria em prática.

◆ ◆ ◆

— Então está explicado — Murilo disse, assim que travessara o rio. — Viviane, você vem comigo na linha de frente para o ataque, quando for necessário. Isa e Renato cuidam da retaguarda. Para irmos longe, temos de prestar atenção em todos os lados. Apesar de ser cada um por si, cada qual terá seu lugar dentro da organização, se passar. Aqui, durante o jogo, somos todos um só. Somos o grupo Murilo. Os campeões!

Os três concordaram com um aceno de cabeça. Estavam contentes e satisfeitos com o espírito ativo daquele que os liderava.

— Antes de continuarmos, quero perguntar uma coisa a vocês. — Murilo se aproximou. — Alguém aqui tem ou teve qualquer tipo de ligação, qualquer que seja, com algum integrante de outro time? Alguém fez amizade ou teve alguma aproximação com um deles?

— Não — Viviane respondeu de prontidão.

— Nada de intimidade — disse Renato.

Murilo fixou os olhos em Isa, aguardando sua resposta.

Ela engoliu em seco. Abaixou a cabeça e estudou o chão sob seus pés. Não devolveu o olhar a ele.

— Isa? — pressionou o repórter. — E?

Era perceptível que ficara nervosa.

— Eu... Eu... Fiquei muito próxima do Rogério e da Carolaine. A gente veio da mesma cidade, na mesma viagem, e foi inevitável o contato a mais que surgiu — falou ela por fim, tentando inutilmente não gaguejar e manter a firmeza na voz.

Ah, justamente os dois integrantes do time do Ésio, pensou Murilo. Não poderia ter se esquecido das escolhas daquele *merdinha. Ah, Isa... Parece que a sorte não conspira ao seu favor.*

— Ótimo — respondeu ele, saindo do meio de seus pensamentos. — E por que tanto nervosismo para falar isso?

— Nada.

Ele deu de costas para o trio. Deu alguns passos. Parecia pensar. Depois virou-se novamente e se aproximou.

— Mudança de planos. Viviane, você trocará de lugar com a Isa. Ela vem para o ataque comigo e você apoia o Renato na retaguarda.

Ninguém pareceu entender aquela mudança de raciocínio.

— E por que isso? — Viviane questionou. — Eu sei algumas técnicas de luta e sou bem ágil no ataque.

O repórter se irritou com a contradição da moça. *Quem ela pensa que é para me questionar? Está aqui para obedecer. Para me obedecer.*

— Porque eu quero — ele respondeu, rude e imperativo. — Porque sou eu que monto as estratégias aqui. Porque eu não perguntei se você é ágil ou luta. Porque isso não me interessa. Porque eu sou o líder.

Após essas palavras, ela assentiu, encerrando os questionamentos.

Murilo era um líder nato. Ele aprendeu a ser um. Como veio sendo preparado há anos, tiraria essa tarefa de letra. Bem lá no fundo, ele tinha a impressão de que, após a seleção dos iniciandos, somente um passaria.

Tinha plena convicção de que a intenção da organização era montar um trio ali em Colíder. E não um quinteto. *Alexia, Petrônio e mais um. E eu. Sou tão bom quanto eles, e talvez até melhor.*

Havia uma dúvida. Ele trocara Viviane e Isa de posições. Colocou Isa para ir ao seu lado. Mas por quê? Essa era a grande questão. Murilo não fazia nada à toa e sem planejamento prévio. Talvez ele aprendera a observar o que estava por vir, e não somente no que estava acontecendo. Talvez Isa seja um plano B para um contratempo que poderia surgir outrora.

20

Duas ligações

"... Agora ela pôde perceber o porquê da sensação de felicidade que teve desde quando acordou até aquele momento. Somente para compensar o que estava por vir."

Lara não sabia o porquê, mas havia acordado extremamente feliz naquela manhã. Levantou-se, tomou seu banho quente matinal e desceu até o primeiro pavimento do hotel para tomar o café. Trocou algumas palavras com o recepcionista, que como sempre foi muito atencioso e simpático. Ficou quase meia hora e, depois, voltou ao quarto e aproveitou para conferir suas redes sociais. Na área de trabalho de seu computador viu a pasta que tinha criado e colado o arquivo que digitou. Não o abriu. Deitou-se na cama e pôs-se a assistir aos entediantes programas matinais de que sua mãe tanto gostava. Até que seu celular tocou. Conferiu quem era.

— Alô, Conrado? — perguntou ela, animada, estranhando o fato dele ter ligado àquela hora.

— Oi, Lara — ele respondeu. Era perceptível um tom pesado na sua voz. Não era a mesma da ligação na noite em que conhecera Ésio.

Ésio.

E mais uma vez ela se pegou pensando nele. O simples fato de falar com seu namorado a levava a pensar nele. Essa sensação não era boa. Ou pelo menos não deveria ser.

— Tudo bem, meu amor? — ela perguntou, espantando seus pensamentos.

Meu amor. Essa frase saiu em modo automático e arrastada demais de seus lábios. Mas por quê?

— Lara, a gente precisa conversar... — Conrado começou, sério. Fez silêncio e ela pôde escutar uma respiração pesada do outro lado da linha. Em seguida, ele prosseguiu: — Em primeiro lugar, eu quero que você saiba que isso não foi e nem está sendo fácil para mim. Pelo contrário, tudo isso está sendo uma barra. — Ele fez uma pausa novamente, como se estivesse escolhendo as palavras certas para dizer. — Bem, irei direto ao ponto e não farei rodeios. Você é uma mulher inteligente e eu, um cara direto. Somos duas pessoas maduras, então vamos agir como tal. Já faz mais de três anos que estamos juntos e... e sinto que falta algo.

Agora foi a vez dela de fazer uma pausa para absorver melhor essas palavras. Então, disse:

— Como assim, Conrado, falta algo? Até outro dia estávamos nos falando numa boa, não estou entendendo aonde você está querendo chegar.

Ela sentiu de novo a respiração pesada no outro lado da linha, como se ele estivesse fungando, como se ter aquela conversa fosse uma coisa desnecessária. Como se falar com *ela* fosse uma coisa desnecessária.

— Acontece que eu não me vejo ao seu lado daqui a dez ou vinte anos — ele prosseguiu. — Por mais que eu tente, não consigo imaginar uma família com você. Nesses três anos eu me senti como se estivesse apenas mantendo essa relação no modo automático. Você é bonita, bem-sucedida e sempre fez eu me sentir bem. Mas é só. Você não é o tipo de mulher que meus pais, por exemplo, queriam para mim. Você sabe que eles sempre foram contra nosso namoro. Eu decidi insistir no nosso relacionamento pensando que as coisas fossem mudar, mas elas não mudaram. Lara? Lara? Alô! Você ainda está na linha?

— Estou ouvindo. Pode falar.

— Não quero que você fique chateada, me odeie ou que pense que sou o pior dos homens por estar falando isso. Muito pelo contrário. Eu seria o pior se continuasse mantendo algo que já está insustentável para mim e com certeza ficará insustentável para ti também.

Conrado pausou as palavras, esperando que ela fosse gritar, xingá-lo, ou que se manifestasse de algum modo, mas isso não aconteceu. Lara permanecia calada. Em seguida, ele continuou:

— Você é uma mulher incrível, que fez dos nossos momentos incríveis. Mas o incrível também cai na rotina e cansa. Quando você resolveu ir para essa diligência, viajar para Colíder e se meter com esses criminosos, foi o estopim. Foi o que faltava para eu perceber que você não é mulher para mim. Não quero essa vida, não quero que a mãe dos meus filhos acorde um belo dia e resolva ir para o outro lado do país caçar bandidos. Lara?

— Era só isso? — perguntou ela, dura.

— Só isso? Quero te ouvir! Quero saber de você...

— Não tem mais nada o que ouvir da minha parte. Você já fez sua escolha, Conrado. Só não sei o que aconteceu para isso acontecer tão rápido nesse tempo em que viajei.

— Como eu disse... — ele começou.

— Como você disse, acabou. Se você quer, é o que eu quero também. Antes, só quero te fazer uma pergunta.

— Faça.

— Você tem certeza disso, não é mesmo? Tem plena consciência do que está me dizendo e que vai ter que arcar com as consequências das suas palavras? Porque quando essa ligação acabar, você terá acabado junto com ela para mim.

Ele suspirou e falou, por fim:

— Lara, não foi uma decisão tomada de uma hora para outra. Eu pensei muito. E é realmente o que eu quero.

— Tudo bem. Acabou. Mais alguma coisa?

— Espero que...

Antes que Conrado pudesse concluir a frase, ela desligou o celular.

Pensou em cada palavra que acabara de ouvir.

Dele.

Do homem a quem ela dedicou três anos da sua vida.

O homem a quem ela queria dedicar o resto da sua vida.

E, de repente, tudo estava acabado.

O fato de Conrado achar que uma ligação seria suficiente para findar seu relacionamento acabou magoando-a mais.

Uma simples ligação colocara fim em tudo.

Mas talvez realmente não era para ser. O tipo de homem que não tem honra nem de olhar nos seus olhos para comunicar uma decisão, não é o tipo de homem que preste. Não é o tipo que valha a pena. Não é o tipo a quem ela estivesse disposta a dedicar seus dias.

Três anos de dedicação total a alguém para acabar assim, por uma ligação. Como se todos os momentos que os dois dividiram fossem apagados em uma simples interrupção de chamada.

Ela se manteve forte e dura enquanto estava falando com ele. Sua voz sequer tremeu durante suas palavras. Lara adquiriu essa habilidade, de ser forte, pelo menos por fora, quando precisava. Por mais que estivesse devastada em seu interior, era capaz de sustentar a casca de delegada decidida que não se deixava abalar por qualquer coisa.

Assim que desligou o celular, Lara sentou-se, ou melhor, despencou no chão ao lado da cama. Chorou. Debulhou-se em lágrimas imersa nas lembranças de seu agora ex-namorado.

Por mais que estivesse triste e com o coração partido, ela sentia algo estranho. Não era uma dor, como imaginava ser a de um término de relacionamento. Era uma forte sensação de vazio. Como se ficasse de frente a um espelho e não visse seu reflexo. Como se fosse um quebra-cabeça: Lindo e bem encaixado. Porém, era como se faltasse uma última peça para a conclusão. Não sabia explicar, era como se, de alguma forma, ela previsse aquilo, só que aconteceu mais antecipado a com os lados invertidos.

Depois de quase meia hora naquela situação, com os olhos inchados e vermelhos, pegou o celular novamente. Procurou por um número, pôs para chamar e levou o aparelho ao ouvido.

Chamou.

Ela passou as mãos no rosto para limpar as lágrimas.

Chamou de novo.

Lara olhava para o vazio, apenas ouvindo o som da ligação.

Chamou novamente.

Nada de atender.

Até que depois de vários segundos de espera, a chamada caiu na caixa postal.

"Oi, aqui é o Ésio. *No momento não posso te atender. Mas pode falar que logo, logo eu te retorno."*

Agora ela pôde perceber o porquê da sensação de felicidade que teve desde quando acordou até aquele momento. Somente para compensar o que estava por vir.

21
O grupo Rayana

"... Correu como se sua vida estivesse em jogo. E, de fato, estava."

— Acho que deveríamos descer e ir. Até quando ficaremos aqui? — Wemerson perguntou a Rayana.

Os quatro haviam subido e estavam sentados numa árvore havia horas. Apesar de passar das onze da manhã, o tempo parecia não passar, e sim se arrastar. As bocas já começavam a ficar secas, sentindo falta de água. Mas ninguém até o momento tinha se arriscado a descer e voltar ao rio para se refrescar. Para fazer isso, era necessário ir acompanhado de pelo menos mais um integrante. Sozinho era improvável e praticamente ir ao encontro da morte. Teria que se garantir muito.

— Até o anoitecer, como todos concordaram — a auxiliar de contabilidade respondeu.

Fizeram-se alguns segundos de silêncio.

Impaciente, Nicolas estava com a roupa encharcada de suor. Passava as mãos pelo rosto e fungava o nariz.

— Vou ao rio beber um pouco de água — disse ele de repente. — Não estou aguentando mais. — Começou a se levantar, preparando para descer.

Wemerson levou uma das mãos ao ombro do companheiro, dizendo em seguida:

— Você é louco de ir lá sozinho, cara. É muito arriscado!

— Não dá pra ficar aqui o dia inteiro sem água. E os outros devem estar ocupados pegando a bandeira e preparando a vitória da prova. — Lançou um olhar para Rayana. Como se estivesse gritando a péssima líder que ela estava sendo.

— Espera, eu vou com você — falou André. — Também estou com muita sede. Vocês dois vão ficar?

Rayana e Wemerson se olharam. Balançaram a cabeça positivamente.

— Então, até mais — soltou Nicolas, descendo da árvore em um rápido movimento, sendo acompanhado por André.

Quando chegaram ao chão, conferiram suas armas, suas munições e ajeitaram a faca que carregavam na cintura. Partiram rumo ao rio.

— Eles são loucos em irem lá. De sede eu não vou morrer até a noite. Posso muito bem esperar — disse Wemerson.

Rayana não respondeu ao comentário.

O silêncio preencheu o ambiente. Depois de alguns minutos, ela decidiu puxar assunto para quebrar o clima.

— O que você fazia antes de vir para cá? — perguntou

— Sou recém-formado em biomedicina. Comecei a trabalhar em um laboratório quando conheci um cara que me apresentou a ideologia.

Ela o encarou, surpresa.

— Nossa! Biomédico?

— Sim. — Ele deu uma risadinha. — Por que a surpresa?

Rayana começava a perceber que os organizadores e mentores da organização não eram nem um pouco bobos. Todos os selecionados para os treinamentos que ela conhecera eram pessoas com ensino superior. Estudados. Entendidos e com opinião formada. Uma auxiliar de contabilidade, um jornalista, um advogado e agora um biomédico. Quais eram as especialidades dos outros?

— Nada — ela respondeu, emergindo dos pensamentos. — Estive pensando numa coisa, mas... Deixe para lá, é bobeira.

— E você, o que fazia?

— Trabalhava na contabilidade de uma rede de eletrodomésticos.

— Legal. Uma entendedora das contabilidades.

— Pois é.

Um rápido silêncio surgiu novamente.

— De que cidade você veio? — ele perguntou.

◆ ◆ ◆

Enquanto Rayana e Wemerson conversavam e se conheciam, André e Nicolas caminhavam em passos rápidos, aflitos, se sentindo presos numa gaiola verde rodeados de predadores que poderiam atacar a qualquer momento.

Já devia ser por volta do meio-dia. Os poucos raios de sol que passava por entre as folhas das copas das árvores eram intensos.

— Você não acha que está tudo quieto demais? — indagou André.

O silêncio era angustiante. Principalmente o silêncio de saber que se dividia o mesmo ambiente com dezenas de pessoas querendo te matar. Cada canto de pássaro ou o som de um grilo que surgia poderia ser confundido com a dor aguda e repentina de uma bala cravando na cabeça.

— Caminhamos por quase uma hora até chegarmos àquela árvore. Creio que se corrermos, conseguiremos chegar ao rio em menos de meia hora — sibilou Nicolas, ofegante e apertando os passos.

Então, os dois se puseram a correr. O quanto menos ficassem ali, sozinhos, era melhor. O menos que ficassem afastados dos outros era mais benéfico ao bem-estar de ambos.

Depois de certo tempo mantendo um ritmo acelerado, perceberam que estavam se aproximando da margem do córrego. O barulho de água corrente batendo nas pedras e a brisa fresca que lhes abraçava não deixavam dúvidas quanto a isso.

Nicolas parou de correr abruptamente, levando uma das mãos ao peito de André, parando-o também.

— O que foi? — perguntou André.

Nicolas levou o dedo indicador à boca, sinalizando que era para fazer silêncio. Depois, cochichou:

— Vem, devagar. — E foi caminhando lentamente.

As folhas secas e gravetos estalavam conforme seus pés iam avançando. Nicolas sacou sua arma do embornal.

A vista dali era péssima. Não só naquele ponto, mas também de toda a floresta. Parecia que eram ímãs e a vegetação feita de metal: não se podia ver mais que três ou quatro metros de distância, de tão densa que era.

Chegaram ao rio.

— Primeiro eu vou beber água — falou Nicolas, virando para seu parceiro. — Enquanto isso você fica de alerta, em vigia. Depois trocamos de lugar.

André meneou a cabeça em sinal positivo.

Nicolas caminhou até seus pés adentrarem a água que lhe cobriu até a altura dos tornozelos. Olhou para frente, para os lados. Tudo quieto.

Abaixou-se lentamente, fez uma cumbuca com as palmas das mãos, encheu d'água e bebeu. Não soube se era por estar com muita sede ou o perigo da situação por estar exposto no rio, mas aquela água era a mais gostosa que já bebera na vida. Fresca, limpa e deliciosa. Repetiu o gesto mais três vezes.

Tudo estava aparentemente normal, até a voz de seu companheiro quebrar o silêncio:

— Nicolas! — chamou André.

— O que foi?

— Eu acho que escutei passos.

— Acha que escutou? Escutou ou não?

— Não sei... talvez... eu tenha me enganado...

Fez-se um silêncio ensurdecedor nos segundos subsequentes.

Nicolas se levantou com sua sede saciada. Olhou para trás e André estava em alerta, olhando rapidamente para os lados. Caminhou até ele.

— Vá beber água logo! Seja rápido.

André desceu bem devagar, absorvendo cada estalar que seus pés faziam no solo úmido e folhoso.

Abaixou-se e pôs-se a beber água do mesmo jeito que o anterior.

Passos.

Nicolas ouviu. Possivelmente os mesmos ditos pelo colega anteriormente. *Não pode ser. Deve ser algum animal,* pensou. *Um animal que caminha em duas pernas, pensante, armado e com sede de vitória.*

— Ande logo, André! — disse ele.

André se apressou nos goles.

Aproveitou também para lavar o rosto que estava bastante suado. Passou as mãos molhadas pela cabeça, deixando escorrer.

Até que ouviu algo. Ali. No rio. Bem próximo a si. Olhou para seu lado direito. Nada. Para o lado esquerdo, nada além de leves ondas na água, como se algo tivesse caído ali. Um galho. Uma fruta seca, talvez.

Quando estava para se levantar, viu algo lentamente emergindo das águas. Era a metade de algo verde e pequeno. Foi subindo pouco a pouco, até que apontou dois olhos, olhando diretamente nos dele. *Uma pessoa.* Alguém estava submerso.

Num reflexo, André se levantou. Só que ele não foi tão rápido quando a outra pessoa. Esta, por sua vez, se levantou e, incrivelmente ágil, lançou o punhal que estava em sua mão

A arma branca foi certeira.

E mortal.

A lâmina encontrou a lateral do pescoço de seu alvo em milésimos de segundos.

A artéria havia sido atingida em cheio.

André tentou se virar e sair da água, mas foi inútil. Sentiu-se cambalear, as pernas fraquejarem e caiu de joelhos.

Olhou para Nicolas, na tentativa de implorar por socorro. O rosto do parceiro ficou turvo à sua visão. Virou um borrão.

Um líquido frio escorria do local atingido. *Sangue.*

Nicolas, ao ver aquela cena, ao constatar que o companheiro fora atingido, virou-se e correu em direção à árvore que os outros estavam. Ele não sabia como, mas incrivelmente conseguiu correr mais rápido do que quando estava vindo.

Talvez por achar que estava sendo seguido.

Os passos. Tem mais gente aqui.

Correu como se sua vida estivesse em jogo.

E, de fato, estava.

André tombou para frente, ficando com o rosto na rasa água lamacenta. Agonizando, enquanto o sangue de seu corpo se esvaía, até que o último suspiro foi dado.

◆ ◆ ◆

Enquanto corria, Nicolas repassava toda a cena que acabara de presenciar. Num momento, André estava bem, de guarda, depois, tomado água. E, agora, ele estava morto. Tudo aconteceu rápido demais.

Uma faca.

Pescoço.

Sangue.

Ele não conseguiu ver quem era a pessoa que atirara o punhal. Do ponto onde estava naquele momento, mal dava para enxergar André. E não se preocupou muito com isso. Sua maior preocupação era em salvar a própria vida.

Conforme Nicolas corria, sentia galhos batendo em seu rosto, nos braços e todo o corpo. Mas não importava o quanto isso estava doendo, não podia parar. Parar de correr. Quem atacou seu companheiro podia estar ao seu encalço.

E de fato estava.

◆ ◆ ◆

Logo depois do golpe fatal que dera fim à vida de André, o assassino caminhou ainda com os pés dentro d'água até o corpo. Retirou o punhal da vítima. Acenou para trás, mais ou menos uns cinquenta metros rio abaixo.

— Vamos atrás do outro! — gritou.

E mais três pessoas saíram de dentro do matagal.

Murilo.

O punhal saíra de suas mãos direto para o pescoço de André.

O repórter não sabia nadar, mas permaneceu às margens do rio. Uma boa tática, e que resultou em seu favor. Somente anos de prática levaria alguém a ser tão exato. Tão rápido e certeiro. Com a precisão de uma bala saindo da arma de um atirador de elite. A sutileza dos movimentos que antecederam o ataque assemelhava-se à de um lobo calculando meticulosamente cada passo antes de atacar sua presa fatalmente.

Após a ordem do repórter, o grupo embrenhou-se na mata. Como combinado, Isa foi logo ao seu encalço, seguida por Viviane e Renato. Puseram-se a perseguir Nicolas.

Até que o líder parou. Depois, passou as ordens:

— Renato, vem comigo. Isa e Viviane, vão para aquela direção. — E apontou para sua esquerda.

Após esta rápida parada, todos voltaram a correr.

◆ ◆ ◆

Nicolas não tinha dúvidas de que estava sendo seguido. Sabe aquela sensação de estar sendo observado? De saber que alguém está à espreita, mesmo que não possamos ver? O medo de acabar como o companheiro de equipe o estava deixando aterrorizado. A impressão era de que receberia uma facada a qualquer instante por uma pessoa que surgiria do nada, pronta para matá-lo.

Depois de algum tempo, parou um pouco, porém aflito o bastante para se acalmar, precisava recuperar o fôlego. Arqueou o corpo, apoiando as mãos no joelho, inspirando pela boca e soltando o ar pelo nariz.

E depois voltou à corrida.

Parecia que a árvore nunca chegava. A árvore em que os outros estavam. Precisava alertá-los e fugir com os dois.

Muito mato.

Capins espinhosos.

Galhos grossos que insistiam em acertar seu rosto.

Arranhar sua pele.

A vegetação era sua inimiga, não estava ajudando em nada e parecia querer vê-lo morto também.

Tudo parecia querer favorecer o inimigo que estava à sua caçada, que pretendia colocá-lo no mesmo plano de André.

Até que, enfim, chegou ao seu destino.

— RAYANA, PRECISAMOS SAIR DAQUI AGORA! AGORA! — gritou, olhando para cima.

Rayana e Wemerson olharam para baixo, assustados.

— O que aconteceu? — perguntou ela.

— Onde está o André? — indagou Wemerson, desconfiando do que teria acontecido, porém não querendo acreditar.

— DESÇAM RÁPIDO! ESTÃO VINDO! O ANDRÉ ESTÁ MORTO!

Assim que concluiu a frase, Nicolas se calou, num estalo. Apurou os ouvidos e teve certeza de que tinha ouvido mesmo. *Eles me acharam.*

— Esperem, fiquem aí — falou ele, com o tom de voz mais baixo. — Tem alguém chegando. Subam mais para o alto, se escondam e não façam barulho. Fiquem aí em cima calados que tudo vai dar certo.

Rayana e Wemerson se olharam, assustados. Fizeram o que André disse, indo mais para o alto, embrenhando-se às folhagens. Ajeitaram-se em um lugar que, entre as folhas, dava para ver o colega lá embaixo.

Não demorou nada até que o oponente chegasse sozinho, carregando um tom de ironia na voz e a competição ao pé da letra.

— Ora, ora, vejamos quem está aqui — disse Murilo, com a respiração meio ofegante. — Se não é um integrante da equipe de uma conhecida minha. — Levou a mão à cintura e sacou sua arma, apontando-a para ele.

Nicolas foi tão rápido quanto o repórter, sacando e apontando seu revólver para ele também.

— Um já foi — disse Murilo —, será que você vai querer ser o próximo?

Hein, vai querer ser o próximo?

Nicolas deu uma risada irônica, dando a perceber que não tinha medo nenhum de seu oponente.

Essa risada cortou os ouvidos de Murilo, atingindo-o em cheio no seu ego. *Quem esse babaca pensa que é para rir de mim?*

— O que foi, hein? Quer morrer feliz, é? Quer mostrar esses dentes para eu cravar uma bala dentro dessa sua boca, é? Vamos fazer um trato, se você me contar onde está o resto da sua equipe, eu prometo que não te mato. — Murilo soltou uma risadinha. — Quer dizer, eu te mato, sim, mas juro que será uma morte rápida e menos dolorosa que a do seu amigo.

O sorriso de Nicolas cessou. Em seguida, ele soltou:

— Você deve estar pensando que eu sou o Ésio, não é, Murilo? Acha que sou trouxa e banana como ele e que vou abaixar a cabeça e fazer o que você quer! Mas é aí que você se engana. Eu não tenho medo nenhum de você. Nenhum!

Murilo engatilhou a arma.

— Se você atirar — contra-atacou Nicolas —, saiba que sua cabeça está bem na minha mira e meu dedo no gatilho. Vai ser muito fácil pesar ele um pouco mais e plantar uma bala em você também.

Lá do alto da árvore, Rayana observava tudo, tão aflita quanto Wemerson.

Até que viram algo que aumentou ainda mais a aflição de ambos.

O outro membro da equipe de Murilo, Renato, estava chegando bem devagar e sorrateiro por trás de Nicolas, com uma arma em punho apontada para ele. Daria um tiro na nuca à queima-roupa.

— Ai, meu Deus — sibilou Rayana. — Temos que fazer alguma coisa! Não podemos deixá-lo atirar!

— Rayana, Rayana, espera — cochichou Wemerson, segurando seu braço. — Não vá fazer uma besteira.

Ela deu um arranque, soltando-se da mão dele.

— Me solta, eu vou descer lá e ajudá-lo!

— E vai ajudar como? Se você pelo menos pôr o pé lá embaixo vai receber uma chuva de balas. Você e o Nicolas. É exatamente isso que eles querem. Matar toda a nossa equipe de uma vez só! — Ele olhou em seus olhos. — Fique e espere para ver o que vai acontecer.

— Vão matá-lo, Wemerson! Olha lá o outro chegando por trás! Temos que fazer alguma coisa!

— Espera, Rayana. — Ele fez um gesto com o dedo na boca, para que fosse feito silêncio. — Só espera.

Ela assentiu, sentindo-se imensamente incomodada em não poder ajudar o colega. Sem falar em André, que, segundo ele, estava morto.

— Fala logo onde estão os outros! — esbravejou Murilo. — Você é o... o... Nicolas, não é mesmo?

— Olha, uma coisa eu tenho que admitir. Você é muito bom de memória. Talvez isso seja a única coisa que salva em você. Uma memória. Porque o resto...

— Pode ter certeza disso. E sou melhor ainda em outras coisas. Memorizar cada detalhe, cada fraqueza e cada gesto dos meus oponentes é essencial para mim.

Mais um sorriso brotou nos lábios de Nicolas.

— É? E qual é a minha fraqueza, hein? Porque nos detalhes é fácil qualquer um prestar atenção. Lindo do jeito que sou, isso é perfeitamente compreensível.

Murilo gargalhou mais uma vez.

— A sua fraqueza — disse o repórter — é que você é só burro mesmo. Nem sei como conseguiu passar nos testes iniciais e estar aqui hoje, num lugar em que só os melhores estão.

— Se eu sou tão burro assim, Murilo, por que será que estou nas mesmas condições que você, no mesmo local, disputando uma vaga de igual para igual com você, que se acha tão superior?

— Não se preocupe quanto a isso. Não está mais.

Dito isso, Murilo abaixou o braço que apontava a arma para seu rival. Nicolas não entendeu nada.

— O que... — ele começou a falar. Mas não chegou a concluir a frase.

Um estouro se fez atrás dele. Uma ardência em sua cabeça. A visão escureceu. E, daí em diante, era menos um na competição.

Rayana levou as mãos à boca naquela hora para conter um grito. Virou a cabeça para o lado e escondeu o rosto no ombro de Wemerson. Ele afagou seus cabelos, desviando o olhar daquela cena também.

Murilo vira exatamente a hora em que Renato chegara, posicionando-se para atirar. Aguardou o momento certo, e o companheiro soube a deixa exata para fazer o que tinha de ser feito.

Os dois ainda se deram à barbárie de conferir de perto se o inimigo já não competia mais.

— Onde será que está o resto da equipe dele? — perguntou Renato, guardando a arma novamente no embornal pendurado na cintura.

Murilo deu alguns passos sob a árvore, caminhou, olhou de um lado para o outro, olhou para cima, mas não viu nada. *Ninguém.*

— Dois do grupo da Rayana já estão eliminados. Agora restaram ela e o... o... Wemerson, se não me engano, não é?

— Acho que sim.

— Vamos. Temos que achar os outros. Antes que eles nos achem. Principalmente o Ésio e sua turma.

— E Viviane e Isa, como vamos encontrá-las? — quis saber Renato.

O repórter pensou, depois respondeu:

— Vamos seguir pelas margens do rio. Elas devem ter entendido nossa estratégia e devem retornar e caminhar pelas margens.

— Ótimo. Então vamos.

Os dois viraram e retornaram de onde tinham vindo. Pelo mesmo caminho que Nicolas viera correndo de seus algozes.

Depois de alguns minutos imóveis, e após constatar que os dois tinham partido, Rayana e Wemerson desceram da árvore. Ela não quis olhar para o corpo caído ainda de bruços.

— Vamos. Temos que ir — disse ela.

E os dois partiram mata adentro, sem saber para onde ir, sabendo somente que tinham que sair dali. Ou melhor, sabiam exatamente qual seria o próximo destino: A bandeira. Todos os acontecimentos os fizeram mudar os planos. *Pegar a bandeira e mantê-la conosco em um lugar seguro até amanhã.* Mesmo isto sendo algo improvável, no início, era o mais sensato a se fazer no momento.

22
O GRUPO A

"OS MESMOS OLHOS QUE EXALAVAM MEDO EM QUEM ERAM DEPOSITADOS, OS MESMOS QUE, SE O MAL POSSUÍSSE UM OLHAR, CERTAMENTE SERIA AQUELE."

Alexia embrenhava-se em meio à mata como se fosse de fato parte de toda aquela vegetação. Já estava acostumada a todo aquele treinamento. Ela e Petrônio. Já participaram de muitas provas assim antes. Desde o próprio rito de iniciação de ambos para entrarem na organização quanto às provas que ajudaram a organizar para a preparação de novos integrantes.

Mayara e Lívia, apesar de serem fortes e possuírem bastante agilidade, era perceptível, não estavam em um ambiente que as deixava confortáveis. Elas eram urbanas. Da cidade. Ali não era do domínio das duas. Desde que deram a largada e partiram para caçar os outros, o grupo ainda não havia encontrado ninguém. Já passava da metade do dia e ainda nada.

Estavam caminhando lentamente e em alerta por entre os arbustos mais densos. Assim, mantinham-se escondidos e não percorriam o óbvio, que era a caminhada na trilha.

Após um certo tempo andando com cuidado e atenção redobrados, pararam assim que a líder que os guiava freou.

— Espera — falou Alexia. — Todos quietos.

Petrônio, que estava logo atrás dela, fez um sinal para que as duas pausassem.

Quando se aquietaram, puderam perceber qual o motivo que fizera o grupo parar. Ouviram vozes.

◆ ◆ ◆

— Agora a gente volta para o rio e segue o curso até encontrarmos os rapazes — disse Viviane, parando de correr e sentando-se no chão.

Isa também se sentou, um pouco mais atrás. Depois disse, ofegante:

— Vamos fazer isso, mas antes vamos descansar um pouco. — Passou as mãos pelo rosto, para limpar o suor que escorria. — Estou quebrada de cansaço.

Sem saber que estavam sendo observadas, as duas continuaram com a conversa.

— Acho que deveríamos continuar até encontrar aquele que o Murilo viu correr — disse Viviane.

— Você viu como ele matou aquele cara? Lançou a faca e foi certeira no pescoço. Sem nem chance de reação! — Isa parecia assustada.

— Eu também teria feito o mesmo. Só que ele é o líder e acha que tem o direito de tomar frente em tudo.

— Já vimos que não é uma boa ideia questionar as ordens dele. Viu como ele ficou irritado mais cedo, quando você tentou dar sua opinião.

Viviane bufou, calando-se.

— De que cidade você veio? — perguntou Isa.

— Rondonópolis.

— Legal. Vim de Cuiabá.

— Bom pra você. — Viviane bufou mais uma vez, com desdém da parceira de equipe.

Fizeram-se alguns segundos de silêncio.

— E você volta para lá quando o treinamento terminar? — Isa tentava conduzir um diálogo.

— Claro que sim. Meu lugar é lá e não aqui. Lá as coisas são completamente diferentes. Aqui é tudo muito primário.

— Você está achando tudo isso que estamos passando primário?

— Você deveria saber. Vem de Cuiabá, onde é maior, onde tem a Sub-célula. Sabia que a Célula-mãe que fica em São Paulo coordena as Sub-células das capitais diretamente?

— Ouvi isso. Acho que no primeiro dia em que fui recrutada trataram de deixar explicado.

— E em comparação à Capital, tudo aqui não é primário? — indagou Viviane, esperando uma resposta de sua parceira.

— É, acho que sim — respondeu ela, não sabendo exatamente.

Por algum motivo, Isa não sabia.

Viviane não era do tipo de pessoa que estava disposta a se familiarizar com os outros e, muito menos, fazer amigos. Não ali. Nos treinamentos era cada um por si. Criar sentimentos por alguém, mesmo que fossem de amizade, podia ser algo muito perigoso. Para ela, sentimentos eram fraquezas. E fraqueza era a última coisa que a jovem queria sentir. Deixar-se exposta não estava em seus planos. Evidenciar algo que pode ser usado contra você é o início de um fim que pode até ser adiável, mas jamais inevitável.

◆ ◆ ◆

Percebendo que as duas estavam distraídas naquele momento, Alexia e seu grupo puseram-se a postos.

Em seguida, com um gesto de cabeça, a loira deu o sinal para Petrônio. Não foi necessário palavra alguma. Os dois se entendiam somente com olhares e, naquele instante, cúmplices, ambos já haviam planejado tudo. Ele era quem deveria atirar.

Depois de vê-lo se preparando, a líder afastou-se do grupo em movimentos rápidos e silenciosos.

Petrônio, calmamente, como se aquilo fosse a coisa mais rotineira do mundo, pegou sua arma, conferiu as munições e engatilhou-a. Ergueu os braços e procurou a cabeça de uma das moças com a mira do revólver.

Fechou um dos olhos.

Umedeceu os lábios.

E atirou.

◆ ◆ ◆

Tudo aconteceu em uma fração de segundo.

Um estouro.

Viviane olhou para trás, rápido, assim que ouviu um quase inaudível gemido vindo de sua parceira.

Uma bala.

No centro da testa.

Isa caiu para o lado, já sem vida.

Viviane levantou-se numa incrível velocidade e cortou as árvores mata adentro, sem nem pensar. Não houve tempo para mais nada, senão correr velozmente para salvar sua vida.

Alguém havia atirado em sua companheira de equipe e, com certeza, sua cabeça seria o destino de próxima bala.

Correu.

Correu.

E correu.

Mas tinha a impressão de que, quanto mais corria, mais rápido também alguém a seguia.

Angustiada, nem notava o quanto estava se machucando com os galhos que batiam em seu rosto e corpo.

Rapidamente levou uma das mãos à cintura e pegou sua arma para se precaver e ter alguma chance de defesa contra o inimigo que estaria ao seu encalço.

E, então, um baque.

Algo se chocou contra seu rosto com uma força inacreditável que a faz desmoronar para trás.

Esfregou e abriu os olhos para ver o que tinha acontecido. Levantou-se e ficou sentada, apoiando as mãos nas pernas. Foi nesse instante que viu alguém vindo em sua direção.

Bem devagar e sem pressa nenhuma, Alexia caminhou e apossou-se de seu revólver.

Sem dizer nada, a dona dos cabelos dourados se aproximou e apontou a arma para a cabeça da moça.

Num instinto e sem medir as consequências, Viviane se deitou para trás rapidamente e fez um rápido golpe com as pernas, passando uma rasteira e derrubando sua oponente.

Alexia caiu no chão. Foi a deixa de que Viviane precisou para partir para cima dela com toda a sua agilidade. Ajoelhou em seus braços, mantendo-os imóveis e desarmando-a. Cerrou os punhos e, com toda a força que conseguiu captar, deu um soco no rosto da líder.

E em seguida outro.

E outro.

E continuou socando.

Viviane sentia as mãos já dormentes com as pancadas. O sangue de

Alexia escorria e isso não foi motivo para que a moça parasse, pelo contrário, continuaria até que a loira ficasse inconsciente. Não cessaria enquanto não a visse morta. *Ou ela ou eu.*

Depois de alguns golpes e com a face bastante machucada, Alexia conseguiu reverter a situação. Com os joelhos, ela acertou as costas de sua agressora, impulsionou e a jogou para frente, tombando-a.

As duas se levantaram depressa e puseram-se em posição de ataque, uma voltada para a outra.

— Vem, sua vadia, vem que eu te quebro inteira! — soltou Viviane com os cabelos desgrenhados e pingando suor.

Alexia exalava ódio. Com um canto da boca, um corte na testa e com o nariz escorrendo sangue pelos socos que levou, disse:

— Acho que você não sabe quem resolveu enfrentar. Eu sou a líder, a organizadora disso tudo! Acha que será fácil assim? HEIN, SUA PIRANHA! — E partiu para aplicar um golpe na moça.

Viviane desviou dela, dando uma cotovelada em sua nuca, que a fez quase cair. Mas, ao contrário da primeira vez, a líder neonazista foi mais ágil em se recompor. Procurou alguma arma pelo chão e não viu. Certamente tinha perdido entre as folhagens.

Alexia partiu para cima novamente, dessa vez, desferindo chutes. Um atrás do outro. Mas Viviane incrivelmente não se deixava ser acertada por nenhum. Desviando e defendendo-se de todos, puxou uma perna da loira no ar e a derrubou. Montou-a novamente ela.

Agora, Alexia conseguiu uma vantagem. Levou suas duas mãos à garganta de Viviane e apertou com força, enforcando-a. A iniciando não conseguiu se livrar. Tentou inutilmente socar o rosto da outra, até que fraquejou, deixando a líder derrubá-la e sentar sobre sua barriga. Continuava tentando aplicar socos no rosto de sua agressora e usava as unhas para se livrar, mas era impossível. Estava quase perdendo as forças e o sentido àquela altura.

Alexia, por sua vez, apertava o pescoço da moça com cada vez mais violência. Não se daria por satisfeita até ver o último sinal de vida se esvaindo.

Suas unhas começavam a perfurar a pele, tamanha era a força e o ódio que a consumia.

— Morre, sua desgraçada, MORRE! — dizia. Uma lágrima escorreu de seus olhos, uma lágrima que simbolizava mais uma vitória para ela.

Após alguns minutos, foi exatamente isso que aconteceu.

O ar lhe fora roubado e impedido de banhar os pulmões de Viviane.

E a vida fora ceifada de seu corpo.

As últimas coisas que a moça vira foram os olhos de Alexia. Os mesmos que exalavam medo em quem eram depositados, os mesmos que, se o mal possuísse um olhar, certamente seria aquele.

A veterana, depois de algum tempo, se levantou e conferiu se seu serviço tinha sido completo. Recompôs-se. Procurou por sua arma. Depois de achá-la, voltou ao ponto em que Viviane e Isa estavam sentadas, para encontrar Petrônio e as outras duas integrantes do seu grupo. *As duas integrantes que ainda estão no meu grupo*, pensou.

23

A equipe vencedora

"Então só sobrava um que poderia ter conseguido. *Não é possível. Aquele merdinha não tem capacidade para ter feito isso!*, pensou."

No restante da tarde e noite daquele dia de testes não houve mais embates diretos entre as equipes. As estratégias tomadas por cada um dos líderes resultaram em algumas eliminações e, incrivelmente, uma equipe ficou completa.

Murilo e Renato percorreram um longo caminho pelas margens do rio, na expectativa de encontrarem ou de serem encontrados por Isa e Viviane. O que não aconteceu pelo fato de as duas terem sido eliminadas pelo grupo A. No início da noite, os dois chegaram ao local onde estava a bandeira, ou melhor, onde deveria estar. Não havia nada lá. O grupo que passou por ali antes levara somente o pano vermelho e deixara o mastro de uns dois metros de altura. No restante da noite, tentaram encontrar quem estava com o principal alvo da prova, mas não conseguiram. Então, subiram em uma árvore para passar a madrugada em segurança.

Rayana e Wemerson, depois de um acordo entre ambos, decidiram não ir até a bandeira. Para poupar suas vidas, preferiram manterem-se escondidos até o raiar do sol. Sem água durante todo o dia e a noite, estavam ansiosos para que a prova fosse finalizada o quanto antes. Também optaram por ficar escondidos em meio às folhagens de uma árvore. Preferiram salvar suas vidas, em vez de arriscá-las tentando ganhar uma prova idiota. Somente quando o fim do treinamento tinha chegado, é que eles puderam finalmente saciar a sede no rio na volta.

Alexia e Petrônio, durante a madrugada, mataram Lívia e Mayara. Fizeram-nas descansar, dizendo que poderiam ir dormir e que revezavam de dupla enquanto a outra ficava em alerta. Um tiro em cada uma as eliminou da competição.

Pouco antes das cinco horas da manhã, os dois se dirigiram para onde tudo tinha começado. Havia chegado a hora de ver quem havia ganhado. Qual líder tinha montado a melhor estratégia e levado vantagem sobre os outros?

◆ ◆ ◆

Os primeiros a aparecerem por entre as árvores, ao longe, foram Rayana e Wemerson. Sendo observados, caminharam até o casal. Rayana somente meneou a cabeça negativamente, dando a entender que não era sua equipe que tinha conseguido vencer a prova.

Depois de alguns minutos ali em silêncio, foi a vez de Murilo dar o ar da graça. Ele e Renato vieram ao encontro da turma, cabisbaixos, um pouco sujos e com as roupas ainda úmidas. Esta também não foi a equipe vencedora.

Restavam agora esperarem os últimos participantes.

Murilo conversou com Rayana, certificando-se de que ela não havia trazido a bandeira. Então, só sobrava um que poderia ter conseguido. *Não é possível. Aquele merdinha* não tem *capacidade para ter feito isso! Alexia deve ter escondido ou mentido sobre a bandeira para nos enganar e nos fazer passar por essa resistência. Ninguém conseguiu pegá-la,* pensou.

Seus pensamentos foram interrompidos quando Ésio despontou dentre as árvores. Alexia, Petrônio, Rayana, Murilo, Wemerson e Renato olhavam fixamente para ele. Logo atrás do líder vindo, juntando ao seu lado, Rogério, Ricardo e Carolaine caminhavam, exalando o ar de suas vitórias.

O grupo andou sem pressa até seus parceiros, ou até a noite anterior, oponentes, enquanto Ésio levantava a bandeira com as duas mãos, depois abaixando e colocando-a sobre seus ombros, como se fosse um troféu.

Ao chegar, ele não resistiu em gargalhar e lançar um olhar de "quem é o melhor aqui?" para Murilo. Este por sua vez, devolveu o olhar de ódio ao advogado. *Desgraçado,* pensou. *Você não perde por esperar.*

— Bom dia a todos — disse Ésio, entregando a bandeira para Petrônio. — Ótima prova, não acharam?

Rayana sorriu ao ver que seu colega havia conseguido cumprir o teste. Ela nem se importou que a consequência disto era a sua derrota. E o que ela achou melhor, toda a equipe dele manteve-se completa, diferente da sua, que somente Wemerson voltou com vida. Veio em sua mente a imagem de Murilo e Renato matando Nicolas de forma cruel, pelas costas. Olhou para o repórter novamente e sentiu um enjoo ao fazê-lo.

— Muito bem, Ésio. Vejo que cumpriu nosso teste brilhantemente — falou Alexia, dando um leve sorriso.

— E o melhor é que não precisamos atacar ninguém para conseguirmos essa façanha — disse Carolaine, dando um passo para frente.

— E como fizeram isso? — indagou Murilo, não fazendo questão nenhuma de esconder sua raiva.

— Graças à boa liderança que tivemos — devolveu Ricardo.

— Não poderíamos ter tido um líder melhor — soltou Rogério.

— Imagina, pessoal, se não fosse a dedicação da equipe e o empenho de cada um de vocês, não teríamos o êxito que obtivemos nesta tarefa. — Ésio abriu os braços e reuniu os outros três num abraço coletivo.

Murilo bufou e deu as costas. Moveu a cabeça de um lado para o outro e estalou o pescoço. Passou as mãos no rosto e tentou controlar a pontada de inveja que o percorreu naquele momento.

— Muito bem, por hoje já basta. Creio que vocês queiram descansar e recuperar a energia — disse Alexia. — Rayana, Murilo e Ésio, vocês estão dispensados. Carolaine, Rogério, Ricardo, Renato e Wemerson, vocês ficarão hospedados aqui em casa até segunda ordem. Carolaine, você irá dividir quarto com a Rayana e os quatro meninos que estão chegando agora dividem o outro. Murilo e Ésio permanecem no mesmo dormitório. — Fez uma pausa e em seguida finalizou. — Sem mais, deixem as armas e munições aqui e podem se retirar.

Depois de se desfazerem de seus armamentos, seguiram para a casa. Os que estavam de passagem deixaram os três iniciandos dali fazerem a frente e os conduzirem. Dentro da residência, alguns foram direto para a geladeira se fartar com água fresca, outros decidiram matar a fome primeiro e ainda teve quem preferiu se aliviar num banheiro de verdade. Só depois partiram para um merecido e necessário banho e a tão esperada cama para se deixarem ser abraçados por um sono profundo.

Ao ver algumas chamadas perdidas de Lara em seu celular, Ésio imediatamente procurou um canto reservado da casa para retornar às ligações da delegada.

24
Amanhã

"Se eu soltar um "delegada" lá dentro e tiver alguém por perto e ouvir? Será o fim. O nosso fim."

Quando o recepcionista do hotel ligou para seu quarto dizendo que Ésio estava na portaria, Lara liberou sua subida imediatamente. Na verdade, ela não foi pega de surpresa, ambos já haviam combinado de se encontrarem mais tarde.

Ésio conseguiu desconversar com Alexia e Petrônio com a mesma desculpa da vez anterior. Como já haviam constatado que ele não estava mentindo, o casal liberou sua saída novamente. Com as mesmas ordens de não demorar e avisar quando chegasse para que destrancassem os portões.

Então ele foi. Caminhou por alguns minutos prestando atenção na cidade. O movimento não era grande, mas maior do que da outra noite. Era início de uma festa local com duração de vários dias e atraía visitantes de cidades vizinhas. Não demorou muito até que chegasse às hospedagens de Lara.

Ela já não chorava mais. Conseguiu esconder quaisquer vestígios de choro o máximo que pôde. Não sabia ainda se queria contar o que tinha acontecido porque ela era o tipo de pessoa que preferia ajudar a ser ajudada. Sempre foi assim. Essa armadura de mulher forte já estava impregnada, e não havia motivos para ser diferente. Motivos e muito menos vontade.

Quando a campainha do quarto tocou, a delegada foi até a porta para abri-la. Usava uma roupa bem informal, um short jeans branco e uma blusa leve roxa. Ao abrir, Ésio já estava com aquele sorriso aberto.

Merda! Ele de novo com esse sorriso lindo?

— Oi — disse ele.

— Oi — ela respondeu, depois de alguns segundos de calmaria repentina que sentiu quando o viu.

Quis abraçá-lo. Mas não o fez. Em vez disso, apenas pediu para ele entrar, afastando-se da entrada e em seguida fechando a porta.

O advogado passou e ficou de pé, esperando.

— Por favor, sente-se — falou ela, puxando a cadeira da escrivaninha. Após, também se sentou na beira da cama, ficando de frente para ele.

— Te liguei algumas vezes ontem.

— É, eu vi. Não pude atender. Acredita que estávamos em mais uma etapa dos treinamentos?

— Sério? E como foi?

Ésio pensou por alguns segundos enquanto se apoiava melhor na cadeira recostando as costas para trás. Depois, contou tudo para ela, detalhadamente sobre o jogo em que os novatos foram obrigados a participar.

Lara ficou perplexa com tudo o que estava sendo relatado por ele.

— Parece que estamos lidando com pessoas bem mais preparadas do que pensei. Pelo que você me relatou, só o armamento utilizado nesse teste deve ter custado muito, mas muito dinheiro. — Ela cruzou as pernas. — Sem falar na mente que elaborou todas essas coisas.

— Pois é, Lara. Quando retornamos para a casa hoje cedo fiquei horrorizado com o que ouvi. Tem pessoas mortas lá naquela mata! — Ele curvou-se a cadeira e, ainda sentado, apoiou os cotovelos nas coxas, encarando-a mais de perto. — Você não acha que deveríamos denunciar à polícia? Acho que isso já seria suficiente para colocarmos aqueles bandidos atrás das grades! Sem falar que todas as armas utilizadas ainda estão lá na casa.

— Isso não seria o bastante, Ésio. Ficarem alguns dias na prisão para depois serem libertos não ajudaria em nada. Isso só os alertaria e dificultaria mais nosso plano. Temos que fazer de um jeito em que todas as provas sejam incontestáveis, que sejam pegos em flagrante para apodrecerem atrás das grades!

O advogado se levantou da cadeira, demonstrando certa irritação. Ele estava angustiado, incomodado e desconfortado em pensar em quantas vítimas mais seriam feitas até que os dois obtivessem o sucesso do plano.

— E quantas pessoas ainda vão morrer para que isso aconteça? — ele indagou, dando um tom retórico à pergunta.

Lara se levantou e foi até ele. Depois, disse:

— Infelizmente, eu ainda não tenho essa resposta. Eu prefiro pensar em quantas vidas vamos poupar acabando com essa organização de vez. Não só as vidas que seriam arrancadas de pessoas inocentes, mas também as que estão para serem roubadas pelo poder de persuasão dessas pessoas. Pela lábia que possuem. Você, por exemplo, foi iludido e seduzido por eles. Um advogado, culto, conhecedor de leis. Imagine o que é feito com alguém que não tem ou não teve as mesmas condições que você, de frequentar uma escola, uma universidade, de concluir um curso superior...

Ela parou para tomar um pouco de ar, apoiou uma das mãos no ombro dele e deu um leve sorriso. Um sorriso acolhedor. Um sorriso que dizia a ele que não era de julgamento, mas, sim, de entendimento.

Ésio apoiou sua mão sobre a dela. Depois desceu as duas e manteve-as juntas.

— Eu entendo o que você quer dizer. Acho que fiquei um pouco ansioso com tudo o que aconteceu ontem. Tudo aquilo aumentou ainda mais minha sede de justiça. De reparar o que eu fiz.

— E o que exatamente você fez? — ela perguntou, soltando sua mão da dele, de supetão. — Tem alguma coisa que você ainda não tenha me dito?

Ésio não queria contar o que tinha feito com o travesti. Então, tentou não gaguejar ao desconversar o assunto.

— Eu ter entrado pra organização — disse. — Ter me deixado seduzir tão facilmente por uma ideologia tão errônea.

Lara deu alguns passos e parou de frente para a janela atrás de uma cortina leve de renda. A visão da rua era parcial.

— Imagine a quantidade de jovens despreparados que estão por aí, na mira desses criminosos. Jovens que perderam a capacidade de acreditar em si mesmos por palavras tolas de adultos que falam sem pensar. Jovens que se acham menos inteligentes por tirarem nota baixa em uma prova de matemática. Que se sentem excluídos por terem um gosto musical diferente da maioria...

— Jovens que são criados vendo e aprendendo com seus pais o quanto o dinheiro é mais importante em suas vidas. Hoje em dia um videogame ou um celular de última geração são mais valiosos que o abraço de um pai ou mãe — disse Ésio, completando seu raciocínio.

— Isso chega a ser assustador. Acho que todo mundo deveria saber um pouco sobre as pessoas. Saber sobre como tratam um ser humano. Isso faria um bem danado. E um bem maior ainda para todos — falou Lara, virando-se para ele.

— Se aprendêssemos isso desde pequenos acho que seria diferente.

Pelo menos metade das coisas seria diferente.

— Não penso assim — contrapôs Lara. — Acho que todos têm que sentir, de fato, para realmente aprender. A teoria constrói ideias de papel. A prática nos dá o poder de concretizá-las. Se você não tivesse passado por isso, se não tivesse visto toda a situação com os olhos de quem está de fora, talvez ainda estivesse inebriado com aquelas palavras.

— Talvez, não! Com certeza eu estaria. — Ele fez uma pausa, depois continuou: — Mas ainda bem que o destino colocou você para me abrir os olhos. — E sorriu novamente.

Aquele bendito sorriso que a desconsertava.

— Não acredito nesse lance de destino não, Ésio. Não há nada disso de tudo estar escrito, esperando para acontecer. Para mim, isso é mais uma desculpa que as pessoas usam para justificar o que fazem, e até mesmo aquilo que não fazem.

— E em que você acredita então?

— Bom, acho que estamos constantemente mudando nossos rumos. Por exemplo, amanhã posso ir a um lugar que eu não deveria ir... Conhecer pessoas que não deveria conhecer... Encontrar situações que jamais teria encontrado caso não tivesse ido. Entende? A cada segundo a gente muda de trajetória, e, consequentemente altera o "destino".

Ele analisava cada detalhe dela enquanto a ouvia. Como ela passava os dedos atrás das orelhas para colocar os cabelos lá, mesmo que seus cabelos fossem curtos e de nada adiantasse aquele gesto. Em como ela gesticulava com as mãos enquanto pronunciava as palavras, dando uma ênfase toda à conversa...

— Mas talvez o destino seja exatamente isso. Talvez cada coisa feita que não devesse ser realizada já estivesse escrita. Talvez o destino seja mudar constantemente de rumo para encontrar o que não está numa linha reta e previsível.

— Quem sabe, não é? Bom, mas é assim mesmo. Cada louco com suas razões e crenças — disse ela, soltando uma gargalhada e sendo acompanhada por ele.

Ésio ficou quieto por alguns minutos. Pensou nas convicções da delegada. Voltou a se sentar. Ela o acompanhou. Dessa vez, os dois se sentaram na beirada da cama, ficando bem próximos um do outro.

— Tem que ser amanhã — soltou Lara, de repente, deixando o jovem advogado confuso.

— Amanhã o quê?

— Você vai me levar até lá.

Percebendo do que se tratava, uma onda de nervosismo passou pelo seu corpo, ficando evidente em sua expressão.

— Lara, eu acho que ainda não é a hora. Não estou preparado... E se desconfiarem de alguma coisa? Se eu soltar um "delegada" lá dentro e tiver alguém por perto e ouvir? Será o fim. O *nosso* fim.

— Simples. Só você não dizer isso.

— Como se isso fosse fácil. Como se eu dissesse somente nos momentos em que eu quero.

— Hoje você não disse nenhuma vez nesse tempo em que estamos conversando. Acho que já estamos criando intimidade.

Intimidade.

Intimidade seria ele puxá-la e beijá-la ali mesmo. De surpresa. Vontade não lhe faltava, mas o momento ainda não pedia algo assim.

— E eu vou dizer o quê? Vou chegar com você e...?

— Ué, diga que estamos namorando e quer um pouco de privacidade, já que sua casa está sendo lá.

Ésio passou as mãos pelos cabelos, aflito. Não sabia se estava realmente preparado para mentir frente a frente sob os olhos meticulosos do casal de líderes neonazistas. Eles não seriam bobos o bastante para não perceberem algo... ele próprio não seria bom o bastante para não deixar transparecer algo. Mas ao mesmo tempo em que suas inseguranças martelavam em sua cabeça, seu desejo de fazer Alexia e Petrônio pagarem pelos seus crimes era maior. E a vontade de se ver livre daquela organização também não ficava atrás.

— Não sei, não. Lara... Isso pode ser muito arriscado... — disse ele após emergir de seus pensamentos.

— Arriscado nada. Amanhã será meu primeiro dia por lá. Quero que aos poucos você vá falando sobre mim, que me acha apta para integrar a ideologia, que tenho as características necessárias... Enfim, prepare o território para que eles me convidem a entrar.

Ele sorriu, erguendo os braços e dando-se por vencido.

— Fazer o que, né? Acho que isso é uma ordem. E não posso contestar ordens da dele... da minha namorada — corrigiu-se.

Os dois deram uma gargalhada e os rostos de ambos se aproximaram mais um pouco, ficando a centímetros de distância.

Um silêncio preencheu as brechas abertas ali. Não houve som

nenhum, somente a respiração dos dois. Um podia sentir a do outro enquanto os olhos passeavam pela boca. Os dele na boca fina e rosada de Lara, e os dela nos lábios que eram coroados e com aquele sorriso.

— Bom, acho que agora você tem que ir, Ésio — disse Lara, afastando-se dele e quebrando o clima, antes que os dois acabassem se beijando. — Já está ficando tarde. — Ela se levantou e foi até a porta. Abriu-a.

Ele caminhou até lá e ficou parado, apoiando um braço no portal da porta e a outra mão na cintura. E mais uma vez aquele perigoso e inebriante sorriso se abriu nos seus lábios.

— Até amanhã — disse ele. — Meu amor.

Amor.

A última vez que alguém tinha se referido a ela diretamente com aquela expressão foi antes da viagem. E tinha ouvido de Conrado.

Por mais que Ésio estivesse brincando, descontraindo toda a situação tensa em que os dois se encontravam, ouvir aquilo mexeu com ela. E foi inevitável não pensar na conversa que teve com o outro na tarde anterior.

O outro.

Até algumas horas era seu namorado. Agora, ele passara a ser o outro.

Lara não quis contar sobre o fim de seu relacionamento. Muito menos da forma como tudo havia terminado. Na verdade, ela nem mesmo chegou a falar que estava namorando. Então, não tinha motivo para ficar expondo sua vida pessoal.

— Até — ela respondeu. — Amanhã nos falamos mais e combinamos os últimos detalhes.

Ésio fez um biquinho com os lábios, mandando-lhe um beijinho silencioso e uma piscadela. E saiu.

Ela sorriu e apenas acenou com a mão.

Lara fechou a porta. E pelo resto da noite, por incrível que pareça, não chorou. Pensou bastante em Conrado, mas não derramou uma lágrima. Toda vez que ela pensava nele, pensava também em Ésio. E isso, de uma forma estranha, a estava fazendo melhor. Era como se fossem dois pesos colocados em uma balança. E aquele que a fazia bem, no momento, pesava mais.

25
A caminho

"Estava prestes a mover a primeira peça do jogo. Um jogo do qual apenas um lado sairia vencedor. Mas no momento ela preferia acreditar na teoria de Ésio. Que isso fazia parte do destino."

No dia seguinte, logo pela manhã, os iniciandos foram informados de que não haveria treinamentos e poderiam tirar o dia para relaxar.

Na noite que se passara, Ésio não trocou uma palavra sequer com Murilo. Apesar de os dois estarem dividindo o mesmo dormitório, o clima que tinha se instalado entre as equipes e, principalmente, entre os dois, não amenizou. Muito pelo contrário. Parecia que piorara. Um não suportava olhar para cara um do outro por mais que dois segundos. Parecia que a qualquer momento se engalfinhariam no quarto. O advogado dormia preocupado, com receio de que Murilo tentasse fazer algo contra ele durante a noite. Coragem e covardia o suficiente Ésio sabia que ele possuía para fazê-lo.

No outro quarto em que se encontravam os novatos, pairava uma energia melhor. Se é que alguma boa energia pudesse ser sentida num ambiente como aquele. Ricardo, Wemerson, Rogério e Renato até que socializaram bem. Assuntos em comum fizeram-nos ter papo noite adentro.

Rayana e Carolaine também não tiveram divergências. As duas eram bem tranquilas e se entenderam muito bem.

— Rayana, tive a impressão de ter ouvido você chorar ontem à noite.

— Não, Carolaine. Acho que você se enganou — a auxiliar de contabilidade tentou desconversar. Ela havia mesmo chorado.

— Engraçado, eu jurava ter te ouvido falando no celular bem baixinho e depois de alguns minutos ouvi-la soluçar.

— Deve ter sido só impressão sua mesmo. Ontem apaguei completamente. Estava precisando de uma boa noite de sono.

— É, pode ter sido só impressão minha — disse, duvidando. — E o que você acha que vão fazer com os corpos que ficaram lá na mata? — perguntou Carolaine, terminando de vestir sua blusa.

Rayana estava deitada na cama, com as pernas cruzadas e olhando para o vazio. Provavelmente pensando em Marlom. Desde que fora para Colíder, nunca tiveram uma nova oportunidade de se falar novamente.

— Creio que eles devem ter gente para limpar toda a cena. Devem enterrar ou sei lá. Eu acho — respondeu de modo automático a pergunta de Carolaine. Não estava com muita vontade de conversar.

A expressão de Rayana não ajudava a moça em sua mentira. Seus olhos ainda estavam inchados e vermelhos por conta do choro.

— Isso é estranho... E bom ao mesmo tempo. Não acha?

— O quê? — perguntou Rayana, levantando-se e se sentando.

— Isso de a gente fazer parte de uma organização tão completa e distribuída. Nada pesa para ninguém. Cada um fazendo sua parte, a roda gira sem fardos para ninguém em particular. — Carolaine se sentou ao seu lado na cama.

— Confesso que cheguei a pensar que nós teríamos que fazer isso. Isso de... — A auxiliar de contabilidade fez aspas com os dedos. — ... de limpar a cena.

◆ ◆ ◆

Enquanto elas conversavam, Ésio estava impaciente. Sozinho no quarto, aproveitou a ausência de Murilo para ligar para Lara. Para repassarem alguns últimos detalhes sobre hoje.

Hoje.

Hoje à noite.

Era tudo ou nada. Tinha que ser tudo. O nada significaria um grande nada aberto na vida dos dois. *E se algo der errado? Eu não sei se estou preparado pra isso tão cedo assim... e se eu estragar tudo? Se perceberem alguma coisa...*

Marcaram de se encontrar no início da noite.

◆ ◆ ◆

A noite chegara e estava abafada. Limpa, sem ventos, com o céu estrelado e uma lua minguante estampada entre as estrelas. Colíder era acolhedora por natureza, fosse pelos seus habitantes bem receptivos ou pelo clima que fazia tudo ser mais natural. Embora haja quem desgoste desse típico calor mato-grossense, há também quem sabe aproveitá-lo. O tempo quente exige que você saia de casa, nem que seja para ficar sentado na calçada da frente jogando conversa fora. Esse é um dos lados bons que as cidades pequenas ainda podem ter: sentar na frente de casa = sem a preocupação exagerada do risco de ser assaltado, por exemplo. Não que a criminalidade não tenha chegado às cidades pequenas, não é isso. É que, assim como as cidades, ela também é pequena.

— Tá, eu vou ter que te beijar, Lara.

— Ok.

— Ok, tipo, "ok, vá em frente"?

— É.

Os dois estavam no quarto de Lara. Já passava das oito da noite e os últimos acertos estavam sendo tomados para nada dar errado.

Depois do aval da delegada, Ésio se aproximou dela. Levou uma das mãos à sua cintura e a puxou para junto de si. Seus rostos ficaram muito próximos e um podia sentir a respiração do outro. Lentamente foram aproximando suas bocas. Os olhares encaravam os lábios que estavam para se encontrar.

E, então, Ésio avançou.

Podia sentir suas bocas se encontrando, os corpos se unindo em uníssono e o tão desejado e demorado beijo acontecendo como se estivessem em câmera lenta, como se aquele momento fosse o mais intenso, longo e, ao mesmo tempo, mais rápido instante de transe de suas vidas...

Mas o beijo não aconteceu.

Lara virou o rosto no exato momento. Quando o gol ia ser marcado, o goleiro agarrou a bola, para decepção da torcida.

Ela começou a rir e tirar a mão dele da sua cintura.

— Muito bem, Ésio... — Riu mais um pouco. — Ótimo. Desse jeito vamos convencer qualquer um por lá.

— Tem certeza? — disse ele. — Acho que temos que treinar um pouquinho antes. — Fez um olhar de criança pidona. — Para ficar verídico é necessário muito empenho da nossa parte...

— Ah, como ele é safado. — Deu um tapinha no ombro dele. — Já estamos muito convincentes.

— E o pior é que estamos... Até eu estou começando a acreditar. Acho que já podemos pular mais uma etapa do nosso relacionamento. — Ele se ajoelhou e pegou a mão dela. — Aceita se casar comigo, meu amor? — Fez a pergunta da forma mais teatral possível, um típico galã de comédia romântica.

Ela entrou na brincadeira e respondeu, caindo de joelhos também, de maneira bem canastrão:

— Eu te aceito, meu amado! Prometo fazê-lo o homem mais feliz por toda a nossa eternidade. — E abraçou-o.

Por alguns segundos os dois ficaram assim, até se soltarem e levantarem, ambos caindo na gargalhada. Por mais tensa que fosse a situação, um pouco de descontração não fazia mal a ninguém.

— Ésio, Ésio... Você não existe, cara!

— Claro que existo. E estou aqui em carne, osso, beleza e todo seu. Pode usar e abusar desse humilde moço.

— Bobo — disse ela, sorrindo. — Mas vamos. Preparado?

Por um instante a expressão dele se fechou.

— E se eu disser que não estou preparado?

— Aí eu te direi que você tem alguns minutos para se preparar. — E o puxou pelas mãos, saindo do quarto. Trancou a porta e partiu de mãos dadas com ele.

Como Lara havia explicado para Ésio na noite anterior, que não acreditava em destino, e sim que constantemente mudamos nosso rumo, nossa história e que a qualquer momento ela poderia ir a um lugar onde não deveria ir ou conhecer pessoas que não deveria conhecer, ela poderia estar fazendo justamente isso. Quem sabe ela não devia estar indo para aquela casa. Talvez devesse nem ter saído da sua cidade para essa investigação extraoficial. Toda prova que ela conseguisse ainda não serviria de nada. Não havia um inquérito policial instaurado, uma denúncia formal ou algo em que ela pudesse sustentar sua infiltração. Mas era exatamente isso que ela queria. Ter certeza do que estava acontecendo, preparar terreno para então acionar a lei. Assim que os neonazistas começassem a querer induzi-la para a causa, quando começassem a apresentar a ideologia para ela, seu requerimento junto à justiça seria aceito e fundamentado. *Só mais algumas provas.*

E se isso não acontecesse? Se não houvesse tempo para seu plano se concretizar? E se os neos a descobrissem? Se Ésio, ou até ela própria, desse um desvio, despertando a desconfiança deles?

Muitas perguntas tomaram conta de sua cabeça no caminho para a casa. Perguntas que ansiavam por respostas.

Ela estava prestes a mover a primeira peça do jogo. Um jogo do qual somente um lado sairia vencedor. Um jogo no qual os dois times eram astutos. E ala tinha que ser mais.

Mas no momento ela preferia acreditar na teoria de Ésio. Que aquilo fazia parte do destino. Acreditar que tudo já estava escrito. Que essa era somente uma página de sua vida a ser lida e que novas a aguardavam.

26
NA COVA DOS LEÕES

"MAS ESSE JÁ ERA UM ENORME PROGRESSO.
UM PERIGOSO PROGRESSO."

Passava das nove da noite. Alexia, Petrônio, Murilo, Wemerson, Renato e Ricardo estavam na sala de TV assistindo a um filme. Rayana e Carolaine estavam no quarto, conversando, e Rogério, dormindo em seus aposentos.

— Muito bem — disse Ésio —, agora eu te beijo. — Os dois estavam esperando o portão ser aberto. Minutos antes, ele mandara um torpedo para Petrônio, avisando que estava chegando. De repente os portões rangeram e se abriram. Os dois entraram.

Quando passaram pelo quintal gramado, chegando à varanda da frente, o advogado levou a mão à maçaneta da porta para abri-la. Olhou para Lara. Ela fez um gesto com a cabeça, dando a entender que estava pronta.

Então ele puxou sua cintura para perto de si. A respiração de ambos ficou ofegante. E avançou.

Dessa vez, o gol foi marcado.

Os lábios se encontraram.

Com uma das mãos no quadril de Lara e a outra na maçaneta, ele a girou, abrindo a porta e entrando.

◆ ◆ ◆

Lara sabia que aquele beijo era de mentira. Como se fosse possível dar um beijo "falso". Então, passou os braços em volta do pescoço dele. Ao ouvir a porta bater atrás de si, teve certeza de que naquele momento estavam na casa. Apesar dos olhos fechados, podia sentir-se fuzilada com os olhares dos outros. Mas manteve-se assim, apenas sentindo e não vendo nada.

As mãos dos dois passearam pelos seus corpos. Só para dar mais veracidade à situação. Somente isso. Nada mais. A delegada fez questão de jurar para si mesma que era só para a veracidade.

◆ ◆ ◆

Os olhares que antes estavam voltados para a televisão, agora fixaram-se no casal que acabara de entrar.

Ninguém entendeu nada.

Alexia encarou Petrônio. Este, apenas gesticulou os ombros.

Quando ia falar algo, repudiar o iniciando, Alexia sentiu a mão de Petrônio repousar em seu braço.

Voltou olhá-lo.

Ele pediu, em tom baixo, que esperasse.

Enquanto isso, Ésio e Lara subiam as escadas, trôpegos e de lábios colados. Não se desgrudaram. Esperaram por um grito de repreensão, o que não aconteceu.

◆ ◆ ◆

Assim que chegaram ao seu quarto, Ésio bateu a porta, fechando-os dentro do cômodo.

Enfim, se soltaram um do outro. Lara sentiu-se desprotegida ao soltá-lo. Estava na cova dos leões e ter Ésio perto era como se estivesse com um escudo. Naquele momento os leões não podiam atacá-los. Até tiveram a chance, mas não atacaram. Talvez os leões estivessem começando a entender quem domava a situação.

— Pensei que seríamos metralhados lá em baixo — disse Lara, sentando-se em uma das duas camas que tinham ali.

— Nessa cama não. Sente-se nesta aqui. Essa aí é a do Murilo. Nós não estamos nos dando muito bem por esses dias.

Sem mais indagações sobre o assunto, ela pulou na outra cama, espalhando-se.

— Estavam quase todos lá — falou ele, sentando ao seu lado. — Você os viu?

— Não. Não abri meus olhos.

— Eu abri de relance.

— E por que você acha que eles não disseram nada? Você disse que não era aceito trazer outras pessoas aqui.

— Eu não disse isso. Disse que achava que não poderíamos trazer.

Lara fez silêncio. Após algum tempo, soltou uma gargalhada, rolando na cama.

— O que foi? Do que você está rindo? — Ésio também sorria. A risada dela era contagiante.

— Passamos pela cova dos leões. — Ela se sentou na cama e riu mais um pouco.

— Você é louca, Lara. — Ésio também ria sem parar. — Mas estamos na casa dos leões. E vamos deixá-los adestrados, dentro de suas jaulas para sempre.

— Vamos!

E os dois caíram na gargalhada, deitando na cama.

◆ ◆ ◆

— Onde o Ésio pensa que está? Vou subir agora mesmo e colocar os dois para vazarem dessa casa o quando antes — falou Alexia, irritada. — Por acaso isso aqui virou um motel e ninguém me avisou? Será que esse imbecil não entendeu que tem regras a serem cumpridas?

— Espera, Alexia — Petrônio disse, calmo. — Deixa o cara se divertir um pouco. Não faz mal a ninguém um pouco de diversão...

— Isso aqui não é a casa da mãe Joana! Ele não está em uma colônia de férias para se divertir! Está em treinamento para adquirir responsabilidade para defender uma causa séria!

— Deixa ele, Alexia. Você acha que quando começamos a namorar eu não passei por isso também? Já contei que queriam me impedir de me encontrar com você. Imagina se tivessem conseguido... Hoje nós não teríamos essa espetacular líder que temos. — E beijou-a.

Os outros que estavam na sala junto ao casal não disseram nada. Às vezes era essencial não ter ouvidos na organização. Nem olhos. E noção também, para não se meter onde não era chamado.

O único que ficou pensativo com aquela entrada foi Murilo. Teve a impressão de já ter visto aquela mulher antes. Mas não conseguia se lembrar de onde. Seu rosto lhe era familiar, mas, por mais que puxasse na memória, não recordava-se. *Devo tê-la visto na festa de casamento das bichinhas...*

Petrônio puxou sua parceira para a varanda dos fundos da casa para ter um pouco mais de privacidade. Tiveram uma conversa longa. Ele a fez entender que não adiantaria impedir os novatos de namorarem, pois caso contrário eles fariam às escondidas. Com pessoas que podiam não ser de confiança. Antes eles estarem com companhias ali, sob seus olhos, do que na rua. Ali era o seu território. Tinham pleno comando sobre tudo e todos que ali estavam. E com Ésio e a magrela não seria diferente. Que mal poderia fazer aquela magrela? Um soco já seria o suficiente para desmontá-la inteira.

◆ ◆ ◆

Dessa forma Lara conseguiu dar o primeiro movimento nas peças do jogo.

Mais tarde, depois que fora embora, Alexia e Petrônio tiveram uma conversa com Ésio explicando as exigências que ele teria que seguir caso quisesse continuar trazendo a tal mulher à casa.

Nos dias que se seguiram, ele levava Lara lá com cada vez mais frequência. Depois de uma semana, os olhares duvidosos dos outros já não existiam mais. Aos poucos os planos da delegada começavam, enfim, a ganhar rumo.

Ela sabia que isso era somente o começo, que teria de dar um passo de cada vez e com toda a atenção e cuidados necessários. Estando dentro da casa, aos poucos, ela ia vendo como funciona a rotina dos neos, estudando toda a estrutura que possuíam, desde as instalações às ações que eram financiadas principalmente com o dinheiro de Alexia.

Geralmente, Ésio a levava no período da tarde. Na primeira semana foi assim. Seus planos eram dormir por lá. À noite, quando todos estivessem dormindo, ela poderia aproveitar para vasculhar cada canto daquela casa em busca de provas. Porém, o pedido foi negado quando fizeram ao casal de líderes. Se Ésio quisesse levar a magrela, poderia. Mas que fosse por algumas horas apenas.

Lara não conversava com ninguém além do advogado. Nenhum dos outros dera abertura para sequer puxar um assunto. E isso era questão de tempo para mudar. Até poucos dias atrás ela nem sabia quem eram aquelas pessoas e, agora, já estava, mesmo que por poucas horas, sob o mesmo teto.

E nem seria possível Lara dormir, já que o advogado dividia quarto com Murilo.

Mas esse já era um enorme progresso.

Um perigoso progresso.

Naquela altura, já não dava mais para ela voltar atrás. Já estava metida até o pescoço com aquela gente. Estava envolvida de tal forma que a rotina com aquelas pessoas já estava impregnada em sua vida.

E, consequentemente, estava envolvida com Ésio.

Talvez ele passasse a ser a única coisa boa que ainda estava com ela desde a viagem. Talvez ele fosse o lado bom disso tudo.

Quem sabe foi o "destino" que fez com que nos encontrássemos...

Sempre que ela pensava nisso, nesse lance de destino, soltava uma risadinha.

Porque o destino significava, para ela, Ésio. Ele que explicou para ela o que acreditava sobre isso, mesmo que para ela nada fosse verdade. Tudo podia ser uma grande mentira. Mas ele, não. Ele não era uma grande mentira. Era uma bela verdade que ela tinha de assumir, fazia parte de sua vida com uma intensidade cada vez maior.

27
Sede noturna

"... Eu quero você, Rayana. E você também me quer..."

Rayana acordou de madrugada. Ficou deitada para ver se o sono voltaria, mas não voltou. Depois de algum tempo, sua boca começou a ficar seca, sedenta por água fresca.

Levantou-se da cama, olhou de relance para Carolaine, que estava em um sono profundo, e calçou os chinelos. Conferiu as horas, foi ao banheiro e, em seguida, saiu do quarto, encostando a porta devagar, para não fazer barulho.

Ela desceu as escadas para ir até a cozinha beber um pouco de água.

Tudo estava muito silencioso.

Seus chinelos faziam um leve barulho no piso de madeira, enquanto sua mão ia acompanhando o corrimão na descida.

Atravessou a sala de estar e foi em direção à cozinha.

Sem querer, esbarrou com uma das pernas na beirada do aparador que havia ali na sala de estar. Justo o dedinho. Ela resmungou um pouco, reclamando de dor e balançando o pé, tentando fazer o incômodo parar.

Naquele instante, teve a impressão de ter ouvido algo vindo de lá. Parou de andar para ver se conseguia ouvir mais alguma coisa, só para ter certeza.

Nada.

Levou as mãos até seus cabelos e os juntou, jogando-os para trás.

Ela usava uma fina blusa de seda azul-claro e um mínimo short com as barras rendadas.

Quando chegou à porta, viu uma fraca luz que vinha de dentro da cozinha. Paralisou por alguns segundos.

Voltou a caminhar, direcionando toda a sua atenção para o cômodo.

Andou bem devagar. Até que, finalmente, viu o que estava causando a luz.

A porta do refrigerador estava entreaberta. A iluminação que chamou sua atenção vinha da fresta aberta da geladeira.

Rayana foi até lá, pegou uma jarra de água e um copo e matou sua sede. Fechou a porta do refrigerador e voltou a beber mais um pouco de água.

Quando terminou, colocou o copo sobre o balcão da pia.

Prestes a dar meia-volta para retornar ao quarto, ouviu novamente um barulho. O mesmo barulho.

Era como se tivesse uma pessoa ali, dando lentos passos, tentando se esconder. Era perceptível o som de pés contra o assoalho de madeira.

Rápida, ela foi até o interruptor ao lado da pia para acender a luz.

Assim que levou a mão até lá, sentiu ser abraçada por trás.

Uma mão envolveu sua cintura enquanto a outra tapou sua boca.

Ela tentou se livrar daquele que a agarrava, mas não conseguiu. Era mais forte. Bem mais forte. Quis gritar, agarrar, se desvencilhar de qualquer jeito, mas foi impossível.

Percebendo que ela já estava assustada, a pessoa a virou, deixando-a de frente e apoiada na parede.

Agora Rayana pôde ver quem era.

Na fraca luz da lua que entrava pela janela, distinguiu o homem.

Acalmou-se quando o reconheceu.

Era Murilo.

Ele a soltou e deu um sorriso.

Agora, passado o susto, ela sorriu também.

— Você é louco? — sussurrou ela. — Assim você me mata de susto!

— Quando eu vi que era você, não resisti — disse ele, não se afastando e deixando seu corpo permanecer colado ao dela.

Os rostos de ambos estavam próximos. Próximos demais.

Sem dizer nenhuma palavra, Murilo apalpou seu rosto com a mão direita, enquanto a outra permanecia na cintura. Seu dedão percorreu as bochechas dela e levemente esfregou-o em seus lábios.

— Murilo, não... — ela falou, percebendo o que estava prestes a acontecer.

— Por que não?

— Porque eu tenho namorado! Isso é errado...

— Shhh... — ele sussurrou, pedindo para que ela se calasse. — Eu quero você, Rayana. E você também me quer.

— Murilo... Não...

Então, ele puxou sua cabeça pela nuca e a beijou, impedindo-a de concluir qualquer frase.

No início ela até tentou resistir. Quis resistir, de verdade. Mas ele era delicioso demais para que ela o mandasse parar. Para querer que ele parasse.

Rayana entrelaçou seus dedos nos cabelos do repórter e se entregou àquele ardente beijo. Suas mãos passearam pelos braços fortes, pelo peitoral definido e pelos músculos de seu abdome. A língua dele invadia com volúpia sua boca, com uma enorme necessidade de saborear tudo o que encontrasse pela frente. Se antes a sede era de água, agora Rayana estava cada vez mais sedenta por cada pedaço de Murilo. Aquele beijo, seu toque, os pelos de sua pele a excitavam de tal maneira que a faziam querer se entregar loucamente a ele.

Murilo pressionou seu corpo mais ainda contra o dela, mantendo-os colados à parede. Suas mãos percorriam cada milímetro do corpo da jovem, arrancando arrepios e gemidos abafados.

Ela deu um pulo e enganchou em sua cintura, abraçando o pescoço dele. Murilo se afastou para trás até que esbarrou em uma mesa que havia ali. Sentou Rayana sobre a bancada e permaneceu de pé, enquanto continuava a beijá-la. Levou suas mãos até a blusa de seda e desamarrou o pequeno laço que tinha ali. Deixou sua boca por alguns instantes e começou a lamber e mordiscar seu pescoço.

Rayana gemia. E passou a gemer cada vez mais alto, esquecendo que havia outras pessoas na casa. Mas todos já estavam no terceiro sono, àquela hora da madrugada, então podia se soltar sem receios.

Ele foi descendo com a boca até chegar em seus seios. Terminou de retirar a blusa e ficou um bom tempo mordiscando tudo ali. Então, ele a deitou e ergueu suas pernas. Desceu o short e, depois, lentamente, a despiu por completo. Deitou-se sobre ela e voltou a beijar aqueles lábios doces e viciantes. Passeou com sua boca por todo o corpo da jovem, arrancando baixos urros de prazer e palavras para não parar.

Com a pele em brasa, cada pelo de suas costas e seu cangote ficou arrepiado. Revirava os olhos com a boca dele explorando cada parte sua. Ela era quente e molhada e parecia faminta revirando centímetro por centímetro de seu corpo.

E foi a vez de Murilo desfazer-se de suas peças de roupas. Ele não estava usando cueca e sua excitação já praticamente rasgava o tecido do calção de linho. Rapidamente ficou nu. Seu membro rígido e a ponto de bala era um instrumento de prazer a Rayana. Ela não se conteve quando, lentamente, começou a ser penetrada. Murilo puxou-a pela cintura e consumou o ato. Na mesa. No chão. Novamente contra a parede e até sobre a pia.

Rayana ficou completamente enlouquecida com aquele homem. Ele era uma máquina de proporcionar prazer. Nem de longe se comparava a Marlom. Com seu namorado, era uma diversão juvenil. Com Murilo, ela sentiu coisas que nem sabia que existiam. E pela primeira vez teve certeza de que um homem de verdade a tinha feito mulher.

Depois do clímax, desabaram no chão da cozinha, ofegantes. Não disseram nada nos primeiros minutos, apenas recuperaram as energias.

— Uau, o que foi isso, Murilo? — perguntou Rayana ofegante.

— Rayana, você foi incrível! Você é mais deliciosa do que pensei! Imaginei que era, mas não tanto assim.

Ela somente riu e rolou para cima dele. Montou e ficou assim, beijando-o e excitando-o novamente.

— Espera — disse ela, percebendo que ele já estava excitado novamente. — Vamos pro quarto. E se alguém descer aqui? Já imaginou se nos pegam?...

— E quem vai descer aqui a uma hora dessas?

— Nós descemos.

— Não, a gente fica aqui mesmo. Para que sair?

— Vamos para o quarto, Murilo...

— E que quarto? No meu o Ésio está dormindo por lá, e você divide o seu com a outra menina. — Ele agarrou sua nuca e a puxou para um beijo. — E depois do que nós já fizemos, acho que não tem problema continuarmos aqui.

— E se aparecer alguém? — insistiu ela, entre os beijos dele.

— Dependendo de quem aparecer, eu traço também! — E riu.

— Idiota — ela retrucou. — Mas é o idiota mais gostoso que já estive. — E se entregou de novo.

Transaram mais uma vez.

Depois, retornaram cada um para seu quarto.

28
A máscara

"O bigode, a expressão dura e assustadora... Era Hitler!"

— Hoje à noite tenho alguns compromissos para resolver com o Petrônio. Então, dessa forma, vocês estarão dispensados por algumas horas. Se quiserem sair, darem uma volta na cidade... Enfim, é por conta de vocês — Alexia falou.

Todos estavam reunidos, almoçando à mesa na sala de jantar.

Dona Maida foi quem preparou o almoço. Alexia a chamou novamente para retornar aos serviços da casa, visto a enorme quantidade de pessoas que estavam ali.

Murilo estava sentado de frente para Rayana. Vez ou outra lançava olhares indiscretos para a moça, fazendo-a recordar e se arrepiar com os acontecimentos da noite anterior.

Ésio gostou da notícia. Mais algumas horas para estar com Lara. Ou melhor, para combinar detalhes do plano com ela. Nada mais que isso. *"Talvez treinarmos mais um pouco uns beijos, quem sabe..."*, pensou, balançando a cabeça levemente e soltando um sorriso.

— Então, Ésio, o que acha de sairmos para tomar umas cervejas? — perguntou Ricardo, encarando-o.

— Não posso — respondeu ele subitamente.

Todos que estavam sentados à mesa olharam para ele, pela rispidez de sua resposta. Notando isso, argumentou:

— Vou aproveitar para sair com a Lara. — E sorriu, para quebrar o clima. — Por que não vão vocês? — perguntou, indicando os outros novatos.

Rogério e Carolaine gostaram da ideia e combinaram de sair com Ricardo.

— Também vou com vocês — disse Wemerson, dando a última

garfada no strogonoff e uma golada no seu suco.

— E você, Renato, vai com eles? — indagou Murilo, tentando empurrar o jovem para que ele e Rayana tivessem mais tempo a sós.

— Posso? — perguntou Renato, tímido.

— Claro! — confirmou Ricardo. — Então vamos todos.

◆ ◆ ◆

A noite chegou.

Como tinham planejado, todos saíram de casa, menos Murilo e Rayana. Os dois já tinham sua própria diversão particular para aproveitarem.

— Até que enfim, agora, sim, a casa toda é só da gente! — disse Murilo, agarrando-a e a beijando.

— Espera, Murilo — falou Rayana. — Aqui não. Tem câmeras aqui dentro, esqueceu?

— Aqui não tem. O único lugar aqui dentro de casa que possui câmera é no escritório. E lá fora tem outras quatro.

— E como você sabe disso?

— Não pergunte a um jornalista nada sobre câmeras — disse ele, abraçando-a mais. — Nunca!

— Que eu saiba jornalista não é nenhum perito nisso — disse ela ironicamente.

— Perito no assunto eu não sou, mas tenho bastante conhecimento sobre. — Ele sorriu. — Já tive contato com esses tipos de sistemas.

— E se tiver em locais escondidos que você não viu?

Ele parou com os beijos.

— Ok. — Murilo deu um beijinho em sua boca antes de começar. Depois, prosseguiu. — Há alguns dias, durante a noite, acordei e não consegui mais pregar os olhos. Então, levantei-me. Caminhei por toda a casa, observando cada canto. Consegui destrancar a porta do escritório para entrar e ver as plaquinhas, pensando que assim me distrairia e o sono viria. — Enquanto ele falava, ela subiu em sua cintura e ficou sentada ali, observando-o e, às vezes, mordiscava sua orelha. — E depois de um tempo veio mesmo. Mas, antes, acessei o computador de lá. O sistema de monitoramento deles é muito simples, semelhante ao que a padaria de um pai de um amigo meu tinha. Acessei o programa e vi que ele só captava imagens de cinco câmeras de segurança. Uma em cada canto dos muros frontais, uma próximo à porta principal da casa, uma que capta a parte da piscina e uma última no escritório.

Rayana pensou um pouco antes de continuar.

— Então eles viram pelas imagens que você invadiu o escritório...

— Não. Eu apaguei a parte em que apareço.

Ela segurou seus braços para cima e beijou-o. Depois, disse:

— Mesmo assim, deve ter ficado um vão entre imagens gravadas. Nas partes em que foram deletadas. Eles devem ter percebido.

Ele abraçou-a e rolou no chão da sala, ficando agora por cima daquele corpo de pele branca e frágil.

— Eles não veem as imagens com muita frequência. Acho que só quando acontece algo de suspeito que as conferem. Mas como aqui isso nunca acontece, nem descobriram minhas andanças noturnas. — E arrancou a blusa dela com volúpia.

Começou a morder e chupar seus seios, enquanto Rayana gemia e arrepiava com sua boca quente.

Ficaram na sala pelas próximas duas horas. Transaram de todas as formas possíveis. De formas que ela jamais imaginara ser possível. Pensava que ele tinha feito todas as loucuras na noite anterior, mas hoje ele incrivelmente se superou.

Depois, foram para a cozinha. Na área de serviço. Murilo destrancou a porta do escritório com um grampo e saciaram o desejo de ambos lá, sobre a mesa, com a câmera flagrando-os. Após, ele ligou o computador e apagou as imagens como tinha feito na outra noite.

Recuperaram as energias durante alguns minutos. E mais uma vez. Começaram nas escadas e finalizaram no quarto do repórter. Os dois pegaram no sono e apagaram. Já passava da meia-noite e ninguém havia chegado na casa ainda.

◆ ◆ ◆

Assim que saiu de casa, Ésio foi direto para o hotel se encontrar com Lara. Qualquer tempo que conseguissem a sós era precioso e não podiam desperdiçar quando surgia uma oportunidade daquelas.

Combinaram mais alguns detalhes a serem resolvidos. Discutiam sobre como aumentar a estadia dela na casa e indo aos poucos dando confiança a ela perante os outros. Conquistar a confiança dos neonazistas era peça fundamental daquele jogo.

O advogado contou à delegada sobre as câmeras de segurança que havia visto: duas no muro da frente, uma na porta, uma na piscina e outra no escritório.

Ele viu a do escritório no dia que explicaram sobre o plano da invasão da festa de casamento. Discretamente, nem deu importância. Depois da parceria que havia feito com Lara, ele começou a prestar mais atenção na casa para ver onde mais havia câmeras. Só conseguiu localizar nesses lugares. Se não tivessem outras ocultas, não tinha mais. E isso era bom. Facilitava, e muito, a vida de ambos por lá. Saber em quais partes eram monitorados... onde podiam conversar à vontade...

— Bom, agora tenho que ir — disse Ésio.

— Mas já? Ainda é cedo.

— Não queremos despertar a atenção deles, não é, Lara? E não é cedo também, não... Já é quase meia-noite!

Ela assentiu. Até outro dia era ela quem estava pedindo para ele ir. Agora, o jogo tinha se invertido.

— Você tem razão — respondeu a delegada. — Todo cuidado que tivermos será pouco.

Ele se levantou da cadeira e caminhou até a porta. Ela o acompanhou.

— Então, até amanhã.

— Até amanhã, namorada — disse ele, e levou a mão ao seu rosto, acariciando-o delicadamente.

Ela colocou a mão sobre a dele. Sentiu seu calor ao tocá-la.

— Até, namorado. — E os dois sorriram.

Talvez o momento exigisse um beijo. Um beijo de verdade. Não um beijo para enganar outras pessoas. Mas um para ambos deixarem de se enganar.

Ésio aproximou-se lentamente. Os rostos dos dois ficaram a pouquíssimos centímetros um do outro.

Ele vai me beijar. E eu vou beijá-lo. Eu quero isso.

Ésio, delicadamente e sem pressa alguma, aliás, demorando mais que o necessário, sentindo o cheiro suave e floral que brotava da pele de Lara, observando com atenção cada detalhe de seu rosto e de sua boca delicada sem batom, a beijou.

Mas o beijo não foi na boca. Foi ainda mais especial.

Os lábios dele encontraram sua testa. Ficaram ali durante alguns segundos. Até que se afastou um pouco.

— Se cuida — disse ele.

E aquele gesto compensou mil outros beijos que fossem. Foi ainda mais especial que qualquer outro. Foi mais tocante, mais emocionante... como se aquele gesto a tornasse um pouquinho mais dele. Como se um irrevogavelmente fosse do outro.

Conrado nunca havia feito aquilo. Na testa, não. Não daquele jeito tão... Tão... Tão único. Que a fez se sentir única.

Lara perguntava-se como um simples gesto poderia ser tão excepcional. Ela sentiu e teve certeza das palavras que não saíram da boca de Ésio. Palavras que ainda não saíram. *Eu cuido de você.*

Lara simplesmente sorriu.

— Se cuida também — respondeu-o. E fechou a porta quando ele saiu.

Deitou-se na cama e olhou por um longo tempo os objetos que estavam sobre a mesinha de cabeceira: seu distintivo e sua arma sob a luz amarelada do abajur.

Teve certeza de que tudo estava começando. Agora, as coisas começariam a partir por caminhos obscuros. Caminhos que não estavam claros em onde dariam, mas que deixavam claro que eram sem volta.

◆ ◆ ◆

1h39min.

Um silêncio absurdo se fazia na casa naquela madrugada de lua crescente. Ninguém ainda havia chegado.

A escuridão tomava conta de tudo. Pelos corredores que davam acesso aos quartos, a escada bifurcada que levava para o andar superior da casa, pela sala de estar, de jantar, cozinha... Somente a penumbra da fraca luz do luar entrando pela finas cortinas brancas fazia-se ter pouca visão dos ambientes.

Em meio ao silêncio, a porta da cozinha se abriu lentamente. Uma pequena lanterna foi ligada, iluminando algum espaço mais à frente. Em seguida, o dono da lanterna começou a caminhar bem devagar, olhando para os lados, atento.

Depois, apressou-se.

Os passos passaram a ser rápidos, porém inaudíveis.

Logo depois a porta se fechou bem devagar.

A pessoa não encontrou dificuldade nenhuma ao abrir a porta e adentrar a residência.

Mas quem era essa pessoa que estava caminhando para dentro da casa, em direção à sala? Será um deles que chegou da escapada noturna de todos? Será que a curtição terminara mais cedo?

Não dava para reconhecer.

A pessoa que estava ali, nas sombras, vestia um enorme e grosso sobretudo preto, botas militares, luvas nas mãos e...

Andou lentamente, analisando cada detalhe e prestando muita atenção. Não podia esbarrar em nada, nenhum móvel e nem fazer barulho algum, pois não era bem-vinda sua presença ali.

Atravessou a sala de estar com uma calma assustadoramente grande. Parecia conhecer cada centímetro do local onde estava. E foi em direção ao escritório. Já tinha em mente o exato percurso que faria.

Com a ajuda de um grampo escolar, simples e sem muita sofisticação, destrancou a porta.

Entrou no cômodo e acendeu um abajur que havia sobre a escrivaninha.

A luz iluminou o ambiente.

Então, na fraca luz amarelada, foi possível ver que, no lugar de seu rosto, estava um objeto, impedindo completamente a revelação de quem estava por detrás daquele sobretudo e... daquela máscara.

A máscara.

Uma energia pesada e negativa emanava dali. Era possível sentir a presença do mal... do ódio... sua presença era imponente e medonha.

A pessoa estava usando uma máscara prateada, no orifício dos olhos havia um tecido preto impedindo de ver o seu olhar. Mas o que era surpreendente não era o fato de ser uma simples máscara.

Era Hitler.

A máscara no formato do rosto de Hitler.

O bigode.

A expressão dura e metálica estampada era assustadora.

A pessoa então foi até bem próximo à câmera de segurança instalada em um dos cantos do escritório e olhou diretamente para o objeto. Como se estivesse admirando. Exibindo-se. Ficou assim durante alguns segundos. Impondo sua presença. Depois, virou-se e pôs-se a revistar algumas gavetas. Por fim, foi ao móvel do outro lado da escrivaninha. Levou as mãos enluvadas até a alça do compartimento e a puxou.

Trancada.

Arrombou a pequena porta do móvel novamente com o grampo.

Segurou a caixa que estava lá e a retirou.

A caixa de madeira talhada com as gravuras nazistas.

Colocou-a sobre a mesa. E a abriu.

Dezenas e dezenas de plaquinhas com o símbolo da suástica estampados estavam guardadas lá.

Depois de observá-las, a pessoa levou as duas mãos e as encheu com os objetos, deixando-os caírem novamente. Repetiu o gesto umas três vezes, fazendo uma espécie de cachoeira com as peças.

Depois, começou a guardar as plaquinhas nos bolsos do sobretudo. Lotou os dois bolsos frontais da peça de roupa.

Devido à enorme quantidade de peças ali, era praticamente imperceptível a falta de alguns dos objetos. Ninguém notaria o sumiço.

Depois de fazer isso, a pessoa guardou a caixa no mesmo lugar onde estava, fechou o móvel e saiu do escritório. Andou pela sala e saiu pela cozinha, exatamente como havia entrado.

A pessoa mascarada sabia bem o que estava fazendo.

Foi diretamente até o escritório. No móvel. Na caixa. Nas plaquinhas.

O rosto metálico de Hitler sabia que a casa estaria vazia, que todos iriam sair e aproveitou a oportunidade.

Oportunidade para quê?

Por que invadir e roubas as plaquinhas nazistas?

Como conseguiu informações tão privilegiadas sobre os membros da célula situada ali, em Colíder?

Será que seria alguém de dentro da organização?

29

UMA DOSE DE MENTIRAS

"ÀS VEZES, AS VERDADES TÊM QUE SER COMPARTILHADAS SOMENTE NUMA TROCA DE OLHARES OU NO ESPAÇO DE UM ABRAÇO..."

Por mais difícil que fosse estar ali, sabendo de tudo e não podendo fazer nada no momento, Ésio estava gostando. Nos poucos dias em que esteve na companhia de Lara, já sentia algo extraordinariamente bom dentro nele. Algo que não acreditava sentir. Ainda recusava-se a acreditar. Era como se fosse uma amizade, ele a queria bem. Mas também era como algo carnal. Ele a desejava. Amigos não se desejam. Portanto, não poderia chamar aquilo de amizade.

Mas qual homem poderia ficar ao lado de uma mulher como aquela sem que a desejasse? Impossível!

Talvez não fosse nada disso. Quem sabe tudo não passasse de uma estratégia dela para conseguir as informações que desejava. Simplesmente isso. Tudo aquilo poderia ser somente uma estratégia de uma delegada com um neonazista arrependido.

Neonazista.

Ele não se sentia um.

Não tinha ódio por negros. Nem por pessoas com deficiências e muito menos por homossexuais. Não queria fazer mal a eles. *Só aconteceu uma vez e foi para prevenir um mal que me atingiria. Atingiria meus amigos.*

Mas ali ele era um deles.

Um neo.

Tinha que ser. Era esse o acordo com ela. E ela o ajudaria.

Quando o jovem advogado se despediu de Lara no hotel, ele não foi exatamente direto para a casa. Na verdade, ninguém foi diretamente para lá. Alguns permaneceram mais tempo na boate, outros saíram mais cedo...

— Aonde vocês foram ontem à noite? — perguntou Petrônio.

À mesa, estavam sentados ele, Alexia, Ésio, Ricardo, Wemerson, Rogério e Renato. Murilo e Rayana estavam dormindo no mesmo quarto de Ésio. Carolaine dormia no quarto em que Rayana também deveria estar.

— Nós fomos numa boate lá do centro. Lugar até massa. Bem bom — respondeu Wemerson, dando uma mordida na fatia de pão com queijo. — Que horas você chegou, Ricardo?

Ricardo levantou os olhos da sua xícara de café rapidamente.

— Voltei rápido também. — E deu um golinho no café.

Alexia encarou-os.

— Ué, mas vocês não estavam todos juntos?

— Nós todos ficamos na boate até certa hora, depois a Carolaine disse que queria vir embora. Então, ela veio primeiro. Depois comecei a beber e nem vi quando Ricardo e o Rogério saíram.

— Eu vim logo depois da meia-noite, eu acho — respondeu Rogério.

— Acho que o único que se deu bem aqui foi o Renato. Lembro de tê-lo visto com uma ruiva. Depois disso, só o estou vendo novamente agora — disse Wemerson, dando um soquinho no braço de Renato.

— Pois é — cochichou Renato, meio sem jeito.

— E aonde você foi, Ésio? — perguntou Renato.

— Na Lara — disse de repente, dando uma mordida em uma torrada. — Voltei logo pra casa. — E deu um sorrisinho, desconversando.

— Então — falou Ricardo. — Concluindo, fora nosso amigo Renato, a noite foi igual para todos nós. — E gargalhou, cutucando Renato.

— Ah, mas teve outro que se deu muito bem também essa noite — soltou Ésio. — A Rayana ainda está deitada na cama do Murilo. Quando acordei vi os dois largados por lá. Quando cheguei, ontem, nem reparei.

Alexia e Petrônio se entreolharam. Mas não disseram nada sobre o assunto. Todos terminaram seus cafés e se retiraram da mesa.

— Não gosto do envolvimento de duas pessoas tão rápido assim — cochichou Alexia. — Temos que ficar de olhos bem abertos nesses dois.

— Eu acho que tem gente demais nessa casa — respondeu Petrônio. — Quando que os que sobraram do teste vão embora?

— Logo, Petrônio. Estão terminando de treinar uma nova leva de iniciandos na capital. Creio que daqui a umas três ou quatro semanas, no máximo, eles já serão mandados de volta para lá.

— Quatro semanas ainda, Alexia?

— Pois é. Enquanto isso, temos de bancar os cuidadores — falou ela. Seu olhar era sério, aparentando preocupação. — Bastante atenção no Murilo e na Rayana, certo?

— Se não bastasse termos de ficar vigiando o Ésio com a magrela, temos mais essa. Mas eu entendo o que você quer dizer. Alianças entre pessoas podem ser perigosas. Principalmente se algum dia essas pessoas se voltarem contra nós — comentou Petrônio, passando os dedos pela barba cerrada.

— Não é algo com o que devemos nos preocupar ainda. Mas não custa nada. Portanto, olhos em alerta nesses quatro. — Ela puxou Petrônio pela nuca e o beijou.

◆ ◆ ◆

Anotação 2

Nesses dias que se passaram desde meu último registro, obtive progressos significativos nesta operação.

Hoje estou, mesmo que parcialmente, ainda, dentro da organização. Consegui me disfarçar e com a ajuda de Ésio estou obtendo, pouco a pouco, êxito nessa operação extraoficial.

Ésio.

Esse é o nome do homem que eu ainda não tinha revelado e que está me ajudando. Foi ele que me contou na noite da festa sobre o plano do grupo, ele que está fingindo ser meu namorado e é com o auxílio dele que vou conseguir as provas necessárias para o desfalque dessa quadrilha.

Nos poucos dias em que estive lá, já pude traçar e analisar os perfis dos membros da organização. Na verdade, são somente observações iniciais. Abaixo, segue uma rápida descrição sobre cada um deles:

• **Alexia**

Segundo minhas observações e pelas conversas que tive com Ésio, ficou claro que ela é a cabeça da célula. É ela quem distribui, comanda e intercala as funções de cada um ali dentro. Alexia é herdeira de várias e enormes fazendas, daí que vem todo o financiamento das ações do bando. O dinheiro é obtido do lucro dessas propriedades. Não sei ainda onde exatamente estão localizadas essas terras, mas me porei a localizar uma por uma.

• **Petrônio**

Ele é namorado de Alexia, seu braço direito e coautor de todas as ações cometidas pelo grupo. De força física impressionante, ele funciona como ponto de apoio de Alexia. Se por um lado ela cria, articula e distribui as ações e funções de cada um, ele é quem executa os planos. Dificilmente consigo imaginar a célula evoluindo sem um dos dois. Eles se completam, o que em um falta, no outro sobra. Ela é a inteligência e ele, a força.

• **Rayana**

Esta, por sua vez, é a mais nova do bando. Auxiliar de contabilidade, é muito inteligente e precisa, embora não deixe isso transparecer. Há alguma coisa nela, nos seus olhares, em sua postura, que deixa em entrelinhas que ela anseia por algo a mais. Tive a impressão de que ela se oculta. Talvez a casca de menina frágil e imatura seja exatamente isso: Só uma casca.

• **Murilo**

Formado em jornalismo, Murilo, de todos, é o que mais se sobrepôs em relação aos outros. Ele quer a todo o momento se mostrar capaz, salientar que sabe mais que todos que é mais prestativo, mais útil... que é mais neo. Um homem de boa aparência, boa dicção e bom palavreado. Digamos que ele tem bastante lábia. Eu ainda não conversei diretamente com ele, nem com nenhum dos outros, além de Ésio, mas mantive os olhos e os ouvidos em alerta naquela casa. Assim como Rayana, Murilo me passa a impressão de que se veste em uma casca. Ou talvez ele realmente queira ser mais prestativo que os outros para subir e evoluir na organização. Ou não.

• Ésio

O primeiro contato que eu tive com essas pessoas deu-se pelo Ésio. Na noite da festa de Rubem e Alberto, o encontrei. Não desconsidero que tenha sido uma tremenda sorte minha. Por algum motivo, naquela noite, ele estava muito abalado emocionalmente. Não foi difícil fazê-lo se abrir e contar-me qual era seu problema. Quando ele me disse no que estava envolvido, senti vontade de dar voz de prisão a ele ali mesmo. Mas me contive. Consegui segurar meu impulso de fazer justiça. Eu sabia que tinha que ser paciente e ir com muita calma com essas pessoas. Para dar tudo certo, é necessário agir com muita calma. Então, fiz um acordo com ele. Se me ajudasse a coletar informações sobre os neonazistas, faria de tudo para inocentá-lo das acusações, deixaria bem claro que sua ajuda fora essencial na captura desses bandidos. Trato feito, nós dois concordamos. Nós, então, passaríamos a ser "namorados" na frente dos outros. Assim, eu estaria sempre por perto e sem levantar nenhuma desconfiança. Ésio me disse que nunca havia participado de nenhuma ação com vítimas do grupo. A festa, naquela noite, seria a primeira. Portanto, pretendo manter meu acordo de pé. Se ele não é um bandido, não tem motivo para eu quebrar minha palavra. Mas é somente isso. Nossa relação não passa de uma delegada aliada a um aspirante a bandido arrependido. Ésio é advogado, sabe muito bem onde se meteu. E sabe melhor ainda sobre as consequências que terá que enfrentar.

E tem também outros membros em fase de treinamentos instalados na casa. São cinco. Não me recordo dos nomes deles no momento, mas em breve saberei e incluirei nos relatos.

Uma última observação: Ainda não sei de onde vem, mas a célula, mensalmente, recebe um arsenal de armas e munições. As armas antigas são substituídas por novas e eles são munidos com equipamentos de todos os tipos (facas, punhais, socos ingleses, correntes com pontas, armas de fogo, marretas, machados...). Enfim, pelo que foi me passado pelo Ésio, provavelmente o armamento é mandado de Cuiabá. Mas ainda não temos certeza.

Sem mais por hoje, encerro essa segunda anotação.

Lara Gonçalves Figueiredo
Delegada de polícia civil / Colíder-MT

Após terminar de digitar a anotação, Lara imprimiu e assinou o papel.

Segurou a folha e releu uma das últimas partes: *Mas é somente isso. Nossa relação não passa de uma delegada aliada a um aspirante a bandido arrependido.*

E releu a frase novamente.

Será mesmo que a relação dos dois era só essa? Por que, então, que, quando ela estava com ele, Conrado se transformava em uma vaga lembrança? Ele já não era mais a pessoa na qual ela pensava e seu coração palpitava. Ela sentia que algo que nunca deveria ter começado fora encerrado de vez: seu namoro.

Com Ésio era diferente. As risadas eram mais alegres, os olhares eram mais brilhantes... porém, junto com ele vinha também uma sensação de perigo. Por mais previsível e inseguro que fosse, o perigo que estava por vir era inevitável e ao mesmo tempo aceitável e nem um pouco receoso.

Então, era mentira.

Aquilo que ela escreveu era mentira.

Sua relação com Ésio não era simplesmente a de uma delegada com um aspirante a neonazista arrependido. Era bem mais que isso. A verdade era outra e bem mais forte.

Mas ninguém precisava saber a verdade. Às vezes, as verdades têm de ser secretas. Compartilhadas somente numa troca de olhares ou no espaço de um abraço.

Após algum tempo, Lara guardou o papel impresso com a anotação na mesma pasta em que estava a anterior. E colocou a pasta na gaveta do criado-mudo, fechando-a e a trancando.

30

Tatuagens. Plaquinhas. Hitler e... BUM!

"A pessoa que usava a máscara metálica de Hitler soltou um sorriso abafado atrás do disfarce..."

Dois dias depois, Alexia reuniu todos os iniciandos numa manhã quente de sábado até o pátio próximo à piscina da casa. Lá, esperando-os, havia um homem e uma mulher. O homem forte e de cabeça raspada usava uma regata preta e uma calça jeans também preta. Estava descalço. A mulher, com cabelo vermelho e com a cabeça raspada do lado direito, vestia uma blusa cinza escura de mangas curtas e com a metade da barriga à mostra, que permitia ver um pedaço de uma tatuagem que começava logo acima do umbigo.

— Bom, reunimos vocês aqui para comunicá-los sobre algo muito importante. Dentro de alguns dias, vocês passarão por uma etapa primordial dos testes — falou Petrônio, ereto e com os braços cruzados. — Além dos três que estão sob nosso treinamento, os demais que estão hospedados aqui também participarão desta atividade. Eu e Alexia achamos melhor dividi-la em duas etapas. Na primeira, quatro de vocês vão participar, e na segunda, os quatro restantes concluirão. A definição da ordem será feita por meio de um sorteio. Alguma dúvida?

— Que tipo de atividade será essa? — perguntou Ésio.

— Você saberá no momento certo — respondeu Petrônio.

Após dizer isso, o líder neonazista tranquilamente despiu-se de sua camiseta. Era impossível um homem daquele tamanho, recheado de músculos, com aqueles olhos esverdeados, cabelos castanhos e com a pele coberta por tatuagens não chamar atenção de qualquer um que o visse. Seus braços, seu peitoral, seu tórax, suas costas... Ele era inteiro estampado com marcas nazistas. Suásticas, águias, frases de cunho racista... Enfim, Petrônio literalmente carregava as marcas do neonazista que era.

Logo depois, foi a vez de Alexia se desfazer da sua blusa e ficar somente de sutiã ali, sob o sol da manhã. Não diferente de seu namorado, ela também ostentava as tatuagens que chegavam a intimidar quem as visse.

— Como vocês podem ver — disse Alexia —, todos nós somos marcados. Carregamos com orgulho as inscrições daquilo em que acreditamos e defendemos.

Os iniciantes olhavam atentos detalhe por detalhe daqueles desenhos. Eles já tinham visto algumas das gravuras antes, nos braços e pernas do casal, mas não assim, de forma tão exposta e imponente.

— Incrível! — Murilo sussurrou, e olhou para Rayana de relance.

Ela, por sua vez, admirava os corpos brancos carimbados sob a luz do sol na sua frente.

Ésio não conseguiu sentir a mesma admiração dos outros. Sentiu repulsa. Medo. Raiva. Um misto de sensações que nem mesmo ele conseguiu entender. Aquela admiração e curiosidade que o seduziu no início deu lugar ao asco e ao repúdio. Ele perguntava-se como pôde se deixar ser iludido tão facilmente.

— Quero apresentar a vocês Elaila e Djones, nossos tatuadores oficiais — prosseguiu Alexia, interrompendo os pensamentos do advogado.

Elaila meneou e cabeça e deu um leve traço de sorriso. Djones permaneceu sério, apenas curvando rapidamente a cabeça.

Ai, meu Deus... Ésio começou a pensar. *Não pode ser. Não agora. Eles vão querer que façamos...*

— Hoje é o dia em que vocês serão marcados — Petrônio falou, alto e confirmando os pensamentos de Ésio. — Acredito que seja um dos momentos mais aguardados por muitos. Enfim chegou o dia em que carregarão na pele a simbologia de nossa ideologia.

Droga! Eu não posso fazer essas tatuagens! Serão provas contra mim... Nem mesmo a Lara terá o que falar se eu fizer isso. Eu não posso! Não posso!

— E quem quer começar os trabalhos? — Alexia perguntou, séria.

— Eu! — respondeu abruptamente Murilo, dando um passo à frente. — Eu quero começar.

Ele estava esperando por esse momento há mais de seis anos. E por nada nesse mundo permitiria que fosse adiado por mais um segundo que fosse.

— Muito bem, Murilo. Queira acompanhar o Djones.

Djones deu meia-volta e caminhou para a cobertura do outro lado da piscina. Murilo o seguiu. Chegando lá, o repórter se sentou em uma cadeira preguiçosa de madeira, ficando quase deitado. O tatuador pegou uma pasta catálogo preta e entregou a ele. Murilo começou a folheá-la. Nas páginas, havia várias fotografias de tatuagens daquele mesmo estilo. Apontou para uma.

— Essa — falou. — E essa também — indicou outra ao tatuador. Virou a página e queria mais uma.

— Só duas por hoje — soltou Djones, entediado.

— Mas...

— São as ordens.

A primeira que Murilo escolheu foi um círculo de fogo em que no centro havia uma suástica. Não era muito grande, devia ter o tamanho de uma mão fechada. Ele retirou a camiseta. O círculo em chamas seria tatuado no peitoral esquerdo. A segunda era somente a imagem de uma suástica, grande. Ele queria que fosse estampada nas costas. A gravura começava perto da nuca, ia até os dois lados dos ombros e descia até um palmo acima da cintura. Djones sugeriu que não fossem preenchidas as linhas, pois, nesse caso, o processo de cicatrização demoraria mais. E em poucos dias o repórter teria de participar do teste.

Murilo concordou.

Ao todo, levou-se mais de cinco horas até que os desenhos fossem finalizados.

Enquanto ele era tatuado, Rayana foi a próxima a acompanhar Elaila. Depois de escolher as duas que faria, a tatuadora deu início ao trabalho.

Três estrelas pequenas preenchidas entre duas suásticas logo acima do seio direito e uma frase nas costas, próximo do pescoço:

Que a raça branca vença

Contando sempre com minha lealdade.

Pouco mais de duas horas e suas tatuagem estavam prontas. Elaila cobriu os desenhos com uma fita adesiva branca. Disse que em uma semana, no máximo, estariam cicatrizados por inteiros.

Rayana se levantou, vestiu sua blusa e caminhou de volta ao grupo, que agora estava sentado na varanda da casa.

— Ésio, sua vez. Pode ir até a Elaila agora — ordenou Alexia, depois que Rayana chegou, adentrando a residência.

Não. Não posso fazer isso! Pensa, Ésio, *pensa! Você tem que inventar algo convincente...*

— Eu não posso fazer tatuagens — respondeu ele, tentando esconder o nervosismo e torcendo para que a explicação na qual pensara fosse convincente o bastante.

Todos do grupo encararam o jovem.

— Acho que não entendi. Levante-se e vá agora fazer as tatuagens — repetiu Alexia, encarando-o e erguendo a voz.

— Eu não posso — ele disse novamente. — Não agora.

— E por que você não pode?

— Porque eu tenho diabetes.

Esta foi a melhor coisa que lhe passou pela cabeça. O advogado não conseguiu pensar em nada melhor no momento.

Alexia soltou uma risada irônica.

— Diabéticos podem fazer tatuagens — confrontou-o Petrônio.

— Sim, podem — disse Ésio, tentando parecer despreocupado. — Desde que o nível de glicose no sangue esteja controlado. E desde que eu vim para cá que não acompanho meu índice glicêmico, então não dá para arriscar.

Alexia encarou Petrônio, séria. Após alguns segundos assim, ele disse, por fim, desviando os olhos do advogado e encarando os seus:

— Acho que ele tem razão. É melhor deixarmos ele para outra hora.

— Wemersom. Vá — ela ordenou, com a expressão dura, deixando claro que não gostava de ser pega de surpresa. E muito menos de ser confrontada da forma como foi. E muito menos de ter que concordar com a afronta de um novato na frente dos outros iniciandos. Ésio, Ésio. *Sempre você. Murilo e Rayana* não me dão problemas. Mas você...

No final daquele dia, Wemerson, Rogério, Murilo, Renato e Rayana fizeram os desenhos nos corpos. Todos, apesar de serem diferentes, carregavam o mesmo símbolo entre outras coisas: a suástica. Ricardo e Carolaine tatuaram no dia seguinte. Ésio conseguiu adiar por mais algum tempo aquela etapa. Ele não sabia até quando conseguiria enrolar os neos, mas qualquer nascer do sol que viesse, até Lara pegá-los, estava de bom tamanho.

◆ ◆ ◆

A noite estava abafada. Mais quente que de costume. Mas nada a que um bom mato-grossense já não tenha se acostumado.

Alberto e Rubem estavam colaborando com a polícia. Não só porque eram obrigados, mas porque realmente queriam que quem quer que fosse a pessoa que estragara a cerimônia dos dois fosse presa. A lista de convidados fora fornecida, os nomes das pessoas que receberam os tickets extras também. Agora, era a polícia que deveria fazer sua parte. Já não dependia mais dos dois.

Alberto demorou alguns dias para se recuperar do susto que passara naquela noite. Com o apoio, compreensão e carinho de seu noivo, logo estava recuperado. Até uma nova data para a união já estava sendo pensada. Mas acharam por bem levar em consideração os conselhos dos amigos e familiares e esperar o culpado pela tentativa de explosão ser preso, afinal, não podiam colocar suas vidas, além das vidas das pessoas que amavam, em risco.

Passava das 23h.

Alberto estava deitado no sofá da sala de sua casa assistindo a uma comédia romântica. Assistindo, na verdade não era a palavra certa. Estava mais cochilando do que olhando para a tevê.

Acordou assustado, quando ouviu um ruído que veio do lado de fora. O quintal da residência térrea não era muito grande. Havia um pequeno jardim na frente, uma garagem lateral e uma cobertura com uma churrasqueira nos fundos.

Rubem morava naquela casa bem antes de os dois se conhecerem. Depois de certo tempo de namoro, Alberto se mudou para lá. O plano atualmente era se mudarem dali depois de casados. Uma casa maior, com uma área de lazer mais ampla e em um local mais bem frequentado da cidade. No centro. Alberto já sugerira a Rubem que comprassem um apartamento, por questão de segurança e privacidade, mas seu companheiro era contra. Preferia uma casa, com quintal, onde seus filhos poderiam correr e brincar até se cansarem.

Depois de algumas discórdias, o casal entrou em um acordo: casa.

Filhos. Os dois já haviam conversado muito a respeito daquele assunto. Depois de casados dariam início ao processo de adoção de uma criança. Uma, não. Quatro, para ser exato. Alberto queria que fosse pelo menos uma menina, já Rubem preferia que fossem todos meninos. Até os nomes já haviam começado a discutir. Rubem queria quatro Joões: João Pedro, João Miguel, João Lucas e João Marcelo. Alberto achou muito "João" para uma família só. Ainda demoraria mais um tempo até que entrassem em um acordo em relação aos Joões, mas por ora a prioridade era a união. Depois a adoção.

Alberto pegou seu celular e olhou para ver que horas eram.

23h35min.

Era quase meia-noite e Rubem ainda não havia chegado.

Ele levantou-se, desligou a televisão, apagou a luz da sala e foi para o quarto. Desceu o calção que usava e vestiu uma samba-canção cinza. Desligou a luz e deitou-se na cama. Pegou seu aparelho celular e ligou para seu companheiro. Depois de três chamadas, a ligação foi atendida.

— Alô! Amor? — atendeu Rubem.

— Oi! Já está vindo? — perguntou Alberto, puxando o cobertor e virando de lado, cobrindo-se.

— Quase. Daqui a uma hora, eu acho, estou chegando — disse. — Estou exausto. Meu pai decidiu ficar mais um dia. Amanhã ele volta. De ônibus.

Rubem tinha ido com o pai até a cidade vizinha para uma reunião. A cidade recebia os pacientes de Colíder em sua Santa Casa, o hospital público. Ele acompanhou seu pai, secretário de saúde de Colíder, que pedira que ele fosse dirigindo. O homem não estava se sentindo muito bem, mas a reunião não poderia ser desmarcada. Assim, seu filho aceitou acompanhá-lo.

— Tudo bem então. Vou te esperar.

— Pode ir dormir, amor. Estou com as chaves do portão e da casa. Além do mais, estou notando sua voz de sono também. — E deu uma risada baixa.

— Ok. Nos vemos daqui a pouco então. Beijo. E venha com cuidado.

— Pode deixar. Beijo. Te amo.

— Te amo.

E desligaram os celulares.

Minutos depois, Alberto já dormia profundamente.

◆ ◆ ◆

Naquele exato instante, do lado de fora da casa de Alberto, alguém chegara. Jogou os dois galões com gasolina que carregava do outro lado. Depois, colocou um caixote de madeira que encontrou num lixo próximo, subiu e lançou as mãos enluvadas na extremidade do muro. Jogou o corpo sobre ele e pulou, batendo os dois pés na calçada de cimento da garagem, no chão dentro do quintal.

Bateu as mãos no sobretudo para limpar o pó, mesmo que não houvesse pó algum impregnado ali.

A mesma máscara. O rosto metálico de Hitler. A pessoa começou a caminhar pelo corredor lateral ladrilhado, em direção aos fundos da casa. Instantes depois parou rente à porta da cozinha, sacou sua arma e atirou na maçaneta. O potente silenciador do revólver impediu qualquer barulho de ser emitido.

Empurrou lentamente a porta com um dos pés.

Tudo escuro.

Pegou uma pequena lanterna no bolso da roupa e ligou-a. Andou na direção da sala, iluminando o caminho com o feixe de luz.

Do outro lado da sala tinha um pequeno hall com três portas. Uma no meio e uma de cada lado do hall, de frente uma para a outra. Foi até lá.

Abriu a porta do meio.

O banheiro.

A porta da esquerda.

Um quarto. Mas não o quarto que procurava. Estava com algumas caixas de papelão empilhadas e era bastante bagunçado.

Restava só mais uma porta.

Então, abriu-a cuidadosamente. O rangido baixo das dobradiças não acordou quem dormia lá. *Perfeito.*

Depois de conferir que Alberto dormia em um sono profundo, o rosto metálico voltou até a cozinha. Acendeu a luz. Calmamente foi até o fogão e abriu todos os botões, deixando todas as bocas do móvel abertas, liberadas. Abriu também a porta do forno.

Foi até o botijão de gás e ligou-o.

Em questão de minutos a casa toda seria tomada pelo gás, ficando instantaneamente inflamável. *Explosível. Inabitável. Sem boiolinhas morando ali.*

O rosto metálico de Hitler voltou ao quarto. Ligou o abajur na lateral da cama, curvou-se e sacou do cano médio do coturno que usava um punhal.

Retirou bem devagar o fino lençol branco que cobria o corpo adormecido de Alberto.

Virou-o lentamente de barriga para cima. Subiu na cama, se ajoelhou e ficou de cócoras sobre sua barriga. Os joelhos pesaram sobre os braços da vítima.

Alberto virou a cabeça lentamente, mas não acordou. Seu sono era pesado.

Segurando o punhal com a mão esquerda, o rosto metálico deu um tapa com a mão direita no rosto de Alberto. Depois, outro.

O rapaz abriu os olhos assustado, tentando mover-se, mas era impossível. Olhou para tentar entender o que estava acontecendo. Havia alguém sentado sobre ele. Mas não era uma pessoa. *Ou era? Era um... monstro!? Hitler?* De repente, ele começou a gritar e a tentar soltar seus braços presos sob o peso daquilo...

Foi tudo muito rápido.

O rosto mascarado, agilmente, passou a lâmia do punhal em seu pescoço. Um corte profundo e único.

Findando os gritos de pavor de Alberto.

A pessoa levantou-se e um leve sorriso sob a máscara se formou. Esfregou as mãos enluvadas no lençol para limpar o excesso de sangue e segurou o corpo do jovem pelas pernas, pondo-se a puxá-lo até a cozinha, deixando um rastro de sangue por onde era arrastado no piso laminado.

Após um tempo, o cadáver estava sobre a mesa da cozinha com os braços abertos e as pernas juntas, em formato de cruz. O assassino friamente montou toda aquela horrenda cena.

Depois de concluir seus atos, a pessoa saiu e voltou ao ponto do muro onde tinha pulado. Pegou os galões de gasolina que havia deixado lá e retornou.

Banhou toda a casa com o líquido inflamável, sentindo o forte cheiro de gás atravessar a máscara e chegando às narinas. Derramou bastante gasolina sobre o corpo de Alberto montado na mesa. Deixou os galões de lado e parou por um instante. Analisou o que estava fazendo. Orgulhando-se de tudo aquilo, levou as mãos aos bolsos e retirou duas plaquinhas.

As plaquinhas nazistas.

As mesmas roubadas na casa da célula.

Colocou uma sobre o peito sem vida do jovem e a outra na mesinha de cabeceira da cama onde o assassinato foi cometido. Após fazer isso, encostou a porta da cozinha novamente e saiu.

Pulou o muro e atravessou a rua. Ficou do outro lado, um pouco mais abaixo, sob a escuridão de uma árvore. Esperou ali até que o show começasse. O espetáculo estava montado. Faltava somente a execução. E... BUM! Tudo iria pelos ares.

◆ ◆ ◆

Algum tempo depois, um carro parou em frente à casa. O homem desceu e andou até o portão. Abriu-o e voltou ao carro. Entrou com o automóvel no quintal, guardando-o em seguida na garagem. Rubem deu a volta pelo corredor lateral até os fundos. A chave que ele tinha levado era da cozinha.

Foi desabotoando seu blazer preto e afrouxando o colarinho da camisa de linho azul-clara. Passou as mãos pelos cabelos e depois pelo rosto, tentando despertar o sono. Estava louco por um banho quente. Exausto, não via a hora de cair na cama para descansar, pois o dia tinha sido bastante corrido e turbulento.

Quando chegou à porta, levou a chave à fechadura para destrancá-la. Ao fazê-lo, notou que a porta afundou com o gesto. Estava aberta. Então, ele a empurrou.

Quando entrou, sentiu um forte cheiro de gás no ambiente. Levou um dos braços ao nariz e assustou-se.

— Alberto!? — gritou ele, entrando na casa. — ALBERTO! ALBERTO!

Passou direto e, quando chegou à entrada da sala, viu a porta de seu quarto entreaberta. E uma fraca luz vindo de lá.

Correu.

Ao entrar, chocou-se com a cena assustadora que encontrou.

A cama estava toda bagunçada, com os lençóis revirados e cobertos de sangue.

Muito sangue.

Seus olhos lacrimejaram.

Olhou na mesinha de cabeceira e viu o celular de seu parceiro. E... Ao lado do aparelho, iluminado pela luz amarelada do abajur, tinha outra coisa. A coisa.

Ele levou uma das mãos e pegou.

A plaquinha.

Entrou em desespero ao ver aquele objeto. *Ele está aqui. O assassino nazista!*

Tremendo e com os olhos marejados, soltou a plaquinha, fazendo-a tilintar ao chocar-se contra o chão.

Apossou-se do celular de Alberto e usou a iluminação da tela para tentar entender o que estava acontecendo.

Mirou a luz branca para baixo.

Percebeu então que estava pisando em uma poça de sangue. Em várias poças de sangue arrastado, que faziam um caminho para fora do quarto.

Sentindo-se um pouco zonzo pelo gás, acompanhou as marcas.

Elas o levaram de volta à cozinha.

E viu parcialmente, com a luz do celular, a cena macabra orquestrada no ambiente, por onde ele havia passado instantes antes e não visto nada pelo escuro.

O corpo de seu noivo estava posicionado sobre a mesa, formando uma cruz.

Rubem começou a chorar e a gritar. Soltou o celular no chão e abraçou o corpo sem vida de seu companheiro, tentando, naquele gesto, dar vida a ele de novo. Abraçou e chorou, sentindo a dor consumindo seu coração. O pavor percorreu seu corpo ao dar-se conta de que nunca mais o veria. Nunca mais teria aquele sorriso largo e acolhedor de volta. Jamais ouviria suas declarações de amor. Tudo havia acabado. Aquele choro agonizante e triste seria a última coisa dele para Alberto.

Parecia que seu coração tinha sido dilacerado. Nunca havia sentido uma dor tão intensa como aquela. Chorou, chorou e chorou. Agonizou com o corpo de seu companheiro nos braços, manchando-se com o sangue...

O forte odor de gás já não era mais tão nocivo quanto a falta de seu amor. Nem percebeu a forte dor de cabeça que sentia. A tontura.

E...

Não notou também que o assassino de seu companheiro retornara ao quintal da casa, carregando agora uma garrafa de vidro com um líquido pela metade. No gargalo, um pano pendia, embebido com o mesmo líquido.

Coquetel molotov...

O mascarado parou a alguns metros da janela da cozinha.

Riscou o fogo de um isqueiro e acendeu o pavio de pano. Viu as chamas consumindo o tecido enquanto o brilho delas refletia na máscara prateada.

Em seguida, lançou com toda a sua força a garrafa contra a vidraça.

Ao quebrar o vidro, a reação do fogo ao consumir toda partícula de ar recheada pelo gás foi instantânea.

Rubem teve apenas uma fração de segundo para levantar a cabeça ao ouvir o estouro do vidro.

E...

BUM!

O fogo fez-se consumir por toda a casa, expelindo pequenas explosões pelas janelas, destruindo as paredes, os móveis dos dois... e a vida dos dois.

A pessoa que usava a máscara metálica de Hitler soltou um sorriso abafado atrás do disfarce. Um sorriso de prazer. De missão cumprida. De *mais* uma missão cumprida.

A pessoa sabia que Rubem não seria idiota o suficiente para acender a luz pelo disjuntor para que a explosão ocorresse. Só se ele fosse muito burro para fazer isso sentindo o cheiro de gás. Mas ele seria idiota o suficiente para esperar que o resto do plano fosse terminado. Entraria em estado de pânico ao ver como o *boiolinha* o estava esperando. *Plano perfeito*, pensou.

Todos os detalhes foram pensados. Desde a descoberta da viagem de Rubem ao coquetel molotov guardado.

Então, o rosto metálico saiu do quintal, triunfante.

31

O último teste

"Não podia deixar que mais vidas fossem arrancadas de vítimas inocentes..."

Dois dias após o assassinato de Alberto e Rubem, Alexia e Petrônio ficaram sabendo do acontecido. A polícia não divulgou para as grandes mídias que foram encontradas as plaquinhas nazistas no local do crime. Tudo foi mantido em silêncio, para não dificultar ainda mais a investigação do assassinato.

— Hoje fiquei sabendo que aqueles boiolinhas morreram — falou Alexia. — A casa pegou fogo.

— Mas, cá entre nós, foi uma mão na roda para a gente — comentou Petrônio, e gargalhou. — Dois *veadinhos* a menos para nos preocuparmos.

Todos os iniciandos estavam reunidos na sala de estar, ouvindo tudo.

Pegou fogo, Ésio pensou. *Pegou fogo, não. Pelo que vi na televisão, a casa foi explodida! Com certeza foram eles. Com certeza.*

— Mas não foi para falar disso que chamei vocês aqui. — Alexia ajeitou uma mecha de cabelo atrás da orelha. — Hoje acontecerá o teste que eu havia dito alguns dias atrás. À noite, às 20h. Estejam prontos no horário.

— Prontos para exatamente o quê? — perguntou Carolaine.

— Prontos para dar uma volta conosco — disse Petrônio. — Hoje são vocês que sairão à caça.

— Não entendi — falou Ésio, confuso.

— Como eu tinha comentado — assumiu a loira —, a etapa será dividida em duas partes. Hoje, quatro de vocês realizarão o treinamento. Os outros quatro, encerrarão amanhã.

Petrônio levantou-se e parou atrás de Alexia, que estava sentada, e apoiou as mãos nos ombros dela. Depois, falou:

— Cada um de vocês terá que pegar um. Um daqueles que sujam

nossa cidade. Nosso país. Nosso mundo! Terão que exilar da face da Terra um deles. Essa prova vai ter um peso maior para os três que estão sob nosso comando. Ésio, Rayana e Murilo, para vocês é a última etapa dos testes. A partir desta noite, ou vocês ficam... — Encarou os iniciandos. — ... ou saem. Para o restante será mais uma etapa. Creio que virão mais fases, para passarem. Mas isso já não depende de nós, e sim das células nas suas respectivas cidades.

O peso das palavras dele caiu como se soterrasse o corpo de Ésio. Ele teria que matar. Não matar como se não houvesse outra opção, como na ocasião em que matou o travesti para defender seus amigos. Mas...

Matar como se fosse a primeira opção.

A melhor opção.

Matar não como se fosse uma escolha, mas...

Como prazer.

Seu estômago embrulhou ao pensar nisso. Tinha que ter outra saída. Ele deveria encontrar alguma forma de impedir que aquilo acontecesse.

Será que valeria a pena matar para se tornar oficialmente um neo e, consequentemente, passar a ser mais útil para o desfalque daquela célula neonazista?

◆ ◆ ◆

Depois de serem dispensados, Ésio pegou seu celular e ligou para Lara.

— Alô! — ela atendeu.

— Tenho que ser rápido. Hoje à noite vai acontecer a última etapa dos treinamentos. O início será na rua aqui da casa. Essa será a pior de todas as etapas, Lara — Ele tomou um pouco de ar, depois prosseguiu: — Segundo eles, teremos que matar alguém para provar lealdade à causa.

— E que horas vai ser, Ésio?

— Às 20h vai começar. Hoje nem todos nós iremos fazer. A prova foi dividida em duas etapas em que quatro iniciandos por vez fará.

— E você vai fazer hoje?

— Provavelmente, sim. Ainda não sei. Vão fazer uma espécie de sorteio para definir a ordem.

— Ok.

— Lara, eu não vou fazer essa prova! E agora, o que a gente faz?

Lara fez um silêncio durante alguns segundos do outro lado da linha.

— Vou ter que avisar a polícia daqui sobre isso — disse ela. — Não podemos deixar mais ninguém morrer por esses bandidos.

— Não podemos. Faça isso. Avise a polícia e... — Limpou a garganta. — Que seja o que Deus quiser.

— Mas... e se você for pego?

— Esse será um risco que estarei disposto a correr. — Ele tentou disfarçar o máximo que pôde o nervosismo em sua voz. — Agora tenho que desligar.

— Boa sorte para nós dois, Ésio.

Ele de repente sentiu uma vontade enorme de dizer uma coisa. Mais uma coisa. Talvez não houvesse outra oportunidade para falar. Ou ele estaria atrás das grades de uma cela, ou... morto.

— Tchau. Eu te amo, Lara. — E desligou o celular, antes que pudesse ouvir a resposta dela.

◆ ◆ ◆

Ela nem teve tempo de responder.

Eu te amo.

Ela ouviu bem.

Ele disse que a amava.

Lara sentiu uma enorme vontade de retornar a ligação e dizer...

Que o amava? A própria delegada não sabia se realmente sentia isso em relação a ele. Será que o simples fato de se sentir bem ao lado de um homem, de ter a sensação de que nada mais lhe faltava, de que uma gargalhada gostosa dele era o seu maior presente... será que isso era amor? Se fosse, ela tinha certeza de que não amava Conrado. E sim aquele advogado que entrou em sua vida de uma forma torta, numa situação errada, mas no momento certo. No momento em que tiraria qualquer dúvida que ela poderia ter sobre seu antigo companheiro. No momento em que ele compensaria qualquer falta que o antigo poderia ter deixado. No momento em que pintou sorrisos e não deixou espaço para lágrimas caírem. E nessa grande sucessão de momentos dos dois, Lara percebeu que sim. Que era amor. Ela o amava de uma forma que não conseguia explicar. A delegada sentiu um frio na barriga ao perceber que o improvável aconteceu: ela estava perdidamente apaixonada por Ésio.

◆ ◆ ◆

Ao desligar o celular, Ésio guardou-o no bolso.

Sentiu vontade de retornar a ligação para saber sua resposta, mas teve medo de fazê-lo. E se ela dissesse que não o amava? Que era somente uma paranoia de sua cabeça ao chegar a cogitar a possibilidade de ela amá-lo? E se ela risse de suas palavras e o achasse um tolo, um palhaço ao sentir aquilo por ela? Várias dúvidas invadiram sua mente, mas naquele momento em que ele disse aquelas palavras, no instante em que o "eu te amo" saiu da sua boca, Ésio teve certeza de que a amava incondicionalmente. Lara havia cativado um espaço grandioso em seu coração e no momento o que ele mais queria era que ela soubesse disso, porém a coragem lhe faltou para ligar novamente e abrir o jogo com a delegada. Mas na próxima oportunidade que tivesse, jurou a si mesmo que contaria tudo e estava disposto a encarar as consequências desse sentimento. Por mais perigoso que fosse, não dava mais para negar as evidências de algo que praticamente já estava estampado em seu rosto.

Ele estava ao final do corredor do andar superior da casa, parado de frente para uma enorme janela, olhando a área da piscina lá embaixo. Pensou que ali poderia ter aquela rápida conversa com a delegada sem que fosse pego. Sem que fosse descoberto.

Mas não foi exatamente isso que aconteceu.

Ao se virar para retornar ao seu quarto, numa fração de segundos, um soco acertou seu rosto. A força do golpe foi o bastante para ele cair desacordado.

◆ ◆ ◆

Lara tinha que avisar a polícia sobre o que ia acontecer aquela noite. Não podia deixar que mais vidas fossem arrancadas de vítimas inocentes por esse bando de animais com ideias retrógradas.

Não. Isso não.

Após pensar por algum tempo, ela concluiu que iria até lá. Conferiria o que aconteceria e só então iria avisar às autoridades.

Quando visse com seus próprios olhos, iria agir.

32 NOVA MENSAGEM

"... ELA SAIU, MAIS UMA VEZ, RUMO À COVA DOS LEÕES."

A marcha nupcial começou a tocar.

A noiva, com uma felicidade estonteante, olhou nos olhos do homem que a conduzia até o altar.

O olhar de seu pai brilhava como nunca. Talvez esse fosse um dos maiores sonhos de sua vida: conduzir sua filha por um longo tapete vermelho e entregá-la para o homem que cuidaria e que faria dela a esposa mais feliz de todas. A menininha de opinião forte e de palavras ácidas crescera e se tornara uma mulher forte e decidida.

O pai sabia que a filha não fazia o estilo mocinha que se casa e dedica-se integralmente ao marido e à casa. Ela não se via à beira de um fogão fazendo omeletes enquanto ele terminava de vestir sua camisa social e vindo a ela para que abotoasse os as mangas para ir trabalhar. Não, isso não. Ela o amava. E amava de verdade. E o amor significava mais que isso. Dedicaria, sim, com a mesma intensidade que ele fosse dedicado.

Conforme o som da marcha nupcial ia tocando, seus passos iam acompanhando cada batida do som lentamente.

Olhou para os lados e pôde ver, sob o véu que cobria seu rosto, o largo sorriso das suas amigas. Dos seus familiares. Dos colegas de trabalho. Parecia que eles sabiam, e ela desconfiou que talvez estivesse estampado em sua testa, que aquele era definitivamente o dia mais feliz da sua vida.

A noiva olhou para o fim do tapete vermelho e o viu.

Seu noivo estava ajoelhado no altar, de costas para ela.

As duas daminhas de honra caminhavam um pouco mais à sua frente, esticando os braços e deixando pétalas de rosas brancas caírem e pousarem sobre o chão.

Avistou sua mãe, logo mais, de pé com um enorme e elegante vestido de seda lilás. Tão ou mais sorridente que qualquer outro convidado que ali estava. Também, qual mãe não sonhava em ver sua filhinha daquele jeito? E não era nem sobre o fato do casamento, mas sobre a questão de felicidade mesmo.

A cada passo que se aproximava de seu noivo, seu coração parecia bater um pouco mais rápido, se é que isso era possível.

Ao chegar bem próximo, o homem se levantou, mantendo-se ainda de costas.

A música parou. A igreja fez silêncio.

O noivo se virou e encarou-a com um enorme sorriso.

Esticou o braço para que ela fosse entregue a ele.

E assim seu pai o fez.

Mas antes de ajoelhar com seu futuro esposo, Lara deu de costas e abraçou aquele que a levara até ali. Não houve muitas palavras naquele momento, mas ela teve a leve impressão de tê-lo ouvido sussurrar: seja feliz, minha filha. Em resposta, apenas retribuiu com um largo sorriso.

Ésio era o noivo. Ela estava se casando com ele.

Quando Lara voltou a olhar para ele, não o viu mais. Ela via um homem de pé, com o mesmo corpo e de cabeça baixa. Mas quando levou suas mãos ao seu queixo para erguer seu rosto...

Não havia nada.

As feições tinham sumido e somente uma face sem olhos, nariz ou qualquer outro traço a encarava de volta. Somente um borrão de pele preenchia o lugar dos traços de seu amado.

Ele agarrou seu braço e a puxou para perto de si.

Aproximou o rosto, parecendo querer beijá-la.

Lara começou a gritar e se soltar dele, mas ele era forte demais. Num rápido golpe, ela lhe empurrou, derrubando-o sobre um pedestal de flores brancas, esparramando-as pelo altar.

Virou-se de frente para os convidados, começou a descer os dois degraus que havia ali e encarou-os, na esperança de que alguém fosse lhe ajudar. Mas isso não aconteceu, muito pelo contrário. Todos os presentes naquele ambiente tinham se transformado na mesma coisa. Todos agora eram corpos sem rostos e, de repente, começaram a vir em direção a ela com os braços esticados com a intenção de agarrá-la. De sufocá-la.

Esses segundos desesperadores duraram até que a delegada avistou a porta da igreja e um lampejo de alívio tomou conta de si. Ela correu até lá, empurrando e se desvencilhando dos braços dos sem rostos que vinham querendo a todo custo segurá-la. Correu o mais rápido que conseguiu. Puxou o véu que lhe cobria o rosto, jogando-o no chão. Quando, enfim, chegou à porta, esta se fechou, fazendo um enorme estrondo e deixando-a trancada com os monstros dentro da igreja. Todos vinham em sua direção como zumbis, sedentos e assustadores.

Lara abaixou-se, colocou a cabeça entre os joelhos e apertou os olhos. E soltou um grito alto, que ecoou entre as paredes da igreja. Ela tremia e cada milímetro de seu corpo se arrepiava com o bafo dos sem rosto. De repente tudo ficou quieto.

Após alguns instantes de completo silêncio, cabeça escondida e medo aterrorizante, ela criou coragem e lentamente levantou o rosto para ver o que tinha acontecido. Para saber o porquê das mãos não terem-na pegado.

E não havia ninguém.

Nenhum dos sem rosto estava lá.

Mas, de repente, dois homens surgiram na sua frente, a poucos metros de onde estava sentada.

Os dois a encaravam.

Ésio de um lado e Conrado do outro.

Ambos usavam a mesma roupa, um terno cinza, uma elegante gravata prateada, calças escuras, sapatos impecavelmente lustrados e uma flor branca delicadamente posta na lapela.

Ela se levantou.

Tanto Ésio quanto Conrado enfiaram uma das mãos no bolso e retiraram uma pequena caixinha preta. Abriram-na e mostraram as alianças.

Então, de trás dos dois homens, surgiu uma mulher. Loira. E carregava um revólver em cada uma das mãos.

Alexia.

Ela parou entre os dois, deu uma risada e apontou as armas ao mesmo tempo para as duas cabeças.

Lara correu para tentar impedi-la de atirar, mas seus pés fixaram-se ao chão, deixando-a imóvel.

Alexia não mudou em nada o sorriso sarcástico. Cochichou algo que não foi entendido e, após, apertou os gatilhos.

Os dois.

No mesmo instante.

Fazendo tanto Conrado quanto Ésio despencarem no chão, sem vida.

Depois, ela buscou a testa de Lara com as miras das armas.

A delegada começou a correr em direção a ela, gritando e com toda a raiva que já chegou a sentir um dia na vida.

Os pés se soltaram, dando a ela a chance de avançar sobre a neonazista.

E a loira atirou.

◆ ◆ ◆

Lara acordou ofegante. Suava em bicas. O travesseiro chegou a ficar úmido.

Sentou-se na cama e começou a chorar incontrolavelmente.

Tinha se deitado ali por alguns minutos e acabou cochilando. E tendo esse horrendo pesadelo. Ficou naquele estado de choque durante algum tempo.

Pegou seu celular para ver que horas eram.

16h18min.

Aquilo não tinha sido um cochilo, e sim um sono de quase uma tarde toda. Ela havia deitado logo após o almoço, por volta das 13h.

Ésio ligara para ela na parte da manhã para avisar sobre o que aconteceria à noite. Ela tentou controlar as lágrimas e se levantou. Foi tomar um banho para ver se se recuperava daquele transe bobo.

Ao voltar do banho, ela viu no canto superior do visor do seu celular o ícone que lhe alertava que recebera uma nova mensagem. Era de Ésio.

Abriu.

LARA, ELES MUDARAM DE IDEIA. NÃO ACHARAM UMA BOA O TESTE SE REALIZAR HOJE. DECIDIRAM DAR MAIS UM DIA PARA OS NOVATOS SE PREPARAREM. OS TREINAMENTOS COMEÇAM AMANHÃ.

NOS ENCONTRAMOS AQUI HOJE. TEM UMA COISA QUE DESCOBRI QUE PRECISO TE MOSTRAR. TE ENTREGAR.

ATÉ MAIS TARDE.

TE ESPERO ÀS SETE.

E logo em seguida, ela abriu uma imagem recebida como anexo na mensagem.

Era uma foto de uma plaquinha.

A plaquinha nazista encontrada em todos os crimes cometidos por eles.

Com esse objeto, com o testemunho de Ésio, as tatuagens... Seria suficiente para a abertura do inquérito policial contra esses bandidos. Provas incontestáveis contra a organização e os neonazistas.

Satisfeita com a notícia, rapidamente digitou para respondê-lo:

Ok, Ésio. À noite nos encontramos aí.

◆ ◆ ◆

Aproximando-se do horário combinado, Lara saiu de seu quarto e pegou o elevador. Desceu até o térreo, o que durou menos de dois minutos pelos cinco andares que o edifício tinha.

— Dona Lara — chamou o recepcionista, o mesmo que a tinha atendido quando chegara, dias antes.

— Sim — ela respondeu, virando-se para ele.

— A senhora vai querer que reserve o seu quarto para mais dias? — O rapaz, como sempre, estava com um sorriso cordial no rosto.

Foi então que ela percebeu que o período de tempo que tinha dito inicialmente estava se esgotando. Passara tão rápido.

— Vou sim — a delegada respondeu. — Por mais trinta dias.

Enquanto o rapaz digitava as informações no computador, ela saiu, mais uma vez, rumo à cova dos leões.

33
ELA É A POLICIA

"POIS ENTÃO QUE SE FERREM JUNTOS!"

Ésio abriu os olhos com dificuldade, sentindo sua cabeça latejar. O golpe que recebera foi tão forte que estava recobrando a consciência somente agora, depois de horas do acontecido. Demorou alguns segundos para que compreendesse o que havia acontecido e percebesse onde estava. Estava no quarto. No seu quarto. O cômodo, porém, estava diferente. As duas camas, sua e de Murilo, que antes ficavam ali, foram retiradas, juntamente com os armários e também todos os outros móveis. As únicas coisas que estavam era o carpete que cobria quase todo o piso e a cadeira de madeira onde ele estava sentado.

Não exatamente sentado. Ele percebeu que estava amarrado, com as mãos para trás, os dois pés juntos e a boca amordaçada.

Fez força para tentar se livrar dos nós e gritar pela mordaça, mas foi inútil.

— Ora, ora. Vejamos quem despertou do sono — falou Murilo, levantando-se do canto onde estava sentado, observando-o.

Ésio resmungou algo.

— O que você fez, hein, advogado? O que você fez de tão grave que despertou tanto a raiva deles?

Petrônio havia dado o soco no rosto dele mais cedo. Escutara a conversa que estava tendo com Lara.

A conversa. Me ouviu contar sobre a prova. Contar sobre eles. Concordando que deveria chamar a polícia. Quebrei o juramento. Os traí.

— Fala, seu merdinha. O que você fez para irritá-los tanto assim? — Murilo começou a gargalhar. — Com certeza você fez aquilo que sabe fazer de melhor: merda! — E caiu na gargalhada novamente. — Pensei que eu fosse ter mais trabalho em fazer isso, mas vejo que você foi idiota o suficiente para cair sozinho. Eu sabia que cedo ou tarde isso iria acontecer, só não imaginei que fosse tão rápido. — O repórter riu mais.

Ésio sentiu vontade de se soltar daquelas amarras e dar outro soco na cara de Murilo, como naquele dia no treinamento. Queria descontar toda a raiva que estava sentindo, sem ninguém que pudesse separá-los. Fazer o repórter engolir cada pedacinho daquela ironia que fazia questão de mostrar.

Interrompendo seus pensamentos, a porta do quarto foi aberta.

Petrônio e Alexia entraram.

A expressão dela estava tão dura quanto fria. Não muito diferente do que estavam acostumados a vê-la, mas agora estava um pouco pior. Das outras vezes, ela queria impor medo nos outros, autoridade. Agora, também queria impor medo, mas... Algo além disso. Ódio. Ela se sentia traída. Enganada. Um novato a tinha feito de idiota. Não só a ela, como também toda a organização.

A loira e seu companheiro andaram e pararam diante do advogado. Cruzaram os braços e encararam-no.

— Eu vou perguntar somente uma vez, Ésio. Quem ela é? — Alexia abaixou o rosto, intimidando-o.

Petrônio levou a mão e desatou o nó da mordaça, liberando sua boca para que falasse. Falasse tudo.

Ésio umedeceu os lábios com a língua, sentindo-os ressecados e com um gosto de ferro. *Sangue.*

— Quem é quem? — ele perguntou, fazendo-se de desentendido.

Alexia soltou um sorriso irônico e lançou o olhar para Petrônio. Fez um gesto com a cabeça e se afastou.

Petrônio acertou o estômago de Ésio com outro golpe, fazendo-o tossir em busca de ar.

— Você estava falando com ela sobre o teste de hoje à noite. Disse que não participaria e que deveria chamar a polícia. Lara. Quem é essa Lara de verdade? QUEM É? — ela gritou essas últimas palavras, voltando para perto dele.

— Não sei do que você está falan...

— SABE SIM! NÃO SE FAÇA DE IDIOTA! — Alexia gritou. — Você vai abrir essa boca por bem ou por mal!

Ele não podia revelar quem ela era de fato. Senão, poria tudo a perder.

Todos os progressos que conseguiram estariam perdidos. Mas, de repente, Ésio sentiu uma súbita vontade de cuspir toda a verdade na cara deles. Dizer que tinham sim sido enganados, passados para trás e que estavam perto de serem presos e pagarem por todos os crimes que cometeram. Que de tanto se acharem superiores, não passavam de dois idiotas e babacas!

E foi isso que fez. Disse tudo. Com estas mesmas palavras. Escancarado. Sem medo. Sentiu que tudo já estava perdido mesmo. Vivo, não sairia dali.

— E tem mais — ele falou —, ela é da polícia. É da polícia, não, ela é a polícia! A delegada Lara que vai fazer vocês apodreceram na cadeia!

Murilo ficou perplexo ao ouvir aquilo. Tinha polícia envolvida. Uma delegada! Passou as mãos pelos cabelos para tentar disfarçar.

— DESGRAÇADO! — berrou Petrônio, partindo para cima do advogado.

Segurou-o pelo colarinho e acertou seu nariz. Socou seu rosto fazendo cortes acima das sobrancelhas, no canto do lábio inferior, pelo rosto todo... Muito sangue escorria pelos ferimentos, chegando a sujar toda a mão do líder neonazista.

Alexia ficou observando por alguns instantes seu companheiro espancando o traidor. Ele merecia. E merecia muito mais. E teria. Mas agora não. Ainda não chegara a hora do *grand finale*.

— Para, Petrônio. Já chega. Já basta!

Petrônio deixou-o sangrando.

— E quando foi que você resolveu nos trair, hein, Ésio? Aposto que foi você quem denunciou sobre o ataque na festa dos boiolinhas, não foi? — Ela aproximou o rosto do dele.

O advogado ainda encontrou forças para juntar um punhado de escarro, que veio sangue misturado ao fluído, e cuspiu, acertando a bochecha de Alexia.

Aquilo incendiou ainda mais sua ira.

Então foi a vez dela de partir para cima dele. Para espancá-lo. Para matá-lo. Para dilacerar aquele traidor que apesar de tudo ainda insistia em afrontá-la.

Mas antes que ela iniciasse a sessão de agressões, foi interrompida de repente.

— O interfone — disse Rayana, parando na porta e tentando entender o que estava acontecendo. — Está tocando. Ela chegou.

— A nossa delegada heroína chegou para salvar seu pupilo indefeso?

Que maravilha! Estávamos todos ansiosos pela ilustríssima presença dela — comentou Alexia, irônica.

Ésio se desesperou ao perceber que haviam dado um jeito de levar Lara até a casa.

— Não... A Lara não... — implorou ele. — O que vocês vão fazer? O que vocês fizeram para que ela viesse até aqui? — E tossiu, sentindo dor pelo tórax.

— Há pouco tempo mandei uma mensagem para nossa magnífica delegada. Ou melhor, eu, não. Você mandou. — Alexia retirou o celular que tinha pegado do bolso de sua calça quando Petrônio o desacordara e ergueu, com um sorrisinho irônico estampado nos lábios.

— Não... Ela não... — sussurrou ele, sem forças para gritar.

— Coloque a mordaça nele, Petrônio.

— Eu vou abrir para nossa convidada especial — disse Murilo, forçando uma risada, e saiu pela porta. — Vem comigo. — E puxou Rayana pelo braço, fazendo-a acompanhá-lo.

Ao chegarem próximo à escada, ele parou.

— A gente tem que ir embora, Rayana. Agora. Não dá mais para ficarmos aqui com eles.

— Murilo, o que aconteceu lá em cima? O Ésio, ele traiu a organização? Foi isso mesmo o que entendi?

— Traiu.

— E a tal Lara... Pelo que ouvi a Alexia falar agora há pouco, ela é...

— Delegada. Isso mesmo. — Ele estava apreensivo. Sabia que tinha que sair dali. Um bom vencedor sempre sabe a hora de sair pela retaguarda. — Eles enlouqueceram. Querem matá-la. Ela e o Ésio. Ele eu até entendo e acho correto. Mas ela... Isso vai ser um enorme problema para nós. A polícia inteira vai ficar na cola. E cedo ou tarde vão nos pegar. É um tiro no pé, o que estão fazendo.

Rayana prestava atenção enquanto ele falava. Entendeu que realmente era muito arriscado dar fim a uma delegada. Sua morte geraria uma repercussão e era caso até de comoção nacional. *Uma coisa era eliminar uns veadinhos e uns crioulos, outra bem diferente era uma delegada.*

NEONAZISTAS MATAM DELEGADA INFILTRADA.

Esse era o título de uma matéria à qual não queria ter seu nome vinculado. Em hipótese alguma.

— Você tem Razão, Murilo. Temos que ir. Mas... O que a gente faz com ela? A mulher está esperando no portão.

— Simples. É só deixarmos ela esperando e vamos sair pelos fundos. Em algum momento ela vai entrar.

— Não, não — disse Rayana subitamente. — Ou nós podemos fazer diferente. Podemos partir e deixá-los se ferrarem. Os dois. Sozinhos. Não são os líderes e mentores inteligentes? Pois então que se ferrem juntos!

Ele a encarou.

— Como assim, se ferrarem?

— Eles estão cavando a própria cova. Assinando a própria confissão dos crimes. Já pensou se somente nós saímos ilesos daqui? Sem despertar a atenção de autoridade nenhuma. Sairemos por cima de tudo isso. E é possível até que nos aceitem em uma nova etapa da organização. Não como apenas novatos, mas como membros. E com sorte, líderes de uma nova célula.

Murilo pensou no que a moça estava dizendo. No que estava propondo. E era uma ideia de mestre. Não iria demorar muito para que as atenções estivessem voltadas para lá, para onde a delegada desaparecera. Alexia e Petrônio iriam cair. Iriam derrubar a célula de Colíder. E seria o momento do repórter e da auxiliar de contabilidade assumir a liderança de uma nova célula distante dali. Em outra cidade. Ele não havia se preparado durante tantos anos para acabar daquela forma.

Ele a puxou e a beijou. Depois de alguns segundos, concordou:

— Vamos nós dois juntos. E que se dane o resto.

— Isso aí — correspondeu ela, sorrindo. — Vá arrumar suas coisas enquanto vou abrir a porta para Lara.

Ele fez um gesto com a cabeça e foi para o quarto.

O quarto em que ele ficava estava ocupado por Ésio amarrado, agora na companhia de Alexia e Petrônio. Suas coisas foram levadas para o quarto onde Renato, Wemerson, Ricardo e Rogério estavam. Ele foi até lá.

— O que está acontecendo? — perguntou Wemersom.

— Nada — respondeu abruptamente Murilo, juntando suas roupas e enfiando-as numa mala.

Ricardo se levantou, dizendo:

— Como nada? Aonde você está indo? O que está acontecendo lá fora? Exigimos saber. E agora!

O repórter lançou um olhar intimidador.

— Limite-se a fazer o que foi ordenado a você. A vocês todos. Não saiam daqui sem uma segunda ordem — disse Murilo, duro, terminando de embolsar suas peças de roupas.

Quando concluiu, saiu do quarto, levando duas malas.

Ao retornar à escada, Rayana ainda estava lá, aguardando.

— Não foi arrumar suas coisas? — perguntou ele.

— Vá indo na frente. Toma. — Ela estendeu a mão pare ele. — Peguei essas chaves no escritório. São de algum dos carros. Não sei de qual. Teste até encontrar o certo. Vá e me espere pronto para sair. — Ela deu mais um beijo nele. — Daqui a pouco te encontro na garagem. Vou abrir a porta para Lara e depois arrumar minhas coisas.

Ele pegou as chaves e desceu as escadas. Lá embaixo, virou-se para a jovem que o olhava do alto. Fez um sinal positivo com cabeça e sorriu. Em seguida começou a correr e saiu pela porta da cozinha, indo até a garagem.

Oito carros estavam guardados ali. Viu a *lamborghini* importada de Petrônio. Testou o alarme, mas não foi o dela que desarmou.

Depois de perder alguns minutos testando os automóveis, finalmente encontrou o correspondente.

Jogou as malas no banco de trás e pôs-se a esperar sua comparsa, que chegaria em alguns minutos.

◆ ◆ ◆

Rayana foi até o interfone na cozinha e abriu o portão frontal.

Lara entrou. Caminhou pelo jardim até a pequena varanda e ficou rente à porta de entrada.

— Oi, boa noite — disse a auxiliar de contabilidade ao abrir a porta.

— Boa noite — respondeu Lara. — Marquei com o Ésio hoje. Será que ele está por aí?

— Claro. Acho que está lá em cima. No quarto. Pode entrar. Fique à vontade.

Quando a delegada entrou, passando pela sala de estar, achou estranha a quietude que se fazia ali. Quase dez pessoas estavam naquela casa e era praticamente impossível aquele silêncio se fazer.

Ela escutou o baque da porta se fechar atrás dela. Rayana a alcançou.

— Vou pro meu quarto — disse. Apoiou uma das mãos no ombro dela. — Pode ficar à vontade. À vontade mesmo. — E sorriu.

Foi correndo até as escadas e subiu, dobrando à esquerda.

Lara subiu e dobrou à direita.

34

A lei do retorno

"Não houve tempo para impedir que a chacina fosse cometida..."

Pelo silêncio, não deveria ter ninguém em casa. O corredor superior estava deserto. A luz embutida nas laterais do forro de gesso lançava uma iluminação indireta, dando mais conforto e sensação de paz, de quietude.

Por que ele não veio abrir a porta para mim?

Lara caminhou bem devagar até chegar de frente para a porta do quarto. A porta era a terceira do corredor. Levou a mão à maçaneta e ia girá-la. Parou por um instante. Seus pensamentos começaram a martelar em sua cabeça. Aquela familiar insegurança voltou a assolá-la.

O que eu vou falar quando encontrá-lo? Falo sobre o que ele disse quando desligou o celular? Digo que também o amo? Abraço-o? Ou simplesmente vou direto ao assunto e pergunto da plaquinha? Essa última opção era mais sensata. Mais reconfortante. Vasculhar e incitar os sentimentos dos outros era algo desagradável. Mas era inevitável. E extremamente desejável. Sem falar que ela queria ouvi-lo dizer novamente que a amava, agora cara a cara.

Em meio aos seus pensamentos, entrou no quarto. Estava tudo escuro. Apertou o interruptor ao lado da porta e acendeu a luz.

E...

Sentado um pouco mais à frente estava ele, todo ensanguentado, amarrado e amordaçado.

Lara, rápida e num instinto, levou uma das mãos à cintura e sacou sua arma, empunhando-a.

Apontou para os lados, procurando quem mais estava ali.

Não viu ninguém.

Desesperada, ela foi caminhando lentamente. Vez ou outra ela virava para os lados com a mira da pistola. Até que chegou aonde Ésio estava preso. Sentiu pena da situação em que ele se encontrava. Coberto de sangue, seu rosto estava todo ferido, com cortes e alguns hematomas.

Com uma das mãos, abaixou a mordaça dele.

— Eu não queria, Lara... Eu não queria... — ele começou a falar, chorando. — Juro que não queria ter dito nada, mas...

Os olhos da delegada também começaram a marejar ao vê-lo. Quis abraçá-lo, cuidar dos seus ferimentos, tirá-lo daquela casa, mantê-lo em segurança... Enfim, queria cuidar dele.

— Ésio, o que aconteceu? — disse ela abaixando-se para desamarrar os nós que prendiam seus tornozelos.

No exato instante em que estavam preocupados um com o outro, alguém entrou pela porta.

— Se eu fosse você, não faria isso — disse uma voz cortante, vindo por sobre seus ombros.

Não foi necessário se virar para saber quem era a dona dela.

Lara rapidamente se virou, apontando sua arma para Alexia.

Alexia também apontava a arma para ela.

E as duas ficaram assim, sem dizer nenhuma palavra durante alguns segundos. Apenas uma com a testa da outra na mira de suas respectivas armas. De um lado a mulher dos cabelos dourados explodindo em ódio, do outro, a delegada com os olhos ainda lacrimejantes e sedentos por justiça.

— Você achou mesmo que poderia nos enganar? Que conseguiria levar essa sua brincadeira por muito tempo? Acha que somos idiotas? ACHA? — Alexia gritou. Seu rosto começava a umedecer de suor.

Lara não se deixou intimidar.

— Não. Idiotas vocês não são. Vocês são um bando de gente burra, de animais irracionais!

— Aí que você se engana, sua imbecil! Somos superiores a tudo isso que nos cerca. A essa sociedade atrasada, ridícula e politicamente correta! Nós fazemos aquilo que todos querem fazer, só não têm competência para isso.

— E você é superior por ter seu cabelinho loiro? Por ter um par de olhos azuis? Acha mesmo que isso é ter superioridade?

— Também. — Alexia sorriu. — Mas o que nos faz superiores é que somos preparados e espertos o bastante para diferenciarmos a posição em que cada um tem que ficar na sociedade. Lugar de negrinho, veadinho e aleijado é atrás da bala da minha pistola!

— Chega a dar nojo ouvir alguém falar assim! Saber que ainda existem pessoas com pensamentos tão pré-históricos.

— E você me dá pena! Delegadazinha de merda! Com certeza não merece ter a pele que tem. Deveria honrá-la!

— E quem é você para julgar uma pessoa pela cor da pele ou pela orientação sexual? Todos somos iguais, Alexia, iguais! — Ela se sentiu corajosa ao pronunciar o nome da outra assim, encarando-a olho no olho. — O que faltou para você, hein? Será que isso é falta de escola? Falta de pegar um livro de história para conhecer os primórdios da sociedade? Ou será que é só falta de vergonha na cara mesmo?

Alexia apenas riu e mordeu o lábio inferior.

— Você se acha muito esperta, não é, Lara? Mas não passa de uma vadia babaca metida a conhecedora de leis...

— Pega um livro e vá estudar, Alexia. Não é feio você ser burra. Feio é você se contentar a viver na ignorância. Você é que não passa de uma racista nojenta e acha que sabe alguma coisa, mas não sabe de nada. Você não deveria estar erguendo uma arma. Quem sabe se estivesse com um livro nas mãos deixaria de ser tão burra — concluiu a delegada.

— E quem sabe se você estivesse com uma bala na testa seria mais útil. Com a boca cheia de formigas numa cova seria bem mais bonita!

Lara fez alguns segundos de silêncio. Em seguida, soltou:

— Não dá para entender como existem seres humanos como você. Já prendi ladrões, assassinos, estupradores... E gente da sua laia é um dos tipos que mais me enoja. Tenho vontade de vomitar quando você abre a boca!

— Poupe-me das suas palavras. Aliás, essas foram as suas últimas. Pronta pra morrer, heroína? Pronta pra saber que será por sua causa que esse traidor também morrerá? Os dois se merecem. Merecem abraçar satanás no inferno!

— Se você atirar, eu também aperto o gatilho.

— Quando entrei para a organização, fiz um juramento. O mesmo que esse traidor maldito fez. Matar ou morrer em nome da causa! Não há honra maior do que morrer defendendo aquilo em que se acredita.

Os olhos de Alexia faiscavam uma ira nunca vista pela delegada. Nem pelo pior bandido que já capturara na vida. Era algo que chegava a ser sobrenatural. Como se não houvesse sentimento permutado ali. Somente uma sede por uma justiça hipócrita, covarde, tola, retrógrada e irracional.

— Você vai abaixar sua arma bem devagar, Alexia. Coloque-a no chão e vamos conversar.

— Quem vai abaixar a arma é você — falou Petrônio, colando o cano de seu revólver na nuca de Lara.

Ele estava escondido dentro do banheiro da suíte. Ao chegar, quando viu Ésio naquele estado, Lara nem se lembrou de vasculhar o banheiro. Queria libertá-lo das cordas e sair dali o quanto antes.

Ele engatilhou a arma.

— Agora e bem devagar — sussurrou.

Petrônio então estendeu seu braço lentamente até as mãos da delegada e desarmou-a.

— Agora, ajoelhe-se — ordenou ele.

Lara não o fez. Resistiu. Não poderia fazer o que aqueles bandidos estavam mandando. Não. Isso não.

O homem então chutou suas pernas, fazendo-a despencar de joelhos. E deu uma coronhada forte em sua cabeça, fazendo-a desmaiar.

Sua visão ficou turva e ela apagou.

— Não! — Ésio murmurou. — Lara... — Tentou gritar para acordá-la. Mas sua voz quase não saiu. Coragem não lhe faltava. O que faltava eram forças. Estava ferido demais para tentar qualquer coisa contra os agressores dela. E, imóvel daquele jeito, só poderia implorar para que não fizessem nada contra ela. E contra ele próprio. Porém, sabia que logo seria morto pelas mãos de Alexia e Petrônio.

◆ ◆ ◆

Lá embaixo, a porta da cozinha se abriu. Alguém entrou e a fechou novamente, fazendo um baque não muito alto.

O assassino nazista.

A pessoa caminhou lentamente, atravessou a cozinha, passou pela sala de estar e subiu as escadas. Em seguida, dobrou à esquerda.

O rosto mascarado carregava uma espécie de cilindro preso às costas, como se fosse uma mochila. Uma mangueira curta pendia desse cilindro e era presa a uma argola na cintura do mascarado.

Quando chegou à porta do quarto das iniciantes, abriu-a ligeiramente e entrou com rapidez.

Carolaine estava deitada na cama, com os fones de ouvidos e olhos fechados. Abriu rapidamente os olhos ao ouvir que alguém entrara.

— Que... Quem... Quem é você? — sibilou ela, gaguejando e não entendendo o que estava acontecendo. Levou as mãos às orelhas e retirou os fones.

Sentou-se na cama com uma expressão de medo a consumindo. Estava sozinha ao som de Coldplay.

Não obteve resposta. Apenas o rosto frio e metálico a encarando de volta.

O assassino, então, meticulosa e friamente, pegou um revólver no bolso do sobretudo e apontou para a moça.

— Não... Por favor... Não... — ela começou a implorar.

Mas não adiantava. Aquele que se escondia atrás daquele disfarce estava com sede de vingança. Nenhuma daquelas pessoas era digna de receber piedade. Ninguém que se sujeitava a pessoas daquele tipo era digno de compaixão.

E pesou o dedo no gatilho. Três tiros acertaram o peito de Carolaine, matando-a e deixando poças de sangue por toda a cama.

Logo após, como fazia em todos os assassinatos que cometia, caminhou e deixou uma plaquinha sobre o cadáver.

Virou-se, saindo do quarto.

Recarregou o cartucho da pistola automática.

◆ ◆ ◆

Retornou ao corredor e foi em direção ao quarto dos homens.

Parou de frente para a porta. Girou a maçaneta lentamente, deixando-a entreaberta. E chutou, escancarando-a e entrando no cômodo.

Os rapazes que lá estavam levantaram rapidamente as cabeças, voltando a atenção para quem entrara. Mas, desta vez, não houve tempo para clemência ou para tentarem impedir que a chacina fosse cometida.

O assassino descarregou toda a munição nos quatro jovens que estavam distraídos. Alguns deitados, outros sentados à escrivaninha. Wemerson ainda tentou correr, mas caiu logo adiante, ferido demais para continuar. Ricardo foi atingido com duas balas na cabeça. Rogério recebeu tiros no rosto e Renato foi alvejado no estômago.

O mascarado espalhou várias plaquinhas pelo ambiente abarrotado de corpos. A cena era de completo terror. Havia sangue por todos os lados. Os lençóis e fronhas encharcados, tapete com poças...

O assassino nazista saiu satisfeito.

◆ ◆ ◆

— E agora, o que faremos com ela? — perguntou Petrônio.

— Vamos amarrá-la. Depois decidimos como vamos acabar com essa vadia — falou Alexia, furiosa.

Petrônio então a amarrou. Primeiro os pés e depois as mãos unidas na frente da cintura.

— O que você acha de fazermos churrasquinho de delegada hoje? Já faz tempo que não fritamos alguém — ele sugeriu.

— Ótima ideia — ela respondeu.

— Vamos ao show. — Ele deu uma risada.

— Vá até o almoxarifado e pegue combustível. — Alexia andou até o corpo de Lara desacordado e deu um chute nas costelas dela. — Hoje faremos churrasco de piranha. — Olhou para Ésio acordado e meio cambaleante. — E de traíra.

◆ ◆ ◆

Petrônio saiu do quarto e desceu os degraus da escada. Não corria. Mas também não andava calmamente. Estava na velocidade que a intensidade do momento pedia. Não apurado demais para andar de pressa, e também não calmo para ir lentamente.

O almoxarifado ficava do lado de fora da casa. Na parte dos fundos. Após passar a varanda da cozinha, descia os dois degraus, caminhava pelo deque de madeira ao lado do muro e 15 metros à frente ficava o cômodo anexo à área de lazer da piscina. Lá era local onde eram guardadas as armas, as munições e todos os equipamentos utilizados nas ações. Tinha 35 metros quadrados e era isolado acusticamente nas paredes internas.

Ele entrou, acendeu as luzes e procurou por alguns minutos o galão de gasolina. Assim que encontrou-o, saiu.

Voltou ao interior da casa.

Bateu a porta da cozinha, procurou por um isqueiro e, após achá-lo, foi em direção à sala.

Subiu às escadas.

Quando estava a alguns degraus de chegar no alto, na parte em que ficava bifurcada, ele parou de repente.

Saindo do lado esquerdo e ficando estático bem no centro, na sua frente, uma pessoa bloqueou sua passagem.

Ele encarou para ver quem era.

O que é isso? Não pode ser...

Esfregou os olhos com a mão que estava livre e voltou a olhar para ver se acreditava nas informações que seus olhos enviavam ao seu cérebro.

Alguém usava um sobretudo preto, de botas e com uma máscara.

A máscara de Hitler.

As feições esculpidas no metal não deixavam dúvidas quanto àquilo. Hitler. Ele estava de frente para Hitler. *Não é possível...*

Após alguns instantes de confusão, Petrônio sorriu como se entendesse tudo. Como se aquilo fosse uma jogada de mestre.

Como eu não tinha pensado nisso antes? Ela pensou! Alexia encontrou uma forma de impormos mais medo nas nossas vítimas! Uma forma única e singular. De um jeito espetacular. Terrivelmente espetacular!

— Alexia? — ele perguntou. — Por que você não me contou sobre isso? Eu poderia ter ajudado...

Antes de prosseguir, o rosto metálico de Hitler desprendeu a pequena mangueira presa à cintura e direcionou-a a Petrônio. Com a outra mão, pareceu rosquear algo do lado oposto.

Ele reconheceu aquele objeto. Era o mesmo que tinham no almoxarife de armas. O mesmo maçarico. Uma espécie de lança-chamas grande. Ele próprio já o tinha usado uma vez em uma ação há alguns anos. Sabia que era uma arma poderosa. Chamuscava a vítima rapidamente, em questão de segundos.

— O que você está fazendo, Alexia?

O rosto mascarado balançou a cabeça, fazendo um sinal de negativo.

E rosqueou mais o objeto com a mão esquerda.

Em questão de pouquíssimos segundos, uma língua de fogo saiu da ponta da mangueira. Com a haste giratória, rosqueava e controlava a intensidade do fogo, que era direcionado ao líder neonazista. As chamas acertaram com tudo o peito de Petrônio. O assassino erguia e abaixava, espalhando o fogo por todo o corpo do homem. Ele começou a gritar e, ao deixar o galão com a gasolina cair, o objeto estourou, fazendo o líquido inflamável esparramar pela escada e aumentando o fogo em volta de si.

Sua roupa foi abraçada pelas chamas.

Sua pele começava a fritar.

Seus gritos eram agonizantes.

Ele caiu e rolou escada abaixo. Nem assim o fogo ardente que o consumia cessou.

O assassino também desceu, degrau por degrau, lançando e controlando as línguas de fogo que eram cuspidas pela mangueira do maçarico.

Petrônio rolava de um lado para o outro, agonizando. Gritando. Sentindo cada centímetro de pele que tinha cozinhar.

Após alguns minutos, foi aquietando-se lentamente.

Ele morreu queimado. De forma lenta e dolorosa. Da mesma forma que gostava de matar suas vítimas. O jogo havia virado. Se em alguns momentos ele pensava que veria Lara e Ésio sendo mortos queimados, agora ele era quem tinha provado do próprio desejo.

O assassino deixou as plaquinhas rentes ao corpo tostado do ex-líder. Do namorado da ex-líder. Do capacho. Do pau mandado. Do fantoche idiota comandado pela idiota mor.

◆ ◆ ◆

— Onde está o Petrônio que não volta? Já faz tempo que ele foi e ainda não retornou — cochichou Alexia para si mesma.

Lara estava começando a acordar. Ela estava deitada, pouco mais à frente de Ésio, amarrada nas mãos e nos pés.

— Me solta, sua desgraçada! — falou ela, erguendo o olhar para Alexia.

— Fique quietinha. Não me faça acabar com você antes da hora. Preparamos uma surpresa. — Alexia sorriu ironicamente. — Não vai querer nos fazer uma desfeita, não é mesmo, delegada?

— Você não vai se safar dessa, Alexia. É o seu fim. Seu e dos seus amiguinhos. É melhor se entregar.

— Vai sonhando, delegada. Vai sonhando.

— Sabia que você me mandou aquele torpedo se passando pelo Ésio um pouco atrasada?

A loira olhou para ela com desdém.

— Eu já tinha avisado o delegado dessa cidade sobre o que vocês fariam hoje. O Ésio tinha me dito que seria na rua aqui dessa casa. Não vai demorar muito para que notem minha falta. Vão me procurar no hotel para vir acompanhá-los e não vão me encontrar por lá. Onde você acha que vão supor que eu esteja?

Alexia sorriu novamente e disse:

— Onde eles vão supor que você esteja eu não sei. Mas eu sei onde você estará. Debaixo de sete palmos de terra. Enterrada em um lugar oculto da mata nos fundos da minha casa.

Ela andou de um lado para o outro, nervosa pela demora de seu namorado. Já dera tempo de ele voltar.

— E cala a sua boca e não me irrite mais! — gritou ela. — Vou ver por que Petrônio está demorando tanto. Aproveite seus últimos instantes de vida. Vai morrer juntinho ao seu comparsa.

Ésio balançou a cabeça e curvou-a para cima, apoiando a nuca no encosto da cadeira. Tudo nele doía. Seu rosto, seus braços, suas mãos, sua barriga. Estava machucado demais para xingar a vadia loira.

Alexia saiu do quarto, levando sua arma. Foi procurar seu namorado para colocar logo um fim àquele circo que se formara antes que resolvesse aparecer mais alguém. E tudo por culpa do traidor. Tinha que eliminar os dois e se livrar dos corpos da delegadazinha e do traíra.

Ela caminhou pelo corredor e foi em direção à escada.

Quando chegou perto, sentiu um cheiro forte vindo dali. De lá de baixo. Um cheiro de queimado...

Segurou a arma com as duas mãos, esticadas.

Ao chegar ao ponto em que a escada bifurcava, olhou para o piso inferior. Sentiu seu coração gelar ao se deparar com a cena.

◆ ◆ ◆

Murilo já estava impaciente de tanto esperar por Rayana e nada de ela aparecer. Passava as mãos pelos cabelos, limpava o suor que se acumulava em sua testa. Conferia de minuto em minuto a chave na ignição do carro e tilintava os dedos nos volantes. Olhava de um lado para o outro sem parar, imaginando como seria dali em diante. Será que seria aceito em outra célula? Será que Alexia e Petrônio não iriam atrás deles para se vingarem pela traição?

Até que, depois de alguns minutos, interrompendo seus pensamentos, Rayana apareceu. Ela abriu rapidamente a porta da garagem e foi caminhando em sua direção, arrastando duas malas de rodinha e uma mochila verde pendurada no ombro esquerdo.

Ele desceu e a ajudou a guardá-las no interior do veículo.

Sentaram-se nos bancos frontais.

— Pronta? — ele perguntou.

— Pronta — Rayana respondeu com um sorriso e puxando a nuca dele para um beijo.

Então, o repórter deu a marcha à ré, pisou fundo no acelerador e saiu derrapando pela calçada de cimento que ia até o portão de entrada. Acelerou e passou pelo portão, quebrando as tábuas de madeira e alcançando a estrada.

Foram embora, deixando para trás a casa. A célula. Alexia.

◆ ◆ ◆

— PETRÔNIO! PETRÔNIO! — gritou Alexia, desesperada, ao descer os degraus da escada e chegar ao corpo de seu namorado carbonizado.

O rosto era quase irreconhecível. Mas ela pôde distingui-lo pelos coturnos que usava... E também pelo porte físico. *Era ele. Petrônio.*

Ela caiu de joelhos ao lado do corpo.

Não o tocou.

Levou as mãos ao rosto, desgrenhou os cabelos enquanto soltava um choro agudo. Um choro como se alguém tivesse arrancado uma parte sua. E, de fato, para ela, era exatamente isso que aconteceu. Seu parceiro de todas as horas, seu amor, seu companheiro de ações estava agora... Morto.

Talvez agora ela pudesse perceber como cada família de cada uma de suas vítimas se sentia. Cada companheiro que teve seu amor massacrado por um preconceito ridículo. Cada pessoa ofendida pelas suas palavras.

Será que isso fazia parte do destino em que Ésio tanto acreditava? Será que sentir na pele o que fazia de ruim as pessoas era a lei natural do destino? A lei do retorno? Alexia estava recebendo o troco de tudo o que fizera.

— Não, Petrônio... Não... — ela dizia entre soluços e gritos. — Você não pode ir... NÃO PODE!

Até que ela viu.

As plaquinhas.

As plaquinhas nazistas deixadas ali. Estrategicamente posicionadas. De propósito. Como eles mesmos faziam nos crimes que cometiam.

Numa fração de segundos, Alexia começou a limpar as lágrimas. E novamente a ira voltou a arder em seu olhar.

Foi um deles. Só pode ter sido. Ninguém mais tem acesso a essas placas. Ninguém além deles... DESGRAÇADOS!

E subiu as escadas, andando em direção aos quartos dos novatos.

Ela esperava tudo. Esperava encontrá-los e arrancar a verdade de quem quer que fosse. Nem que tivesse que matar um por um, mas descobriria quem tinha feito aquilo com Petrônio.

Mas não foi necessário matar ninguém.

Ao entrar no quarto dos homens, ela viu a cena horrenda que havia ali. Todos mortos. Um banho de sangue em sua residência. E várias plaquinhas espalhadas pelo ambiente.

Foi ao outro quarto. Viu Carolaine morta.

A mesma pessoa que tinha assassinado seu namorado também tinha matado todos os outros! Todos. Nenhum tinha escapado. Só ela. Ainda.

Alexia conferiu rosto por rosto dos mortos e percebeu que dois não estavam entre eles: Rayana e Murilo. Supôs que todos foram assassinados.

Voltou ao corredor, transtornada.

35

Acerto de contas

"A típica salvadora que morre, aquela que sacrifica sua vida para salvar o mocinho..."

— Ésio? Você está consciente? — perguntou Lara assim que Alexia os deixou no quarto.

— Estou, Lara... Acho que estou... — respondeu ele, meio tonto e fazendo uma careta de dor que percorria todo o seu corpo.

— Precisamos sair daqui antes que ela volte — disse ela, rápido. — Suas mãos estão livres?

— As mãos, sim...meus pulsos estão amarrados... Ai...

— Tudo bem, Ésio? — perguntou ela, aflita ao ouvi-lo gemer.

— Sim, sim... Só minha barriga que dói muito quando converso. Acho que os socos que Petrônio me deu devem ter causado hematomas internos — ele resmungou.

— Está com as mãos livres? — perguntou ela novamente.

— As mãos, sim. A corda só está apertando meus pulsos... Por quê?

Com muita dificuldade, Lara conseguiu se sentar.

— Vou até suas costas e você tenta desamarrar meus braços.

Ele não respondeu, apenas fez um aceno com a cabeça.

Lara lentamente foi quicando até o outro lado, onde ele estava sentado. Ficou de cócoras e, com as costas apoiadas na cadeira, ficou de pé. Seus dois pés também estavam amarrados.

Abaixou-se um pouco para que suas mãos ficassem na altura das de Ésio.

Ele começou a mover os dedos, tateando a corda que a prendia.

— Rápido, Ésio, rápido!

— Para de me apressar. Assim eu fico nervoso.

— E é para ficar mesmo. Quando eles voltarem será para nos matar!

— Assim não dá. Se você não ficar quieta eu não vou conseguir.

— Dê-me paciência, senhor. Um advogado que não tem controle emocional. Deve ser por isso que virou neonazista.

— E uma delegada que não sabe se virar sozinha. Deve ser por isso que está prestes a morrer! — disparou ele, irritado com as patadas gratuitas que estava recebendo.

Lara ficou quieta depois de ele gritar. Sabia que estava errada. Descontar raiva nos outros não era uma boa ideia.

— Desculpe, Ésio — ela voltou atrás. — Acho que estou um pouco nervosa com tudo isso.

— Tudo bem — disse ele. — Sei como se sente. Estou na mesma situação. — E continuou a mexer os dedos para soltá-la. Após algum tempo, ele esboçou um sorriso. — Pronto. Consegui desfazer os nós.

Aliviada, Lara rapidamente se abaixou e começou a soltar-se das cordas que prendiam seus tornozelos.

— A gente precisa sair daqui agora... — E foi libertá-lo das amarras. Quando ia começar a desatar, ouviu o barulho de coisas se quebrando no corredor.

— Eles estão vindo — ela soltou. Ésio a encarou com expressão de medo. — Já sei. Fica quieto.

Então, ela pegou as cordas que a prendiam e enrolou-as de qualquer jeito nos pés e em seguida em volta dos pulsos. Como se continuasse amarrada. Voltou à posição em que havia sido deixada.

— Vai dar tudo certo — Lara falou. E deu uma piscada para ele. — Tudo certo. Só fique calmo.

Ele sorriu, se esforçando para acreditar nas palavras dela.

◆ ◆ ◆

Furiosa com tudo que estava acontecendo, Alexia começou a destruir tudo que encontrava pela frente. Jogava abajures contra a parede, cadeiras contra as janelas, virava aparadores de pernas para o alto. E gritava loucamente. Completamente descontrolada e enfurecida.

Entrou com tudo onde os dois estavam presos.

— QUEM FOI? QUEM FOI, SUA DESGRAÇADA! — gritou ela

para Lara.

— Quem foi o que...

— NÃO SE FAÇA DE IDIOTA! TEM MAIS GENTE SUA AQUI, NÃO TEM? HEIN? FALA!

— Não sei do que você está falando...

Irada, Alexia caminhou até ela e bruscamente a sentou. Depois, a fez ficar de pé.

— VOCÊ VAI ME FALAR QUEM FOI! E AGORA!

Alexia passou um golpe no seu pescoço e começou a arrastá-la de costas para fora do quarto.

— LARA! LARA! — gritou Ésio, aos prantos. — O QUE VOCÊ VAI FAZER COM ELA? PARA ONDE ESTÁ LEVANDO ELA?! — esbravejou.

— ÉSIO! ÉSIO! — a delegada gritava, desesperada.

— SOLTE ELA, SUA DESGRAÇADA! ME LEVE, MAS DEIXE ELA! ME LEVE!

Sem respondê-lo, Alexia puxou-a para fora do quarto, deixando os gritos do advogado para trás.

Arrastou Lara pelos corredores e, durante todo aquele agito, a agressora nem percebeu as cordas se desenrolando dos pés e das mãos da delegada.

Quando chegaram às escadas, ao começarem a descer, com Alexia na frente, puxando-a engravatada pelo pescoço, Lara levou os dois braços para trás, trançando-os nos cabelos e na cabeça de Alexia. Impulsionou com os pés em um degrau e empurrou seu corpo com, fazendo as duas rolaram escadaria abaixo, enroscadas.

Ao chegarem ao batente do piso, Lara foi mais rápida.

Montou Alexia.

Viu uma arma que estava próxima e, sem pensar, pegou-a e jogou-a para longe.

— Gente como você, que não aprendeu a boa educação que seus pais te deram, educa-se assim — falou a delegada. Ela ergueu sua mão, fechou o punho e deu um murro no rosto de Alexia.

E depois outro.

Outro.

E outro.

Abriu as mãos e estapeou-a.

Muito. Um tapa, o rosto dela pendia para a direita, outro tapa, e o rosto voltava para a esquerda.

Sangue começou a escorrer de suas narinas e de sua boca.

— Isso é para você aprender... — E mais um tapa. — ... a respeitar as pessoas. — Outro tapa. — Isso é para respeitar a polícia.

E em cada golpe que Lara acertava no rosto dela, vinha com uma dedicatória.

Pelo Rubem.

Pelo Alberto.

Pelo Ésio.

Por mim.

E por todas as pessoas que você fez sofrer!

Suas mãos começaram a doer. Se as mãos estavam assim, imagina como estava a face de Alexia. Em brasas.

Sangue banhava todo o rosto da neonazista. Seus cabelos estavam destroçados e sujos. Ela não disse uma palavra sequer. Nem mesmo tentou revidar os golpes que recebia. *Cada coisa no seu tempo.*

Lara saiu de cima dela e se levantou, olhando como tinha deixado a líder neonazista. Não queria ter feito justiça com as próprias mãos, mas a própria bandida pediu por aquilo. Se não aprende a ter o mínimo de respeito para com o próximo por bem, tem que aprender por mal.

Alexia pareceu estar desacordada. Não se mexia e, com os olhos fechados, Lara concluiu que havia desmaiado com a surra que levara.

A delegada correu os olhos pela sala. Avistou um telefone na mesinha de canto logo à frente.

Olhou para Alexia. Estava totalmente incapaz. Em seguida, foi até o telefone e retirou-o do gancho. Discou o número da polícia. No segundo toque, atenderam. Pediu reforços e passou o endereço da casa onde estava.

De repente, ela ouviu um estalo.

Uma arma sendo engatilhada.

Soltou o telefone sobre a mesa e virou-se.

Alexia havia se arrastado e pegado a arma. Estava de pé, encarando-a. O rosto todo cortado e ensanguentado.

— Vai — disse ela, apontando o revólver. — VAI!

Lara manteve-se imóvel.

— Eu vou sair com você. Para todas as garantias, você será meu passaporte. AGORA, VAI PARA LÁ! — E apontou em direção à cozinha.

Lara viu agora o corpo carbonizado caído próximo à escada. Bem perto de onde ela bateu em Alexia. Mas talvez pela energia do momento, nem percebera o que estava ao seu redor. Os tapetes da escada queimados, o piso laminado todo tostado...

Ela ergueu os braços e caminhou lentamente para a direção indicada.

Alexia abriu a gaveta de um móvel no canto da sala e retirou chaves de lá de dentro.

— Pela cozinha. Depois você vira à direita. No fim da varanda tem uma porta. Entre por ela — ordenou a neo.

A delegada fez o que ela estava mandando.

Minutos depois, ao passar pela porta dita, as duas encontravam-se dentro da garagem.

Vários carros.

— Aquele. — Alexia indicou um modelo prata importado e jogou as chaves para Lara. — Você vai dirigir.

— É o fim, Alexia. A melhor coisa que você pode fazer é se entregar. Onde estão os outros? Te abandonaram? Você está sozinha...

— CALA A BOCA! ENTRE NO CARRO AGORA E FAZ O QUE ESTOU MANDANDO!

Lara abriu a porta do motorista e entrou.

Alexia se sentou no bando de trás e bateu a porta. Com a arma apontada para a cabeça da delegada.

— Vai — resmungou ela. — Dirige!

Lara hesitou.

— DIRIGE!

Então, ela colocou a chave na ignição e deu partida no carro.

Saiu da garagem e alcançou a rua.

— Para onde vamos? — sibilou Lara.

— Não interessa! Cala essa boca e vá indo em frente. Eu digo por onde tem que ir.

◆ ◆ ◆

— No primeiro hotel que passarmos a gente para. Não dá para irmos a Cuiabá hoje. Chegaríamos de madrugada — falou Rayana, escorando a cabeça no encosto do banco e fechando os olhos.

— Sim — respondeu Murilo. — Amanhã cedo prosseguimos viagem. — Ele olhou de relance para a companheira e segurou sua mão, apertando-a firme. — Agora somos só nós dois — ele disse sorrindo.

— Só nós — ela confirmou.

◆ ◆ ◆

— Quis bancar a heroína. Agora você será uma heroína por completo. A típica salvadora que morre, aquela que sacrifica sua vida para salvar o mocinho — comentou Alexia, irônica. Passou a mão que não estava segurando a arma pelo rosto, limpando um pouco do sangue.

Lara não respondeu à provocação. Apenas continuou a dirigir, focada.

Já estavam quase saindo dos limites da cidade. Mais alguns minutos e Colíder seria deixada para trás.

— Quando eu era pequena e me metia na briga de uma colega de escola, minha mãe sempre dizia: "Alexia, não vista a carapuça dos outros. Não tome as dores de ninguém. Pois quem vai se machucar é você." Ela usava sempre um dito popular: "Quem tem pena do aleijado fica no lugar dele." — Tossiu um pouco, sentindo o gosto de sangue na boca. Alguns dentes seus certamente estavam bambos. — Quem foi que matou ele, hein, delegada?

— Ele quem? — grunhiu Lara.

— Não se faça de idiota. Quem mais além de você estava naquela casa hoje? Quem fez aquilo com ele? — Seus olhos marejaram. — Eu o amava. O amava muito. Se tem uma pessoa que eu amava verdadeiramente, nessa vida, era ele. Acho que eu preferiria ter ido no lugar dele — Alexia falava olhando para o vazio.

— Você está louca...

— NÃO ME CHAME DE LOUCA! E CALA ESSA BOCA E DIRIGE ESSA MERDA DE CARRO!

Lara pisou fundo no acelerador. Por alguns instantes, ideias passavam pela sua cabeça. Assim que chegassem ao destino onde Alexia queria, a neonazista iria matá-la. Iria fugir e sair impune dos crimes que cometeu. Encontraria os membros de uma outra célula e encontraria refúgio com eles. Com a ajuda desses outros bandidos, seria possível até que ela fugisse do país.

Não.

Ela não podia deixar isso acontecer.

Não demoraria muito para a polícia chegar até a casa e encontraria Ésio lá, era provável até que já tivessem chegado.

Ésio...

Lara achou que nunca mais voltaria a vê-lo. Naquela noite abriria o jogo com ele sobre seus sentimentos, diria que o amava e precisava dele em sua vida mais que tudo, que não se imaginava sem ele... Mas não teve oportunidade de fazer isso. Talvez nunca mais tivesse... A não ser que...

Isso. Exatamente. Isso é o que ela tinha que fazer. Um plano veio em mente. Arriscaria sua vida, mas o que era sua vida em comparação às vidas de centenas de outras pessoas que seriam prejudicadas por Alexia, caso a bandida conseguisse se safar de tudo isso?

A rodovia que ligava Colíder à cidade de Nova Santa Helena possuía algumas partes de vegetação densa rente à estrada e curvas bastante sinuosas.

Lara afundou o pé e pisou o máximo que pôde no acelerador e manteve a alta velocidade constante.

Alexia ficara em silêncio. Era possível ouvir alguns soluços de um choro baixo vez ou outra.

Uma curva fechada se aproximava.

É agora ou nunca.

— PRONTA PARA MORRER, SUA DESGRAÇADA!? — gritou a delegada.

Nem deu tempo de Alexia entender o que estava acontecendo.

Quando terminou de gritar essas palavras, Lara abriu a porta do carro e, sem pensar, se jogou para fora, atingindo o asfalto, rolando e alcançando o mato além do acostamento. Rolou mais alguns metros e foi parando lentamente, até embrenhar-se em meio a alguns arbustos.

Sentiu uma forte dor no braço esquerdo. Supôs que o tinha fraturado e, na pior das hipóteses, trincado o osso.

Então, ela se levantou, apoiando-se no braço bom e virou-se para onde o automóvel seguiu desgovernado.

Ao acertar a cerca de madeira que circulava a curva da estrada, o carro quebrou-a e seguiu sem rumo. Ultrapassou com tudo o acostamento até que perdeu o controle no terreno acidentado e capotou.

Uma vez.

Duas vezes.

Três vezes.

Parou com o capô para baixo e as rodas para cima.

Segundos depois, uma explosão fez o automóvel se consumir em chamas, numa bola de fogo que subiu acompanhada de uma nuvem de fumaça negra. Logo depois, outras pequenas explosões ocorreram.

Lara, da estrada, permaneceu vendo o fogo ardendo a mais de um quilômetro de onde estava.

Seu rosto estava ferido pelos galhos e gravetos que a acertaram na queda. Havia capim em seus curtos cabelos. Sua blusa estava com uma das mangas rasgada. Em algum momento, ela perdeu as sapatilhas azuis que usava, não se lembrava de quando, mas somente agora se deu conta de que estava descalça. E toda suja.

Permaneceu por mais de meia hora naquele local. O tempo passava e ela nem percebia. Até que deu as costas para as chamas que estavam se apagando e começou a caminhar de volta a Colíder. Depois de cerca de quinze minutos de caminhada, conseguiu pegar carona com um caminhoneiro que a levou e a deixou na delegacia.

36

Finalmente o "eu te amo"

"Unidos por algo invisível, porém forte..."

Ésio foi levado para o Pronto Socorro Municipal. Teve algumas fraturas internas, uma costela quebrada, levou alguns pontos nos cortes causados pelos golpes que recebeu de Petrônio e uma forte enxaqueca.

O delegado, acompanhado de alguns policiais, invadiu a casa pouco tempo depois de Lara ter ligado e pedido reforços. Todos depararam-se com a chacina que se encontrava no local. Seis mortos ao todo. Um corpo carbonizado na sala principal e os outros cinco metralhados nos quartos. E todas as cenas recheadas com as plaquinhas nazistas.

Depois de ter chegado à delegacia, Lara foi imediatamente encaminhada ao hospital. Lá, constatou a torção no braço que fora engessado. Depois, foi avisada por um policial de que Ésio também estava por lá. Dirigiu-se ao quarto que lhe foi informado, ansiosa para vê-lo.

— Ésio! — suspirou ela ao abrir a porta, indo correndo para a lateral da cama em que ele estava deitado. Abraçou-o meio desengonçadamente com o braço livre.

— Ai, Lara — cochichou ele. — Estou com uma costela quebrada.

— Desculpa, desculpa. — Ela foi afrouxando o abraço.

Quando ia largá-lo, ele a puxou delicadamente.

— Não precisa parar. Só mais devagar. — E soltou um sorriso.

— Achei que nunca mais te veria de novo — sussurrou ela. — Eu tive muito medo de...

— Ei, o importante é que estamos aqui.

Ela ergueu a cabeça, encontrando os olhos dele.

— O importante é que estamos aqui. — Ela aproximou seu rosto do dele e beijou-o, bem devagar, como se nada mais importasse além dos dois. Como se não houvesse nada além de seus lábios se encontrando. O medo que sentiu ao ter certeza de que não o veria novamente deu lugar a um alívio intenso ao tê-lo ali, em seus braços.

— E a Alexia, o que aconteceu? — perguntou ele, querendo saber dos detalhes.

— O carro capotou e explodiu com ela. Mas depois te explico tudo com calma.

— Vou querer saber. — E deu mais um beijo na delegada Lara.

Os dois ficaram ali por algum tempo. Ela deitou-se na estreita cama ao seu lado e apoiou a cabeça em seu peito. Permaneceram em silêncio durante alguns minutos. De todos os lugares do mundo, ambos tiveram certeza de que naquele quarto de hospital, aninhados nos braços um do outro, era o único em que queriam estar.

— Eu te amo — ele disse baixinho. Sentiu que não havia necessidade alguma de falar nem um tom mais alto.

— Eu também te amo — respondeu ela, sem se mexer.

Ficaram sentindo a respiração quente um do outro, o coração batendo como em sintonia e unidos por algo invisível e forte.

37

Dívidas pendentes

"No fundo não passam de idiotas amadores..."

Rayana e Murilo encontraram, depois de certo tempo de viagem, um hotel de beira de estrada. Não era algo muito confortável, mas dava para passar o restante da noite e repor as energias para prosseguir o trajeto até a capital na manhã seguinte.

Quarto 28. Suíte completa, ar, frigobar e TV.

— Finalmente conseguimos! Longe de todos aqueles babacas! — soltou Murilo, dando um pulo e aconchegando-se no colchão da cama. — O que será que está acontecendo na casa? Será que mataram Lara e Ésio?

— Não sei, mas espero que tenham matado. A delegada nos conhece. Tem nossos nomes e rostos gravados. Tomara que tenha morrido! Mas mudando de assunto, esse é o primeiro passo da nossa ascensão. Nos livramos de Alexia e Petrônio e agora somos só nós dois — comentou Rayana. Daqui em diante, ninguém nos segura, meu amor. Ninguém! — E pulou sobre ele, sentando em sua cintura.

— Acho que isso merece uma comemoração, não acha? Que tal pedirmos um champanhe para comemorarmos? — o repórter sugeriu.

— Ótima ideia!

Murilo esticou o braço e alcançou o telefone que estava na mesinha de cabeceira. Discou os números da recepção e fez o pedido.

Após desligar, ele a puxou e começaram a se beijar ardentemente. Enrolavam-se em meio aos lençóis no calor dos corpos um do outro.

Já estavam a ponto de bala quando bateram à porta.

— Eu atendo — disse ela. — Você não está em condições. — E apontou para a calça jeans de Murilo, salientando sua excitação.

— E é tudinho para você, gostosa! — E deu um tapa em sua bunda quando se levantou.

Rayana foi receber o champanhe. Agradeceu ao entregador, fechou a porta, pegou duas taças e serviu-os.

— Um brinde à nossa vitória — ela sugeriu.

— À nossa vitória.

Tilintaram as taças.

Começaram a se beijar novamente. Murilo derramou champanhe sobre a barriga de Rayana e começou a lamber, dando chupões e pouco a pouco ia marcando cada pedaço dela com sua boca.

— Espera — Rayana falou. — Eu tenho uma surpresa para você.

— Que surpresa?

— Cala a boca e fica quietinho — ela disse, de forma sensual e autoritária. O que o excitou mais ainda. Ficou de pé e pôs um pé no rosto dele.

Murilo lambeu seu pé e seus dedos.

Rayana desceu da cama e foi até uma de suas malas. Retirou de lá dois lenços vermelhos grandes. Voltou e se sentou sobre Murilo, abaixando sua calça lentamente, mordicando seu abdome. Ela colocou o braço direito dele rente às grades da cabeceira da cama. Amarrou-o. Em seguida, fez o mesmo com o esquerdo. Pegou mais lenços e amarrou também seus pés aos da cama.

— Entendi, gata. Hoje é você que manda. — E soltou deu um sorrisinho de satisfação.

Ela acertou seu rosto de leve com um tapa.

— Já mandei calar a boca. — E lhe deu um beijo longo e molhado.

Depois de amarrá-lo, Rayana pegou um último lenço. E amarrou, cobrindo seus olhos.

Logo em seguida, começou a morder sua orelha. Seu pescoço. Desceu até seus mamilos. Pelo tórax definido com pelos aparados. Passou a língua pelo seu umbigo. Deu leves mordidas pelo seu membro rígido ainda sob o tecido da cueca boxer branca.

E se levantou.

— Por que parou? — ele sussurrou. — Agora que estava ficando bom.

— Não vou repetir para você calar a boca. Hoje quem dita as regras sou eu.

— Ok, ok. Só não demora. Porque meu corpo precisa da sua boca percorrendo cada centímetro meu.

Depois de alguns minutos em silêncio, Murilo ouviu o barulho do zíper da mala se abrindo e, em seguida, o som de roupas sendo retiradas de lá. *Uma surpresa. Ela deve ter uma fantasia que a deixará mais deliciosa ainda. Uma lingerie vermelha? Ou algo mais sensual...*

Depois de algum tempo, ele sentiu suas mãos desfazendo o nó da venda que cobria seus olhos.

Ele a encarou. Gelou-se. Esperava encontrá-la de forma sexy prestes a saltar sobre ele com fome de seu corpo, mas não foi exatamente isso que aconteceu.

Não era Rayana que estava diante de si.

Era outra pessoa.

Usava o sobretudo preto e a máscara de Hitler.

Ele forçou os braços e as pernas para escapar, mas não conseguiu. Os nós foram bem feitos demais para serem desfeitos daquela forma.

— Quem é você? — perguntou ele, assustado. — RAYANA, RAYANA! — gritou, chamando-a, achando que ela não estava ali.

Mas a jovem estava. Bem ali. Bem na sua cara.

Então, o assassino levou as mãos na parte inferior da máscara e ergueu-a, revelando seu rosto lentamente.

Os cabelos negros, longos e lisos caíram sobre seus ombros. A pele branca dela... Os lábios rosados... O nariz com traços delicados... Os olhos castanhos... a suavidade de seu traços...

Era Rayana. Era ela quem estava usando as vestes do assassino nazista.

— Que susto que você me deu, Rayana. Pensei que era outra pessoa...

— É bom que continue com medo mesmo. — Ela se abaixou e retirou das botas que calçava um punhal. O mesmo com que matara Alberto.

— Que brincadeira é essa, Rayana? Me solta. Não quero mais assim.

Ela balançou a cabeça e sorriu.

— Os dois boiolinhas, Alberto e Rubem já foram. Petrônio já foi. Ricardo, Wemerson, Carolaine, Renato e Rogério já foram. Creio que só falta você.

— Como assim, já foram? Eles serão presos... Eles ficaram na casa...

— Eles estão mortos. Eu os matei.

Murilo sentiu um frio percorrer sua espinha ao ouvir as palavras dela. Alberto e Rubem ela já sabia que estavam mortos, Alexia comentara outro dia com eles sobre o assunto. Mas, em relação aos outros...

— Eu matei um por um. Não podia restar ninguém daquela célula.

Não pode restar ninguém — ela corrigiu-se, lançando um olhar, deixando evidente que ele também era da célula.

Ele franziu o cenho, juntando as sobrancelhas, sem entender bem o que estava acontecendo.

— Por que você fez isso? O plano não era deixá-los se ferrarem e...

— Não tem merda de plano nenhum, Murilo. Eu te usei. Te enganei. E você caiu igual um patinho! Será que ainda não conseguiu entender isso? Você foi só um objeto que acabou sendo bastante útil para mim.

Ela se desfez do sobretudo e depois tirou as botas. Ficou só de calcinha e sutiã, ambos pretos. E o montou.

— Sabe por que eu fiz isso? SABE? — ela gritou.

Ele apenas negou, meneando a cabeça.

Fria, ela começou a contar:

— Uma noite uma amiga minha lá de Cuiabá me ligou e contou que o Marlom tinha sido assassinado. Marlom... Meu namorado... Eu o amava tanto... Perguntei quando tinha ocorrido o assassinato, e ela me disse. E foi na mesma noite em que vim para Colíder. Acharam o corpo dele com uma bala na testa no mesmo local onde o deixei e entrei naquele carro para entrar na organização. — Ela olhava fixamente para Murilo. Levantou o punhal e passeou com ele pela face do repórter, passando pelas pálpebras, pelo nariz, pelos lábios. O lado da lâmina estava para cima. Não queria cortá-lo. Não ainda. — A sonsa da Carolaine até me viu chorando na noite em que fiquei sabendo, mas como ela era muito trouxa, consegui enrolá-la. Durante aquela noite eu não preguei os olhos um minuto sequer. Eu estava com raiva, com muita raiva. Queria matar todos eles. Queria fazê-los pagar por isso. Tudo o que meu namorado queria era entrar para essa maldita célula...

— Rayana, mas o que eu tenho a ver com... — ele começou a falar.

— Cala a boca! Eu ainda não terminei! — Ela respirou fundo antes de prosseguir: — A partir daquela noite foi que decidi me vingar de todos que estavam envolvidos naquela organização que tirou a vida de Marlom. — Ela tomou um pouco de ar e secou as lágrimas que começavam a escorrer. — Na manhã seguinte, eu acordei bem cedo e saí. Resolvi dar uma volta pela cidade para pensar no que eu faria. Até que passei por uma loja no centro. E vi a máscara. A máscara perfeita. Parece que ela foi mandada a mim como se por encomenda. Comprei e foi fácil forjá-la para ficar com essa aparência. Tudo estava dentro do contexto. Do contexto deles. Comprei o sobretudo. As botas. E arquitetei cada milímetro dos meus passos dali em diante. Você se lembra de quando perguntei a você sobre as câmeras de segurança da casa? Lembra?

— Lembro — ele sussurrou. Virando o rosto.

— Eu tinha que saber onde elas estavam. Depois daquele nosso momento, tenho que confessar que foi muito prazeroso, você me possuiu como ninguém tinha feito antes, você acabou dormindo. Foi então que eu desci até a sala. Com a sua ajuda, mesmo que indireta, entrei no escritório da casa e peguei as plaquinhas. As plaquinhas nazistas. Eu precisava fazer isso. Eliminá-los e deixar a mesma marca que criaram. — Ela passou o punhal pelo peito de Murilo. — Depois de pegá-las, deixei tudo guardado em um cantinho escondido no almoxarifado. Lá ninguém encontraria. Ninguém nunca ficava por lá, exceto quando chegava armamento ou quando pegavam equipamentos para uma ação. Mas deixei tudo muito bem escondido. Lá era o lugar perfeito e estaria ao meu alcance para quando precisasse. — Rayana colocou os cabelos para trás das orelhas. — Primeiro eu matei os boiolinhas. Por mais que eu não gostasse da organização, também não gosto desse tipo de gente. Explodi a casa deles. Você precisava ver, foi uma jogada de mestre. Um show perfeitamente bem bolado. Depois foi a vez do Petrônio. Morreu queimado, como os *veadinhos.* E depois foram todos de uma vez, atirei nos iniciandos. Muito rápido e eficaz. Quanto à Alexia, não dou muito tempo para que ela caia. Sem o Petrônio ela não é nada. E então só resta você, querido.

Murilo estava suando frio.

— Rayana, você não precisa fazer isso — sibilou ele. — Nós dois juntos, lembra? Vamos embora juntos daqui. Sua vingança já está feita. Você já vingou a morte do seu namorado. Não é preciso...

— Ainda não. Você ainda vive. E enquanto alguém daquela célula viver, minha vingança não estará completa.

— Mas tem o Ésio — ele disse de repente, nervoso.

— O Ésio não conta. Ele se arrependeu e foi para o lado da delegada. Até gostei de saber disso, sabe? Ele fez todos de trouxas. Levou a inimiga para o mesmo teto sem despertar desconfiança nenhuma. Alexia e Petrônio, que se achavam tão espertos, não passavam de dois burros, cegos. Foram enganados duas vezes! No fundo não passam de dois idiotas amadores.

O coração de Murilo batia forte. Todas as suas tentativas de redimi-la não estavam dando certo. Não estava conseguindo fazê-la mudar de ideia e não matá-lo.

— Rayana, você não tem que fazer isso. Você vai precisar de alguém para te ajudar... O que você vai fazer quando sair daqui, hein? O que fará sozinha, sem apoio? Eu estou do seu lado! — disse ele, encarando-a nos olhos. — Eu sempre vou ficar do seu lado!

O punhal agora estava parado contra seu pescoço. Com a lâmina encostada na pele, começando a arranhar.

— E quem disse que eu preciso de apoio? Não preciso de você para mais nada! Vou voltar para Cuiabá, voltar para minha família e tentar reconstruir a vida que eu tinha antes de tudo isso acontecer. — Ela fez uma pausa. — Adeus, Murilo. Foi bom estar com você. Ah, e uma última coisa: você é gostoso. Você só não presta, nem um pouco. Mas é muito gostoso.

— Não... Por favor... Não...

— Você não tem mais utilidade. Tudo que eu queria já tenho: minha vingança conclusa. Posso descartá-lo.

— Por favor, Rayana... — ele dizia, desesperado.

Ela curvou e sussurrou no ouvido do repórter:

— Adeus.

Em seguida, pôs-se ereta novamente. Rayana ergueu o punhal, segurando-o com as duas mãos e desceu com toda a sua força, fazendo-o cravar no coração de Murilo.

◆ ◆ ◆

Já era madrugada.

Desde as quatro horas da tarde que Getúlio estava dirigindo aquela carreta carregada de algodão. Saíra de sua cidade à tarde e ainda faltavam algumas horas para chegar à capital, onde a descarregaria e retornaria na tarde seguinte.

O rádio estava sintonizado em uma emissora com um programa que tocava músicas antigas, recordando clássicos internacionais.

Sua rota passava por Colíder, sentido a Cuiabá.

Enquanto dirigia, viu um aglomerado de policiais e três viaturas paradas.

Ao passar por eles, reduziu a velocidade para ver o que estava acontecendo. Mais à frente, muito além do acostamento, estava um carro que havia pegado fogo por completo. Explodido.

Não era possível terem saído sobreviventes daquele acidente.

Só se fosse por um milagre.

Quis parar para saciar sua curiosidade, mas não o fez. Seguiu direto. Tinha horário a cumprir e queria voltar o mais rápido possível para casa.

Mais ou menos uns trezentos metros à frente, o farol de sua carreta iluminou uma mulher.

Ela dava pequenos passos. Parecia estar com muita dor.

Quando ele se aproximou, notou que estava maltrapilha, mas, apesar de estar suja e bastante machucada, era possível ver que ainda era muito bonita. Alta, magra e com um belo par de pernas.

Com uma das mãos apoiada no estômago, a mulher deu com a outra mão, pedindo que parasse.

Pediu carona.

Getúlio parou assim que se aproximou dela.

— Para onde a moça vai? — perguntou ele.

— Cuiabá — respondeu ela, olhando-o de rabo de olho. — Pode me ajudar a ir pelo menos até...

— A senhora tem sorte. Estou indo para lá. Entre. Te levo.

A desconhecida deu a volta e parou rente à porta do lado do passageiro da carreta. Olhou para trás, vendo bem ao longe as luzes e ouviu um som baixo das sirenes das viaturas de polícia no local do acidente.

— Idiotas — sussurrou.

Ela passou uma das mãos pelo rosto para limpar um pouco do sangue que escorria por alguns ferimentos e colocou uma mecha dos seus dourados cabelos atrás da orelha. Suas madeixas estavam sujas de terra, capim, desgrenhadas, mas ainda assim chamavam a atenção por uma coisa: ainda pareciam cascatas douradas caindo sobre seus ombros.

Ela entrou no automóvel e bateu a porta.

— O que a senhora vai fazer na capital para estar saindo uma hora dessas? Por que a senhora está tão machucada? O que aconteceu? A senhora é daqui de Colíder? — Seu Getúlio soltou uma enxurrada de perguntas para a estranha.

— Sou de Colíder — respondeu, fria. — Tenho algumas dívidas pendentes para acertar com uns velhos conhecidos.

Alexia sorriu ao mesmo tempo em que uma lágrima escorria. E aquele olhar. O olhar carregado de ódio. De vingança.

Editora Coerência
Rua Pinhancó, 12A
Parque São Rafael — SP — Cep . 08320-350
E-mail: lilian@editoracoerencia.com.br
Tel.: (11) 2011-3113